Gerda Eisenlohr

Gerda Grenier

K.

Lenz Koppelstätter

ALMAS SOMMER

Roman

KINDLER

Originalausgabe
Veröffentlicht im Rowohlt Verlag, Hamburg, Mai 2022
Copyright © 2022 by Rowohlt Verlag GmbH, Hamburg
Covergestaltung Cordula Schmidt Design, Hamburg
Coverabbildung Shutterstock; Molly Suber Thorpe/Design Cuts
Satz aus der DTL Dorian
Gesamtherstellung CPI books GmbH, Leck, Germany
ISBN 978-3-463-00021-3

Die Rowohlt Verlage haben sich zu einer nachhaltigen Buchproduktion verpflichtet. Gemeinsam mit unseren Partnern und Lieferanten setzen wir uns für eine klimaneutrale Buchproduktion ein, die den Erwerb von Klimazertifikaten zur Kompensation des CO_2-Ausstoßes einschließt.
www.klimaneutralerverlag.de

ERSTER TEIL

1

Toblach, Mitte Juli 1910

Die Düsternis packte sie, und Alma spürte, hoffte, fürchtete wieder einmal, das wäre der Anfang vom Ende. Nicht von ihrem Ende. Was für ein lächerlicher Gedanke. Von seinem natürlich. Von ihrem gemeinsamen – ihretwegen. Sie spürte seine Hand die ihre drücken. Ein bisschen zu fest, wie immer schon. Wie hatte sie dieses *Bisschen zu fest* geliebt, so sehr ganz am Anfang, als sie sich erstmals begegneten. Ein bisschen weniger von Jahr zu Jahr. Nun war es ihr gleichgültig, seit Längerem schon. Ein Schauder überkam sie.

Die Sonnenstrahlen stachen durch die Gewitterwolken, die sich über das Tal gelegt hatten wie eine schwarzgraue Federbettgarnitur. Die Gipfel der Pustertaler Berge, der hellen Dolomiten im Süden, des dunklen Alpenhauptkamms im Norden, waren heute nicht zu sehen. Es war ihr egal. Sie machte sich nichts aus Bergen. Aus Gipfeln schon gar nicht. Ihr wurde schnell schwindelig. Allein schon diese aufdringliche frische Bergluft war ihr unangenehm, viel zu viel Sauerstoff, der ihren Kopf zum Drehen brachte.

Ein Stadtmensch wie sie war nicht gemacht für diese Frische. Das war, als steckte man Kühe, die Almwiesen gewohnt waren, in ein Kaffeehaus. Ihre Idealluft war die Wiener Gesellschaftsluft, New York ihretwegen, Champagnerluft, Denkerluft, parfumgetränkter Schweiß. Tabakrauch auf feiner Seide. Nicht Almentau auf grober Schafswolle.

Dazu auch noch diese Höhe! Sie war sich sicher, bei mancher vergangenen hiesigen Bergtour die Dünne der Luft gespürt zu haben, auch wenn ihr der Bergführer, der kernige Löffler Franz, spöttisch versichert hatte, das sei unmöglich. Dafür, so hatte er gesagt, müsse man schon zum Kaiser nach China reisen, dort den Himalaja erklimmen. Oder zumindest in die Westalpen fahren, auf den Mont Blanc hochsteigen. Da war die Luft schon dünn.

Der Mont Blanc! Ihr reichte das hier. Während die anderen am Gipfel jauchzten, sich in die Arme fielen – der Gustav adrenalintrunken mit dem Löffler um die Wette grinste –, war ihr das Kotzen gekommen.

Sie spürte, dass Gustav ihre Hand nun noch fester drückte, sie hörte das Knirschen der Steine unter den Sohlen ihrer Stöckelschuhe, es wunderte sie eh, dass sie auf diesem vermaledeiten, von Kuhfladen gesäumten, staubigen Sandweg noch nicht umgeknickt war. Was für eine blödsinnige Idee – natürlich Gustavs! –, vom Trenkerhof in Altschluderbach zu Fuß ins Dorf nach Toblach zu spazieren.

Er hatte sie gebeten, doch die Wanderschuhe anzuziehen. Sie hatte nur verächtlich auf die seinen geschaut. Diese klobigen, braunen Ungeheuer. Nein, nein, er mochte allenthalben in seine böhmische Bäuerlichkeit zurückverfallen. Sie war Wienerin. Wiener Blut trug Stöckelschuhe, wenn es zum Abendessen ins beste Haus am Platz ging. Auch wenn das beste Haus nur der *Goldene Hirsch*, ein ranziges Bauernwirtshaus, war.

Wurscht!

«Diese Luft!», hörte sie ihn schwärmen, während ihr selbst die Luft wegblieb. Sie spazierten – von flanieren konnte unter diesen Umständen ja keine Rede sein! – vorbei an fleischfarbenen, bauchigen Häuserwänden mit dunklen Fensterbrettern. «C+M+B»-Inschriften prangten auf dunklen Holztürrahmen, lebensgroße, holzgeschnitzte Jesusse hingen an Kreuzen unter den Schindeldächern. Die Köpfe zu Boden geneigt, die Gesichter verzerrt, die Haut blassgelb, die Brust blutig, die Schenkel drahtig, Holznägel durch die Handflächen und Fußrücken geschlagen.

«Herrlich!», jauchzte Gustav.

«Gottesfürchtige Trottel, diese Tiroler!», flüsterte Alma in sich hinein.

«Diese Wolken, dieser Nebel, heute wird's gewittern, stürmen, schneien womöglich», frohlockte Gustav unbeirrt weiter. «Morgen wird es aufklaren, die Sonne wird strahlen, dann werden wir die Gipfel sehen, unsere geliebten Gipfel! Schön, dass du nun endlich da bist, Alma, Almschi, Almschilein! Auch wenn ich mit dir schimpfen muss, so wenig hast du mir aus Tobelbad geschrieben, zerrissen hätt's mich beinahe, schlimm zerrissen, Almschili, das Schlimmste befürchtete ich schon, hättest ruhig öfters schreiben können.»

Wieder der Druck seiner Hand, eindeutig zu fest jetzt. Viel zu fest.

«Bin richtig hungrig», sprach er entschlossen weiter, «ich werde eine klare Suppe schlürfen, ja, das werde ich. Vielleicht etwas weißes Fleisch dazu probieren. Zwei dünne Streifchen, drei maximal. Mir läuft's Wasser im Munde zusammen. Fontänen. Ganze Wasserfälle. Almschidalmschibaldschilein! Ich darf nicht vergessen, der Wirtin zu sagen, die Suppe und die Pute bloß nicht zu würzen. Kein Salz! Keine Soße drüber. Keine Gewürze. Keine Butter, lieber nicht. Das bringt mich alles um.»

Gustav drückte sie an sich, drückte ihr einen Schmatzer auf den Kopf. Auf den Kopf! Warum nicht auf die Wange? Warum nicht auf den Mund? Zum Glück nicht auf den Mund, dachte sie. Suppe? Hasste sie. Aber sie liebte Butter. Außer der vom Trenkerhof, ihrem Sommerfrischedomizil, die ja wirklich ganz scheußlich schmeckte. Ja, die hasste sie wahrlich auch. Hasste sie auch ihn schon? Nein. Sie liebte ihn nur weniger.

Sie freute sich auf keine Suppe, sie bestellte sonst nur, wenn überhaupt, Mehlspeisen. Ein halbes Stückchen Apfelstrudel mit Schlagobers, dazu eine Melange, am liebsten im *Café Central*. Sie sehnte sich nach Wien. Und Wein, viel Wein. Wien und Wein, das half, immer! Und sie sehnte sich nach *ihm*. Nach den zuletzt vergangenen Tagen, die sie in Tobelbad verbracht hatte. Hätte der Kuraufenthalt doch ewig dauern können. Doch die Ewigkeit, das wusste sie ganz bestimmt, die gab es nicht. Weil alles, was ewig sein sollte, schneller als gedacht zur Last wurde. Zur öden, erdrückenden Last. Nur schweren Herzens war sie von ihm gegangen.

Wie konnte es sein, dass Liebe verschwand und wieder entstand? Wie konnte es ihr passieren, dass sie liebend aufs Leben hereinfiel? Sie wollte *ihn* spüren. *Ihn* lieben. Sie blinzelte zu Gustav hinüber, musterte ihn. Der spitze Schädel, die hohe Stirn. Die immerfort blinzelnden Äuglein hinter den runden Brillengläsern. Die knochige Nase, die eingefallenen Wangen, der zarte Mund. Sie bemerkte, dass seine Hand nicht mehr drückte, die Wärme seiner Handfläche wärmte ihre Hand nicht mehr, kurz zog er an ihr, dann ließ er sie los. Im Nu war er ihr ein paar Schritte voraus. Wie sie es geliebt hatte, dieses Drängen, diese Eile, diese Energie, mit der er sie durchs Leben trieb. Einer wie Gustav, der flanierte nicht, der rannte, zerrte, zog. Er trieb sie an. Hatte sie angetrieben. Nun war alles anders.

Er war ihr schnell zehn Meter voraus. Je schneller er lief, desto langsamer ging sie. Er stampfte mehr, als er schritt, den Hut nicht auf dem langen Kopf, sondern zwischen den Fingern gekrallt. Wie ein alter, vom Winter ausgemergelter Hirsch wirkte er, von Jägern umzingelt. Aus dem dunklen, grünen Wald herausgejagt, im Labyrinth des Dorfes verloren, von den Häusern umzingelt. Ohne Ausweg.

2

Mahler fragte sich, mit wie vielen Gedanken so ein Gehirn, sein Gehirn, wohl zeitgleich jonglieren konnte. Wie viele Eindrücke zeitgleich verarbeiten. Diese Sinne! Sind's nicht doch ein paar zu viele? Wäre der moderne Mensch nicht erst komplett, wenn er es schaffte, sie einzeln einzusetzen? Wie bei einem Orchester, da tost mal alles zusammen, volles Programm, dann ist da aber das Blech ja auch mal still, wenn das Holz rumort, so wie zu Beginn des finalen Adagios der Neunten. So ein Part, das befahl Mahler seinem Gehirn eindringlich, musste unbedingt auch in der Zehnten wieder vorkommen. Nur halt noch genialer, noch ungehörter, noch finaler!

In der dicken, schweißschwangeren Gasthausluft japste er nach Sauerstoff, überlegte sich, wie er sein Gehirn nur dazu zwingen könnte, diesen immens wichtigen Gedanken bis später zu behalten, dann überlegte er es sich anders, nein, zu wichtig war dieser Einfall, um ihn den Launen des Erinnerungsvermögens zu überlassen. Wie viele geniale Gedanken von genialen Menschenkindern waren der Welt wohl schon abhandengekommen, weil diese Genies sie nicht notiert hatten. Da hatte der alte Schopenhauer schon recht, viel zu viele geniale Gedanken waren durch Peitschenknalle vernichtet worden. Weg. Für immer.

Wir würden wohl längst in Maschinen durch die Luft schweben, den Mond besiedeln, Melodien nicht nur hören, sondern auch riechen und schmecken können, dessen war Mahler sich gewiss, wenn ein jeder geniale Gedanke eines jeden genialen Denkers der Menschheitsgeschichte vor dem Vergessen bewahrt worden wäre. Ja, ja, sein jüngster Gedankenstreich musste schriftlich festgehalten werden. Schnell!

Mahler fasste in die Seitentasche seines Jankers, zog einen Bleistift hervor, betrachtete die Tischplatte: Sie war verklebt, verschütteter Wein hatte kleine, rote Flecken hinterlassen, halb leere und leere Gläser standen herum, zwei Krüge. Sein Teekännchen, seine Teetasse vor ihm. Nicht ins Bild passend. Wie aus einer anderen Welt. Vom Mond. Mahler beobachtete die Hände der Menschen, die um ihn saßen, er sah Bubenhände, Männerhände, Bauernhände, braun gebrannt, mit krausem Haar auf den Fingerrücken und Dreck unter den Fingernägeln.

Er musterte seine eigenen Hände, seine Finger waren keinesfalls besonders lang, auch nicht fein, mitnichten käsig. Aber sie waren länger, feiner, käsiger als diese Bauernfinger, die Haare auf den Rücken zarter, ebenfalls länger, die Fingernägel wirkten poliert, im Vergleich beinahe wie Mädchennägel. Das erfüllte ihn mit Freude. Um die Schönheit dieser Nägel hatte er, der einst notorische Nagelbeißer, lange mit sich gerungen. Damals. Ihr zuliebe. Mit ihrer Liebe. Mit ihrer Hilfe. Alles an ihm alterte, nur die Nägel nicht, sinnierte sein Hirn, während der Blick weiterwanderte. Er entdeckte die Zeitung, den *Pustertaler Boten*, auf der Holzbank, er nahm sie zur Hand, überflog die Schlagzeilen der Titelseite.

Wiener Politikgeschacher, lästiges Zeug. Mahler machte mit dem Bleistift einen Strich auf den Zeitungsrand, nur zur Kontrolle, ob er denn auch schrieb, dann setzte er an und merkte sogleich, dass er vergessen hatte, was er sich notieren wollte. Er malte zwei Blumen an den Rand des Papiers. Das mit den Sinnen, das mit den vielen Gedanken, die so ein Schädel gleichzeitig zu denken hatte, darüber hatte er doch nachgedacht und dass er doch wohl ein noch viel besserer Komponist werden konnte, wenn er die Möglichkeit besäße, fünf der sechs Sinne herabzudimmen, volle Konzentration auf das Gehör.

Er lehnte sich zurück, kurz wurde ihm schwindelig, dann

passte der Gemütszustand wieder, fast war ihm, als spürte er die klare Suppe durch die Venen krabbeln, er schloss die Augen, ja, er wollte das nun ausprobieren. Die Sinne regulieren. Los.

Nur noch helles Flackern unterm Dunkel der Augenlider, er drückte die Nasenflügel zusammen, tatsächlich, ihm war, als ob der Gasthausgeruch weniger wurde, weniger Weingeruch, weniger Kalbskopf – Gott, wie der stank! –, weniger Schweiß. Er versuchte, an nichts zu denken, keine Vergangenheit, keine Zukunft, nur das Jetzt, und ja, da schau her, der Gasthauslärm, wie magisch verwandelte er sich in – Musik! Es klappte also, ja, wie neulich schon einmal. Dies Gasthaus, welch Inspiration! Das Brummeln, das Scheppern, das alles musste er unterbringen, eine vertonte Gasthausszene, ja, das wär's! *Gasthausszene*, kritzelte er immer noch geschlossenen Auges auf das Zeitungspapier, riss blind das Stück Papier vom Rest der Zeitung ab, steckte es in die Innentasche des Jankers, überlegte, welche Grundtonart das wohl war, was er da hörte, irgendwas in Moll auf jeden Fall.

Dann hörte er ein gackerndes Lachen, ein verstimmtes Cis-Dur ins Moll hineinprusten. Alma! Er öffnete die Augen. Ja, er hatte sich vorgenommen, nicht zu ihr hinüberzuschauen, nun tat er es doch. Er hatte sich längst eingestanden, dass er nie von ihr loskommen würde. Nie! Alma, seine Liebe, seine Lust, sein Leben, seine Sehnsucht, sein Schicksal.

Seine Liebe, seine Lust, sein Leben, seine Sehnsucht, sein Schicksal hatte sich eng an einen Bauernbuben geschmiegt. Mahler spürte den Liebeshasszorn in sich. Plötzlich taten ihm all seine alten Knochen noch mehr weh, als sie ihm eh schon wehtaten seit ein paar Wochen. Jeder einzelne, so schien ihm, schmerzte. Wie jung und schön der Bub war! Milchige Haut. Mahler stellte sich dessen nach frischer Kuhmilch duftenden Atem vor, den sie in diesem Moment wohl in sich aufsog. Was würde er geben, noch ein kleines bisschen von dieser jugendlichen Kraft und Zartheit in sich zu tragen? Er könnte noch zehn Symphonien schreiben, noch zwanzig Lieder, vielleicht tatsächlich einmal noch eine Oper, er konnte Wagner übertrumpfen, den Allergrößten, er könnte in tausend Jahren noch gehört werden, doch so jung sein, so begehrenswert, so zart, so stark, konnte er nicht mehr. Nie mehr.

Er schaute nun doch zu ihr. Sah ihren begierigen Blick. Ihre hohen, rosafarbenen Wangenknochen, ihre feinen Augenbrauen, ihre dicken Ohrläppchen, ihr zartes Haar, ihr üppiges Kinn, den vollen Mund, die weiche Haut. Ja, er liebte das alles. Auch, allem voran und doch auch überhaupt nicht: ihre krankhafte, hysterische Lustigkeit.

Alma hielt den Kopf ihm abgewandt, aber er war sicher, sie kämpfte damit, sich nicht umzudrehen, er war sicher, sie wünschte sich, im Hinterkopf Augen zu haben, um seine eifersüchtigen Blicke zu sehen. Eifersucht, verdammte! Geht nicht ohne. Die Eifersucht nicht zeigen, das hatte er sich selbst geschworen, wie oft schon? Er wusste, dass er dies alles auf Dauer nicht durchhalten würde, er wusste, dass sie den längeren Atem hatte, keine Eifersucht zu kennen schien, er hatte das alles schon zu oft erlebt, er fürchtete sich davor, es darauf ankommen zu lassen. Das einzig Gute: Diese verdammte Eifersucht, sie half beim Komponieren.

Er schloss die Augen erneut, alle Sinne möglichst ruhen lassen! Alle bis auf die Ohren. Doch es klappte nicht mehr. Das Gasthausgeklimper folgte keiner Melodie mehr, da war nur noch anarchischer Lärm, auch Almas Gackern war weg, die Stimmen am Tisch nebenan legten sich über das Grundrauschen. Es wunderte Mahler, wie klar er jedes Wort der krächzenden Bauernkehlen vernahm. «Ein Genie», sagte einer. «Ein Besessener», sagte ein Zweiter. «Ein Kaliber», pflichtete ein

Dritter bei. «Ein Schöpfer von Meisterwerken …», er beendete den Satz nicht. Ließ sich vom Ersten erneut unterbrechen: «Der tut Toblach gut, der bringt uns wieder in aller Munde.»

Mahlers Herz pochte hitzig. Genie! Schöpfer von Meisterwerken. Zufrieden sank er in sich zusammen. Er bemerkte, wie sich seine Mundwinkel nach oben zogen. Sie hatten wohl gar nicht gesehen, dass der, über den sie sprachen, am Nachbarstisch saß. Zumal ihnen den Rücken zugedreht. Er und Alma waren ja schon früh ins Gasthaus gekommen, er hatte seine Suppe und die zweieinhalb Fleischstreifen – ohne Würze, ohne Salz, ohne Soße, ohne Butter! – ja schon verspeist. Er hatte sich mit Alma ja schon gestritten, während der *Goldene Hirsch* sich gefüllt hatte, noch bevor die Männer, denen er nun lauschte, sich an den Nachbarstisch gesetzt hatten. Noch bevor sie ihre Kalbsköpfe bestellt hatten, da war Alma schon längst wütend aufgestanden, weil er nicht mit ihr tanzen wollte.

Alma hatte alleine auf einem Stuhl eine Pirouette gedreht, zur Belustigung des Gasthauspöbels um sie herum, dann hatte sie sich an die Theke gestellt, sich einladen lassen. Mal von dem, mal von dem. Zu ihm an den Tisch hatten sich ungefragt Bauern und Hirtenbuben gesetzt. Diese Flegel. Das machte man doch nicht, sich einfach hinsetzen. In New York vielleicht, aber in Wien ganz bestimmt nicht. Ja, Nein. Die am Tisch nebenan, die ihn lobpriesen, sie hatten ihn wohl einfach nicht gesehen. So musste es sein.

Nun schwiegen die Männer. Er überlegte, was er tun sollte, wenn sie wieder anfingen, ihm zu huldigen. Aufstehen, sich umdrehen, an ihren Tisch gehen. Würden sie ihn sofort erkennen? Oder wussten sie vielleicht überhaupt nicht, wie er aussah? Kannten ihn nur vom Namen, aus der Zeitung – er schielte kurz zum *Boten* – oder von seinen Melodien her?

Konnte sein. War wohl so. Er war ja so selten im Dorf gewesen, noch seltener hier im Gasthaus, in den vergangenen Tagen, in den vergangenen Sommern. Nein. Sie konnten ihn nur vom Hörensagen kennen. Er schloss die Augen wieder. Wartete. Ja er würde sich wohl umdrehen, das Glück in ihm wallte, er musste …

«Musst du mir erst mal erklären, was das sein soll, ein Psychologe», sagte ein Vierter, «ein Ins-Hirn-Hineinschauer! Mein Großvater ist mit hundertdrei Jahren gestorben, mein Vater ist dreiundneunzig und wohlauf, die sind so alt geworden, ohne sich auf eine Couch von so einem Hirndoktor zu legen. Die Ofenbank hat's auch getan.» Grölendes Gelächter. Mahler stand das Herz kurz still. Schweiß auf der Stirn. Er biss sich auf die Lippen. Erneuter Schwindel. Wie so oft in den vergangenen Tagen. Augen auf. «Ofenbank, Depp! Da geht's um ganz etwas ganz anderes», sagte wieder der Dritte. Gustav kämpfte mit dem Zorn, blinzelte, lugte rüber. Da saßen zwei in abgewetzten Anzügen, die anderen waren wohl Bauern.

«Der soll ruhig kommen, der Herr Psychologe, dieser Schöpfer! Meister! Dieses Genie! Wie heißt der?», sagte immer noch der Vierte.

«Freud heißt der. Dr. Sigmund Freud aus Wien», antwortete der Dritte.

«Wie, was ist er denn jetzt, der Herr Freud? Psycho… dings…loge oder Doktor …», konterte der Vierte.

Wieder Gelächter. Wieder blinzelte Mahler, er sah, dass die Herrschaften an der Theke – ein paar Bauern in verschwitzten Hemden und ein paar Toblacher, die versuchten, wie Wiener auszusehen – wie mit Geisterschritten näher kamen und sich um den Tisch scharten. Er sah, dass auch Alma und der Almbub sich zu ihnen drehten. Augen wieder zu.

«Unterlechner, du dummer Bauer, der Dr. Freud, das ist eine Bekanntheit. Den kennen sie überall. In Berlin. Auch drüben in

Amerika. In New York und in Chicago. Der ist kein Dorfdoktor wie unser Hinteregger, der mindert nicht das Fieber, der hilft nicht deinen dummen Kühen beim Kalben, der lindert das Seelenheil. Das ist eine Welt, die kennst du nicht. So einen hatten wir noch nie hier in Toblach. Wenn jetzt so eine Berühmtheit kommt, eine echte, nicht nur immer diese leidigen versprengten Wiener Spinner, diese Künstler und Taugenichtse, dann sind wir wieder wer.»

«Ja, wer denn?» Ein Fünfter beugte sich nun zum Tisch hinab.

«Wie, wer denn?», fragte der Dritte verwirrt zurück.

«Wer wir dann wieder sind?», der Fünfte wieder.

«Wir? Wir sind wir – wer denn sonst?», schrie einer aus der zweiten Reihe.

Und dann schrie bald alles durcheinander. Lauteres Gelächter, das Quietschen von Stuhlbeinen über dem Holzboden, das Klappern eines umfallenden Stuhls.

Sigmund Freud kam auch nach Toblach? Mahler wusste nichts davon. Freud! Er kannte ihn natürlich, doch waren sie sich noch nie begegnet. Es hieß in Wiener Kreisen, dem Doktor Freud würde das blasonierte Salonieren nicht zusagen, ebenso wenig wie ihm selbst, dachte Mahler, es war Alma, die ihn von einer Gesellschaft voller narzisstischer Selbstinszenierer, neureicher Plapperer, notorischem Gesindel und blasierter Parvenüs in die nächste schleppte. Vielleicht, so dachte er, müsse er diesen Freud tatsächlich einmal kennenlernen. So von Misanthrop zu Misanthrop. Vielleicht sogar hier in Toblach, sollte er tatsächlich diesen Sommer noch anreisen. Obgleich es selten glückte, überlegte er weiter, dass zwei Menschenmeider sich verstanden.

«Dass der tatsächlich anreist, der Herr Doktor, das halte ich freilich für ein Gerücht, sonst nichts», sagte wieder der eine Bauer. «Was hat der *Bote* Sommer für Sommer nicht schon alles geschrieben, wer angeblich kommen wollte? Sogar der Johann

Strauss habe zu Lebzeiten hier sein gewesen sollen, wenn es nach dem *Boten* gegangen sein hätte», schrie er in gebirgiger Vergangenheitsform, «wenn der Strauss gekommen gewesen wäre, dann wäre das Licht unseres Dorfes heute noch hell erleuchtet. Denn wo der Strauss war, da ist das Licht. Für immer. Alles Walzer!» Er sprang auf, schrie noch lauter. «Rumm-ta-ta! Rumm-ta-ta.» Er zuckte tanzartig.

Mahler sackte in sich zusammen. Presste die Augen zusammen, die Hände in den Hosentaschen zu Fäusten. Fester, noch fester! Strauss, ausgerechnet Strauss. Diese Ausgeburt der Dreivierteltakttrivialität. Was verstanden diese dummen Bauern schon. Ja, sagte er sich, ja, er müsse diesen Herrn Dr. Freud wohl doch mal treffen, mal fragen, ob das denn gehe, irgendwie, das mit den Sinnen. In Toblach, sonst in Wien. Vielleicht konnte er das Thema dort bei einem gemeinsamen Kaffeehausbesuch ansprechen, am Opernplatz, bestenfalls im *Sacher*, da saß er am wenigsten ungern, auch wenn er wusste, dass die allermeisten seiner Bekanntschaften lieber ins Theatercafé gingen, warum wohl? Die Melange schmeckt scheußlich da, der Kirschkuchen fad.

Er fasste nach seiner Teekanne, schenkte sich nach, nahm die verächtlichen Blicke der Weintrinker um sich herum wahr. Vielleicht sollte er mit Freud zunächst brieflich korrespondieren, nicht vergessend, die Briefe sorgsam aufzubewahren. Für die Nachwelt! *Freud – Mahler – Die Briefe!* Nein, *Mahler – Freud – Die gesammelten Korrespondenzen!* Ja! Tee, noch mehr Tee!

Mahler trank den Becher leer. Gierig. Schenkte sich noch einmal ein. Tee half. Meistens zumindest. Warum eigentlich nicht eine Oper schreiben, dachte er sich plötzlich. Eine Oper mit einer zünftigen Gasthausrauferei mittendrin. So wie es sich gehörte. Und die Chronisten würden für die Nachwelt aufschreiben, wo ihm Idee und Inspiration dazu gekommen waren.

Im Dorfgasthaus von Toblach, im *Hirschen*, und keiner würde sich daran erinnern, dass ein in zwei Jahrzehnten vergessener Psychologe aus Wien jemals überlegt hatte, nach Toblach, in Gustav Mahlers Toblach, zur Sommerfrische zu kommen. Wenn er denn überhaupt kam. Wäre auch wurscht, wenn nicht.

Freud! Strauss! Warum redeten die über Freud und Strauss, überhaupt über irgendwen, wenn ein Gustav Mahler am Nebentisch saß. Das hatte ihn nun doch sehr getroffen. Seine schönen Fingernägel fraßen sich ins Tischholz. Er fasste erneut nach dem Becher Tee, schaute beim Trinken auf, ihre Blicke kreuzten sich. In Almas Blick: Verachtung.

«Steh auf, Brandstätter, wenn du ein Mann bist. Oder traust du dich nicht, dich einem Bauer zu stellen», schrie die Bauernstimme von vorhin.

«Geh, Unterlechner, setz dich hin. Trottel», antwortete einer spöttisch.

«Nenn mich gern Trottel, aber meine Viecher nennt keiner nicht dumm, du dummer Mensch», wieder der Bauer. Ruhiger jetzt. Beleidigt.

«Ist gut, schenkt ihm noch einer etwas ein, Wein beruhigt, nicht?», wieder der andere, dieser Brandstätter wohl, dann plötzlich leiser. Der Mann beherrschte die seltene Kunst, so zu flüstern, dass ihn doch jeder hören konnte: «Ich verrat euch mal was, wer ganz sicher kommt, dieses Jahr. Der Thronfolger! Franz Ferdinand, der Erzherzog! Da schaut's ihr, gell? Mit seinem Automobil will der Halt bei uns machen. Auf seinem Weg nach Venedig und Triest.» Der Lärmpegel senkte sich ehrfürchtig. Nur noch Grummeln und leises Zischen: «Der Thronfolger, Franz, Franz Ferdinand!»

Mahlers Herz pochte nun wieder wie verrückt. Es war ihm, als pochte es in seinem gesamten Körper. Im Hals, hinter der Stirn, im linken Ohr, in der Brust, im Bauch, in den Fingern, in den Unterschenkeln. Freud, meinetwegen! Aber Strauss, nein! Und Franz Ferdinand, nein, nein, nein! Er rief sich ihre flüchtige Begegnung vor ein paar Jahren in der Hofburg in Erinnerung. Ein Empfang, den Anlass hatte er vergessen. Mit Graus erinnerte er sich an den feuchten Händedruck des Erzherzogs, an den schleimigen Blick, an das Glotzen, der hätte Alma am liebsten vor der versammelten Gesellschaft mit den Augen ausgezogen. Wie er sich hatte beherrschen müssen, zu gerne hätte er dem seine Erzherzogsfresse poliert. «Was für ein Ekel!», so hatte er ihn zurück in der Wohnung in der Auenbruggergasse noch beschimpft. «Ein Wüstling!», hatte Alma ihm beigepflichtet.

Mahler beobachtete die Bauern an den anderen Tischen, sie aßen, tranken, rülpsten, warfen Salzburger Spielkarten in die jeweilige Tischmitte, sie bestellten schreiend, was faszinierte die an so einem Erzherzogsgroßmaul? Warum interessierte es sie nicht zumindest gleichermaßen, dass er, Gustav Mahler aus Wien, Komponist von Symphonien, von Liedern und Chorwerken, Vertoner ihrer Welt, Vertoner der Berge, der Wiesen, der Kühe, der Natur, unter ihnen weilte, warum merkten die nicht, dass er am Nebentisch saß? Gab's doch nicht! Schwafelten vom fernen Freud, vom toten Strauss und bemerkten den lebendigen, nahen Mahler nicht. Verstanden halt nichts von Musik, diese Bauern. Diese Tölpel. Hinterwäldler. Die dachten wohl, jeder Dorfkapellmeister sei ein begnadeter Dirigent. Ja, nein, sie verstanden es einfach nicht. Er versuchte, Mitleid zu entwickeln, Mitleid mit diesen zurückgebliebenen Kreaturen, um nicht erneut dem soeben kurz abgeschwollenen Zorn anheimzufallen. Diese armseligen, geistlosen, dummen, bildungsfernen, gotteshörigen Geschöpfe. Es gelang ihm nicht. Der Zorn brannte erneut auf, loderte hoch.

Am liebsten wäre er nun aufgesprungen, hätte Alma gepackt, sie über die Gasthausschwelle nach draußen getragen. Am liebsten wäre er mit ihr aus diesem Kaff hinausgelaufen, hätte sich mit ihr im Wald verloren, sie zum Schreien, zum Glücksweinen gebracht, sie erschöpft ins Bett gelegt, ihr verliebt beim Schlafen zugesehen, dann, sobald sich ihre Brust sanft hob und senkte, wäre er im Dunkeln rüber ins Komponierhäusl geschlichen, hätte sich da in einen Rausch hineinkomponiert. *Das Lied von der Erde!* Die *Neunte!* Die *Zehnte!* So viel war zu tun! Ja, auch ein schmerzvolles Geigenstück wollte komponiert werden, ein Stück mit Gasthauswucht – endend in einer opernhaften Paukenschlägerei.

Er nahm seinen Hut in die Hand, nickte den Bauern um ihn herum zu, stand auf, alles schaute noch auf den Nachbarstisch, die Blicke: gierig. Doch sie gierten nicht nach den Kalbsköpfen, geschwenkt serviert, mit roten Zwiebelstücken und Speckknödelscheiben, mit Pfifferlingen und Petersilie, sie gierten danach, dass der Disput nun doch endlich weitergehen mochte. Das konnte es doch nicht gewesen sein! Alles war doch serviert für eine zünftige Gasthausrauferei!

Mahler trat zu Alma, die gelangweilt Fussel von ihrer Bluse zupfte. Geschah ihr recht, dass dieser Bauernlump, an den sie sich im Zorn des Streits rangeworfen hatte, sich nun mehr für eine Gasthausposse interessierte als für sie. «So, wir gehen jetzt!» Er packte sie am Oberarm.

«Pfff, geh du, ich bleib!» Sie hob das Kinn. Dieser vermaledeite Stolz!

«Du ...» Er drückte fest.

«Ich schrei gleich.» Sie hob die eine Hand, formte die Finger zu Krallen.

Er wich zurück. «Alma, ich bitte dich ...»

Sie formte ihre Augen zu Schlitzen.

«Alma, sei doch ...»

Er machte alles nur noch schlimmer. Er konnte nicht gewinnen. Er würde nie gewinnen. Er blickte sie an, viel zu traurig, dann viel zu zornig. Sie schaute herablassend. Trotzig. Er ließ sie los, drehte sich um, schob und zwängte sich durch die Bauern hindurch. Nicht umdrehen, sich an der Tür bloß nicht noch einmal umdrehen. Bewahre deine Würde, Gustav. Er öffnete die Tür, trat hinaus, sog die frische Bergluft ein.

3

Freud! Pah! War ihr noch nie begegnet. Wer einer Alma Mahler geborene Schindler noch nie begegnet war, zumal in Wien, der konnte nichts sein. Alma schaute dem Almburschen in die gletscherblauen Augen, dann auf ihr fast leeres Weinglas. Sie hatte sich noch nicht so recht entschieden, ob sie dieses Toblach nach wie vor so schrecklich finden sollte, wie sie es Gustav gegenüber in den vergangenen zwei Jahren stets behauptet hatte. Oder doch recht annehmbar? Sollte Franz Ferdinand tatsächlich kommen, der Kronprinz und dessen Bagage, das wär's natürlich.

In Gedanken übte sie schon mal den Erzherzogs-Smalltalk, trank zugleich: Zumindest servierten diese Toblacher den Wein mittlerweile nicht mehr in Tonkrügen, wie vor zwei Jahren noch. Ton! Krüge! Ja sind wir denn bei den alten Römern?

Nein, wir sind die, die allen voran schön und laut ins 20. Jahrhundert schreiten. Wiener Avantgarde! Bitte. Jetzt haben's diese schrecklichen Krüge endlich entsorgt, Champagner aber haben's immer noch keinen, aber nach Kuhmist tut's nicht mehr so stinken, oder doch? Der Wein schmeckt immer noch grauselig, da werden's wohl noch hundert Jahre brauchen, diese Bergtiroler, bis sie an gescheiten Wein derpantschen, aber was soll's. Diese Berge! Oder, Erzherzog, lieber Franz Ferdinand? Und die Geschäftsläden sind auch besser g'worden, grad gestern erst hab ich für meinem Gustl so eine ganz fesche Schnürlsamthose gefunden und für mich dieses Blumenkleid.

So, ja genau so, würde sie den Franz Ferdinand bezirzen, und zurück in Wien würde sie schon dafür sorgen, dass die ganze Stadt erfuhr, was für eine Sommerfrischsause sie und Gustav und der Erzherzog in diesem bezaubernden Toblach gefeiert hatten, ihr Gemahl habe zwischen den Partyräuschen seine *Zehnte* geschrieben, eine Symphonie wie aus einer neuen Zeit, inspiriert von ihr natürlich, Alma Mahler! Ganz Wien würde davon reden. Ach was, Wien. Ganz Europa und New York noch mit dazu. Nur von Walter würden sie nie erfahren, den behielt sie lieber für sich. Walter, ach Walter.

Sie spürte den Atem des Almjungen. Er roch nach dem billigen Wein, den er in sich hineinschüttete. Sie konnte nicht verstehen, wie so ein zarter Milchbub so viel Wein trinken konnte. Sie war selbst ordentlich beschwipst, doch sie konnte einiges aushalten. Der Junge war betrunken, aber nicht zu sehr, das war schön so, jetzt traute er sich was, zitterte nicht mehr, stotterte und flüsterte nicht mehr, sagte selbstbewusst einfach nix, gute Entscheidung.

«Wüstling!», hauchte sie ihm entgegen und kicherte, als er errötete. Sie spürte seinen Schenkel an ihrem, sie ließ ihn näher kommen, noch ein bisschen, sie neigte ihren Kopf zu ihm rüber, sie spürte seinen Wangenflaum, sein Hals roch nach Jugendschweiß, ihrer nach Vanille, wie immer, schlicht, aber betörend, darauf konnte sie sich verlassen.

Angewidert und fasziniert zugleich war sie vom Gasthausgeschehen, das um sie herum wogte. Die Mannsbilder in schweren Jankern, Hemden mit Hirschgeweihknöpfen, rauen Stutzen, ledrigen Schuhen, mit roten Nasen. Die ungeschminkten Frauen in zu weiten Kleidern. Um die Tische und die Theke herum drängten sich die Männer, dazwischen hatte sie immer wieder einen Blick auf den Tisch geworfen, an dem über Freud diskutiert worden war. An dem es vorhin beinahe zu einer Rauferei gekommen war.

Angewidert und fasziniert zugleich hatte sie beobachtet, wie die Männer die Kalbsköpfe in sich hineinschaufelten und dabei schmatzten, grunzten und rülpsten. Die Kragen ihrer groben Hemden waren mit Soßenspritzern bekleckert, wenn sie mit vollem Mund sprachen, in einem derben Deutsch, das sie kaum verstand. Dieser Tisch, das hatte sie sofort verstanden, war der Tisch der Wichtigen, hier in diesem Dorf. Wenn sich schon die Wichtigen aufführten wie die Tiere, wie musste es dann wohl bei den anderen zugehen. Diese Tiroler, so hieß es ja in Wien, die sollen es sogar auf den Almen mit den Schafen und Ziegen treiben.

Sie schob das Gesicht des Milchbubis von sich weg, er grinste alkoholtrunken und siegesgewiss. Sie verdrehte die Augen, drehte sich um. Er kam wieder näher, schwankend. Das Gerede und Geschrei des ganzen Gasthauses, so schien es ihr, vermischte sich zu einem Teufelsgrollen. Ihr Blick fiel auf klebrige Tische mit halb leeren Weinkrügen, umgefallenen Weingläsern, ausgespielten Karten, schmierigen Tellern. In einer Ecke spielten zwei mit Ziehorgel und einem Waschbrett, was sie sangen, war nicht zu hören. Einer tanzte auf einem Stuhl, einer warf Löffel und Gabel nach dem Tanzenden.

Hinter der Theke stand die große Wirtin, sie steckte in einem ausgewaschenen Dirndl. Die Wirtin schaute auf das Treiben, die dicken Wangen drückten ihre Mundwinkel nach unten, ihr Gesicht wirkte müde, nur die kleinen Augen flink und wach. Alma fragte sich, wo die Grenze lag, wann die Wirtsleute einschreiten würden – und erfuhr es sogleich. Der Stuhltänzer war auf einen der Tische gesprungen, alles johlte, die Wirtin aber watschelte hinter dem Tresen hervor, langsam, aber bestimmt, bald drehten sich die Köpfe zu ihr, Grinsen allenthalben, die Männer schienen zu wissen, was den Tanzenden nun erwartete. Nur er selbst wusste es noch nicht.

Er stand auf einem Fuß, hob den Jägerhut mit Edelweiß wie zum Gruß, die Pirouette hatte ihn gerade zur Wand hingedreht, an der Jägerbilder und Geweihe hingen. Die beiden Musiker spielten noch lauter, als der Tänzer sich, nun schien es Alma wie in Zeitlupe, wieder zum Gastraum hin drehte. Von einer auf die andere Sekunde ernüchterte sein Gesicht. Er stoppte, stand stramm wie ein Soldat. Hob vorsichtig die Hände zur Entschuldigung.

Die Wirtin senkte ihre drohende Faust. Etwas ungeschickt kletterte der Tänzer vom Tisch, rutschte dabei beinahe aus, wollte sich schon auf die Bank setzen, da hielt die Wirtin ihm den Stuhl hin, auf dem er vorhin getanzt hatte. Auf dem das Tanzen wohl erlaubt war, in dieser Wirtshauswelt, die Alma nun doch amüsierte, deren über Generationen entwickeltes Regelwerk sie wohl nie verstehen würde. Sie verstand die ungeschriebenen Gesetze der Wiener Kaffeegesellschaft, der New Yorker Underground-Bars, die von Toblachs Gasthäusern verstand sie nicht. Zu anders waren sie. Und doch, so selbstbewusst war sie ebenso, hatte sie die Kraft, besaß sie die Zauberkunst, die Gemengelage hier ordentlich durcheinanderzuwirbeln.

Der Mann tanzte nun wieder. Weniger wirsch, etwas betreten und verschämt. Alma schaute auf die Wirtin, die wieder, scheinbar seelenruhig, hinter der Theke ihrer Arbeit nachging. Die Wirtin war eine, welche die Stürme in ihrem Gasthaus zu beenden wusste. Alma war eine, die Stürme auslösen konnte.

Der Almbub stieß sie an. Lallte nun mehr, als er sprach. Spuckte mehr, als er Worte formte. Total besoffen war der jetzt. «So sind wir, gnä' Frau, wir Toblacher.»

Sie hatte schon längst verstanden.

«Das mag euch feine Wiener vielleicht erschrecken, tut's doch, oder?»

Erschrocken war sie kein bisschen. Sie hatte schon mit ganz anderen Kalibern zu tun gehabt. Gott behüte.

«Aber ich tu Sie gern beschützen, Frau, vor diesen Kobolden hier ...»

Die kindliche Hand des Buben an ihrer Bluse ließ das zornige Blut in ihr aufwallen. «Weg da mit der Hand, Ziegenbub!», fuhr sie ihn zischend an. Kurz wich er erschrocken zurück, sein Gesicht wirkte noch blasser, plötzlich wieder nüchtern. Mit der Reaktion hatte er wohl nicht gerechnet.

Sie mit seiner schon. Sein Gesicht verfinsterte sich. Die jugendliche Reaktion, die eine Abweisung nicht ertrug. Nun schlägt er vielleicht zu, dachte sie. Sie spürte seine Hand auf ihrer. Wie sie drückte. Sein Bubenkopf, rot angelaufen, kam näher. Sie sah zur Seite, suchte nach Halt in einem der Blicke der kernigen Bauern, die um sie standen. Ihr Blick verfing sich schnell im Gesicht eines der kernigsten. Dessen Haut war ledrig, die Augen dunkel. Die Unterarme, welche unter hochgekrempelten, grün-blau karierten Hemdsärmeln hervorschauten, waren braun gebrannt, die Muskeln spannten sich unter der Haut, die fast zu platzen schien. Der war stark wie ein Pferd, dachte sie. Und gutmütig wie ein Hund. Sie wusste genau, wie sie blicken musste.

«Bub!», sagte der Bauer.

«Was?», zischte der Almbub, den Blick weiter auf Alma gerichtet.

«Lass die feine Dame zufrieden!»

Sie spürte den Druck der Hand des Jungen noch fester. Es erregte sie. Nicht die Hand des Jungen, sondern das Wissen um das, was nun kommen würde. Sie schaute zur Wirtin, Almas Lippen formten das Wort *Entschuldigung*, dann ließ sie sich nach vorne sinken, hielt sich an der Schulter des Jungen fest, hauchte ihm ins Ohr: «Zeig mir, Bub, wie stark du bist, dann kannst du mich haben!»

Eines wusste Alma ganz gut über sich selbst, auch wenn sie

nicht wusste, warum dem so war. Sie, Alma Mahler, Zwilling von den Sternen her, geboren in einem sommerlichen Nachmittagsgewitter anno neunundsiebzig als Alma Margarethe Maria Schindler, aufgewachsen auf Schloss Plankenberg vor den Toren der Stadt, Wiener Blut, eine, die alle haben konnte, die noch viele haben würde. Sie war eine, die Sturm säte, Sturm, den niemand zu bändigen wusste. Sie sah noch einmal zur Wirtin, die ihren Blick erwiderte und wohl ahnte, was sich da zusammenbraute.

Alma Mahler, Gattin des weltbekannten Komponisten, dessen Feuer sie einst geliebt hatte, dessen letzte Glut sie nun bremste. Alma, die selbst nicht gebremst werden wollte. Die stürmte. Eine, um die sich Männer schlugen. Eine, die mit einem Augenaufschlag eine Wirtshausschlägerei anzetteln konnte. In Wien, in New York, in diesem Alpendorf, wo der Mensch noch ein Wilder war, der Kuh näher als der städtischen Zivilisation. «Herrlich!», hauchte sie. Zumindest für diesen einen Moment war alles ganz wunderbar hier in Toblach.

Als sie zur Tür hinaustrat und ihr die kalte Sommerabendluft der Berge entgegenströmte, als sie diese Luft gierig einatmete und ihr Blut sich beruhigte, da hörte sie hinter sich bereits Stühle fallen, Gläser klirren, ein halb gegessener Kalbskopf platschte rechts von ihr auf den Boden. Sie stieg in den Fiaker. Die Berge schauten stumm auf sie hinab. Sie lachte zu ihnen hoch. Das Weiß der Gipfel schimmerte im Mondlicht. «Zum Trenkerhof», hauchte sie dem Kutscher entgegen. Sie hoffte, Gustav würde schon schlafen, ganz sicher würde er das. Dann würde sie ja in Ruhe alles erledigen können, was in dieser jungen Nacht noch so dringlich zu erledigen war.

4

Mahler beobachtete die Gipfel, während die Gedanken rasten. Rausgehen als Rettung, so hielt er es immer schon. Weggehen, wie oft hatte ihn das schon vor Schlimmerem bewahrt. Flucht als Lebensprinzip! Wenn er ein Philosoph wär, dachte er sich, wäre das doch ein Thema. Mahler drehte sich einmal im Kreis, ihn faszinierte das Farbenspiel aus Grell und Dunkel. Dunkel der Wald, grell der Schnee an den Spitzen. Nur, dass da oben die Blitze zuckten, es bald regnen würde, das betrübte ihn. Er war doch nach Südtirol gekommen, weil es hieß, hier regne es nicht. «Alles Lüge!», murmelte er in sich hinein, während er über den Dorfplatz von Toblach lief. Erste dicke Tropfen platschten auf die erhitzten Pflastersteine.

Mahler stoppte, schaute auf die Steine, einige staubig, trocken, einige nass, er fixierte willkürlich einen von ihnen, beschloss, so lange stehen zu bleiben, bis der Stein von einem Tropfen getroffen würde. Wenn Alma bis dahin kam, würde er ihr verzeihen. Er wusste, sie würde nicht kommen, nicht aus der Ferne *Gustav, ach Gustav! Mein Gustav!* rufen. So war sie nicht, seine Alma. Für sie war es ein Spiel. Das würde sie nie zugeben, aber er wusste es ganz genau, das konnte sie noch so sehr leugnen. Wer das alles, das Leben, die Liebe, nur als Spiel begriff, der gewann. Immer. Ihm war es kein Spiel, ihn packte es, körperlich, das Schmerzen der Nieren, die Krämpfe im Gedärm, das Rasen des Herzens, sie würde ihn noch ins Grab bringen – irgendwann, doch muss eh jeder ins Grab früher oder später, dann lieber so, von der Liebe zu ihr zerrissen.

Platsch! Der Stein war getroffen. Streit also! Die Nacht über. Morgen noch. Den halben Tag lang bestimmt, wenn nicht länger. Er ging weiter, spürte den Regen im Nacken, ein paar Tropfen schafften es unter den Kragen seiner Lodenweste, der Regen machte seinen Hut schwer, die dicke Luft beschlug die kleinen, runden Brillengläser. Er lief bereits zum Ort hinaus, ließ die letzten Häuser hinter sich, erreichte einen Feldweg, nasse Holzzäune, nasses Gras, nasse Kühe, die stumm auf der Wiese standen, kauend, ihn gleichgültig, mit dummem Blick, anstarrten. Donnergrollen, Kuhglockengebimmel, wieder schaute Mahler hoch, zum Wald, zu den Gipfeln, zum Himmel. «Wie soll ich bei dem Krach, bei dem Regen, bei der heraneilenden Kälte komponieren?», schrie er nun in das Naturschauspiel hinein.

Er erreichte den Waldrand, saugte den Waldgeruch in sich hinein. Nasse Tannenzapfen, nasses Moos, nasser Kuhmist. Geduld, dachte er. Nur ein sommerlicher Platzregen, das dauert nicht lange. Sein Komponierstüberl würde trocken bleiben. Warm. Hoffentlich. Heute, das spürte er, würde es klappen. Heute Nacht! Fast alles passte: die zurückliegenden, zermürbenden, einsamen Tage. Die bis gestern andauernde Hitze, die Langeweile, die Zerstreutheit, die Inspirationslosigkeit, die Mattigkeit, das leichte Fieber, die Sehnsucht, die Eifersucht, dann – endlich – Almas Ankunft – die Annäherung ihr gegenüber, das Streicheln der Schulter, ihr Wegdrehen, diese kleinen, stechenden Zeichen der Ablehnung. Gott, wie er sie liebte, Gott, wie weh das tat.

Doch mit Liebesleid alleine würden *Das Lied von der Erde*, die *Neunte* nie den allerletzten Feinschliff, die *Zehnte* nie Form annehmen, da brauchte es schon mehr. Das wusste Mahler aus Erfahrung. Das wusste er von der *Sechsten*, der *Siebten*, der *Achten*. Das wusste er vom Leben. Da braucht es schlaflose Nächte und philosophische Zerrissenheit und Ruhe, absolute Ruhe, und bloß keine Ablenkung, kein Essen, schon gar keinen Wein im Häusl und Konkurrenzneid – depperter Strauss! unerträglicher

Toscanini! –, und große Vorbilder brauchte es auch – Genie,
Wagner!

Die Gedanken brachten ihn ins Schnaufen, er hatte sich nicht
auf die Atmung konzentriert, wie es ihm der Bergführer letztes
Jahr unterm Gipfel geraten hatte, als er vor Erschöpfung fast
zusammengebrochen wäre. Nun hatte er den Weg verlassen,
kämpfte sich eine steile Wiese hoch, der raue Stoff der letzten
Sommer in einem Toblacher Bekleidungsgeschäft erstandenen
Schnürlsamthose war durchnässt.

«Ja, steht sie mir denn wirklich, Almschilein?», hatte er sie
vor dem Spiegel gefragt, sich links und rechts wendend, und
sich daran erinnert, wie sie vor vielen Sommern noch, es schien
so lange her, durch die Wiener Geschäfte gestreift waren, sich
von Umkleide zu Umkleide geküsst hatten, wie sie ihm seinen
Stil verpasst hatte. Den Stil des Gustav Mahler, erster Kapellmeister und Direktor der Wiener Staatsoper.

Er liebte sie, sie liebte ihn auch, so sehr, so sicher, so zweifels-
ohne, dass er es in jeder Faser gespürt hatte. Wahrscheinlich viel
zu brennend. Alles Brennende erlischt.

Kauf sie oder lass es halt, hatte sie ihn letzten Sommer an-
geblafft, ohne hinzusehen. Jetzt schaute er über die Wiese hinab
ins Tal, auf die tief liegenden Nebelschwaden, die Toblach be-
lagerten, auf die kahlen Gipfel der Dolomiten auf der anderen
Talseite. Ihm war kalt in den Gliedern. Gleichzeitig jedoch war
ihm heiß ums Herz, er riskierte eine Lungenentzündung, doch
die Erfahrung sagte ihm, dass sie ihn erst morgen früh ereilen
würde, er hatte Zeit, ein paar Stunden zumindest. Auch ein paar
Stunden bevor auf den Feldern die Raben wieder krähen würden.

Der Regen ließ bereits nach. Mahler verdrängte die Gast-
hausbilder, speicherte das Jetzt, diese Naturgewalt, mit Glück,
ein bisschen Glück, würde er sich diese Stimmungsgewalt mit

31

hinunter ins Tal tragen können, mit diesem bisschen Glück würde sie später im Komponierhäusl zu Musik werden. In einem explosiven Gemisch mit den Gasthausimpressionen.

Er würde sich des nassen Gewandes entledigen, sich nackt auf die morschen Bretter legen, neuen Tee aufsetzen, warten, bis der Tee und die Stimmung, die ihn schnellen Schrittes die steilen Wiesen hinuntertrug, sich in der muffigen Luft des Komponierhäusls vereinten. Bloß kein Fenster aufmachen, der Muff war gut fürs Komponieren. Das Komponierstüberl war vorgeheizt. Zwischen zwanzigeinhalb und einundzwanzig Grad, nicht heißer, nicht kälter, keine Zugluft. Zugluft war Gift. Eine Lavendelkerze stand bereit, ohne Lavendelduft ging nichts, Muff und Lavendel, die perfekte Komponierkombination. Die Bücher zur Inspiration lagen auf dem Klavier: Dostojewski. *Die Brüder Karamasow.* Euripides. *Medea.* Shakespeares *Sturm.* Goethes *Faust.*

Er würde in Komponierstimmung schwelgen, er würde Note für Note zu Papier bringen, er würde in einen magischen Rausch verfallen, eine Symphonie des neuen Jahrhunderts schreiben, der neue Wagner werden. Er, Gustav Mahler! Seinetwegen würden die Leute nach Toblach pilgern, weil sie da sein wollten, wo er gewesen war, die Luft atmen, die er geatmet hatte, die Wiesen hochklettern, die er hochgestiegen war.

Ja, wahrlich alle Ingredienzien lagen bereit. Alles war so, als hätte sich jedes nötige Detail perfekt gefügt, als wäre alles so geplant gewesen, was natürlich Blödsinn war. Kein Plan, nein, Genies planten nicht. Genies zauberten. Er schrie, rutschte schreiend aus, sein Hintern knallte auf die nasse Wiese, er rutschte ab, landete im Schlamm, wischte sich den braunen Dreck von der Hose. Sah sich verschämt um. Ihm war, als schmunzelten die Kühe. Dann muhten sie. Wild durcheinander, schief, wie verstimmte Tuben. Im Dreivierteltakt, wie ihm schien.

5

Alma seufzte zufrieden. Sie hatte alles perfekt geplant. Und es hatte sich tatsächlich so ergeben, wie sie es sich erhofft hatte. Genau so! Sie hob die Laterne hoch, achtete darauf, dass sie mit den nackten Füßen nicht vom Weg abkam, der vom Bauernhaus hinüber zum Waldrand führte, wo morgens Hirsche standen, wo auch Gustavs Komponierhäuschen stand.

Sie achtete darauf, dass der Rocksaum nicht nass wurde. Sie sah in den schwarzen Wald hinein, dann entdeckte sie das Kerzenflackern in der Holzbaracke, die sich Gustav als Schreibdomizil ausgesucht hatte. Sie erreichte die Hütte, stellte sich an das kleine Fenster, die Scheiben waren angelaufen. Verschwommen erkannte sie Gustav. Er saß, vornübergebeugt, den Kopf weggedreht, auf den Arm gelegt. Er wirkte wie tot. Doch sie wusste, er schlief, tief und fest.

Sie trat ein, die Tür miaute, Alma legte ihrem Gemahl eine dicke Decke um die Schultern, vorsichtig. Damit er sich nicht erkältete. Er würde sich noch oft genug erkälten im weiteren Verlauf des Sommers. Es hatte noch keinen gemeinsamen Sommer gegeben, überhaupt noch keine gemeinsame Jahreszeit, in der er nicht ständig erkältet war.

Sie blies die Kerze aus, stellte die Laterne daneben. Dann öffnete sie die kleinen Fenster, spürte den Luftzug, hoffte, der unerträgliche Lavendelgeruch würde sich schnell verflüchtigen. Lavendel, gab es Schlimmeres? Den restlichen Tee schüttete sie zum Fenster hinaus. Lavendel und Früchtetee, Gustav schwor darauf beim Komponieren. Im Kamin glühten nur noch wenige Scheite. Sie fröstelte, schnappte sich die zweite Decke, die auf dem Klavier lag, legte sie sich um die eigenen Schultern, sie zog das Notenpapier unter Gustavs Arm hervor, behutsam, damit es nicht riss. «Dann schauen wir mal», flüsterte sie.

Alma überflog die Partituren, summte leise die in den Stunden zuvor entstandenen Melodien vor sich hin. Das war nicht gut, gar nicht gut! Das war verwirrtes Zeug. Wut, Zorn, Eifersucht, Lavendel, Tee, die richtige Temperatur im Komponierhäusl – hatte wohl alles nichts geholfen. Sie nahm ein neues, leeres Notenblatt, griff nach der Feder, tunkte sie in die Tinte, schloss kurz die Augen, öffnete sie wieder. Nach ein paar Sekunden hatte sie sich in ihn hineingedacht, in seinen Kopf. Sie schrieb, sie war seines Schriftzugs fähig, den er für unverwechselbar hielt. In zwei Stunden hatte sie es geschafft. Lange vor Sonnenaufgang. Dann würde sie in ihr Zimmer zurückkehren, die von Gustav benutzten Notenblätter verschwinden lassen, einen Brief schreiben an ihn – *Walter, Geliebter!* –, sich hinlegen.

Gustav stand früh auf. Vor sechs. Dann kam er ins Trenkerhaus, frühstückte in der Küche. Kaffee, Gebäck. Die Butter ließ er immer stehen, die wahrlich ungenießbare hofeigene Butter, demonstrativ würde er sie von sich wegschieben. Sie kannte ihn so gut. Dann würde er spazieren gehen, danach sich das zuletzt Komponierte ansehen, es hoffentlich für gut befinden, mit guter Laune zu ihr kommen. Sie beugte sich zu seinem Kopf hinunter, begutachtete seinen alten Schädel. Vor wenigen Tagen hatte er seinen fünfzigsten Geburtstag gefeiert. Hier. Alleine. Ohne sie. Jegliche Feier hatte er sich verbitten lassen. Wer feierte, arbeitete nicht! Die Energie, die beim Feiern verpuffte, war für alle Zeit verloren.

Er schlief tief, und bald leise röchelnd. Sie hoffte, die Lungenentzündung würde ausbleiben. Almalein, mein Almalein, die *Zehnte* wird! Sie wird! Das oder so etwas Ähnliches würde er, so hoffte sie, sagen am Morgen nach dem Erwachen. Vielleicht würde er sich zu ihr legen wollen. Sich versöhnen. Sich belohnen für den Geniestreich der Nacht. Sie würde es über sich ergehen lassen und dabei an Walter denken. Sie sehnte sich so nach ihm.

Im Dunkeln lief sie vom Komponierhäuschen hoch in Richtung des Trenkerhauses. Dort brannte das matte Licht gegen das Schwarz der Nacht an, vermutlich in der Stube, der Bauer oder die Bäuerin waren wohl noch wach, oder schon wieder wach, so genau wusste man das bei denen nie. Alma fröstelte, alles erschien ihr kalt, nicht nur die Luft, auch die hohen Tannen, das laute Lärmen der Nachttiere, das glitzernde Weiß der hohen Gipfel – vom Monde erleuchtet. Sie hatte keine Angst vor der Nacht, nicht mehr, was konnte sie ihr schon? Früher, ja da war das anders gewesen. Aber schlimm war es nie gewesen. Mehr ein Spiel, wenn auch ein durchaus gruseliges. Sie erinnerte sich, wie sie als junges Mädchen durch Wien gelaufen war, mattes Licht der Laternen, das Klappern der eigenen Schritte auf den flach und rutschig getretenen Pflastersteinen.

Männergelächter dröhnte aus den Gasthäusern heraus, dann Schritte, hinter ihr. Meistens schloss sie kurz die Augen, konzentrierte sich voll und ganz auf das rhythmische Geklapper. Kam es näher? Bog es ab? Frau oder Mann? Ein Zweibeiner oder mehrere? Ihr schauderte nun, Jahre später noch, wenn sie daran dachte, was sie damals in heimlichsten Gedanken zu wünschen gewagt hatte. Ob sie es wirklich gehofft hatte? Wohl nicht. Es musste ein dummer, dummer Mädchenirrsinn gewesen sein. Der jedoch tief in ihr drin stets stark und stärker geworden war. Sie erinnerte sich daran, dass sie ihn nicht mehr losgeworden war, dass andere Schmerzen ihn nicht hatten verdrängen können. Das Brennen einer Kerze nicht, wenn sie den Unterarm über den Docht hielt, bis zehn zählte, manchmal bis zwanzig. Das piksende Stechen mit der Nähnadel in die Fingerkuppen nicht. Auch nicht das höllisch schmerzhafte Stechen unter die Fingernägel.

Auch das Komponieren und das Klavierspielen nicht. Es ging nicht weg. Selbst nicht, wenn sie Wagner spielte. Da wurde alles eher noch schlimmer. Und beim Gedanken an Klimt sowieso! Immer noch. Beim Gedanken an ihn, mit dem sie so sehr wollte, dass wahr wurde, was bis dahin als Traum in ihr getobt hatte. Er war es stets gewesen, an den sie gedacht hatte, wenn sie alleine, nachts, durch Wiens Gassen gegangen war. Zu ihm hatten die Schritte hinter ihr gehören sollen. Das matte Schummern. Augen zu. Die Schritte. Ja, feste Männerschritte. Klimt-Schritte. Wildes Herzklopfen. Sie musste kurz und erschrocken darüber nachdenken, wie lange das nun schon her war, ein Leben, mindestens. Sie kannte das junge Mädchen von damals kaum noch.

Klimt! Wenn der nur so geliebt hätte, wie er malte, wie er redete, wie er auftrat. Schaf im Bärenfell. Viel zu lange hatte sie ihm nachgetrauert, diesem Schlappschwanz, der sie haben wollte, aber mehr als einen lauwarmen Kuss und lauwarmes Begierdengelaber hatte er nie auf die Reihe gebracht. Wenn sie daran zurückdachte, wie lange sie hoffnungsvoll gewartet hatte, wie viele Zeichen sie ihm gesendet hatte – alles umsonst. Und dann hatte er, als es doch endlich geschehen sollte, in letzter Minute den finalen Rückzieher gemacht, Schuft, elendiger! Weil ihr Stiefvater ihm ins Gewissen geredet hatte. Schlimmer ging's nimmer. Unromantischer auch nicht. Sich von irgendeinem Stiefvater ins Bockshorn jagen lassen.

Ein Rascheln links im Busch, Alma zuckte zusammen, schrie kurz auf, ein grellgelbes Augenpaar blitzte im Schwarz, erlosch wieder. Nichts. Stille. Alles Waldgetier schien für einen Moment verstummt. Nur fernes Rauschen. Ein Fuchs war das wohl gewesen. Ach was, Fuchs. Ein Wolf, ganz sicher! Sie nahm sich vor, am nächsten Morgen gleich nachzufragen, ob sich hier in Altschluderbach nachts wohl Wölfe herumtrieben, entschied sich jedoch sofort wieder um. Entschied, das Nachfragen lieber sein zu lassen. Einfach davon auszugehen, dass es so war. Eine kleine Episode, die sie wunderbar in Wien, New York, Paris, oder wo auch immer, erzählen konnte. Wie sie nachts alleine im Wald spazieren gegangen sei, einen Wolf getroffen, sich mit ihm angefreundet habe, bei Vollmond mit ihm zum Himmel gejault habe, ja, hui, das würde eine gute Geschichte geben.

Gute Geschichten, dafür war sie immer zu haben. Halb erlebt, halb erfunden, das waren die besten. Wie jene Geschichte, die sie Gustav erzählt hatte, als sie beide sich das erste Mal getroffen hatten. Richtig getroffen, also tatsächlich begegnet, im eigentlichen Sinne. Gesehen hatte sie ihn ja öfters schon. Aber nie so, von Angesicht zu Angesicht, auf der gleichen Ebene.

Keine Stufe höher, keine drunter. Er war ja sonst immer da oben irgendwo gestanden, auf der Bühne. Auf dem unerreichbar hohen Dirigentenpult. Mahler. Halbgöttisch, wagnergleich, na ja, sie nahm den Gedanken schnell wieder zurück, an den lieben Gott vielleicht schon, aber an Wagner kam selbst Gustav nicht heran.

Nein, selbst damals nicht, als er noch so jung war, so voller Willenskraft, der spannendste Junggeselle Wiens. Damals, als dieser unbändige Wille alles andere durch und durch verblassen ließ. Dass er durch und durch wie ein Jude aussah, das war ja eigentlich nicht zu übersehen gewesen. Da konnte er sich dreimal taufen lassen. Nun hatte sie ja nichts gegen Juden, ganz bestimmt nicht, schon gar nichts hatte sie gegen solche Juden, die es überhaupt nicht sein wollten. Jedenfalls war das eh alles verblasst damals, unter der brennenden, leidenschaftlichen Sonnenhitze, die er versprühte. Vom Dirigentenpult herab.

Gustav Mahler! Dieser junge Wunderdirigent! So hörte man ganz Wien flüstern und jauchzen. Wer ihn noch nie gesehen hatte im Konzert, der konnte gleich weggehen aus Wien, was wollte der noch mitreden? Diesen Teufelsdirigenten musste man erlebt haben! Sie hatte ihn so oft erlebt. Ihn angehimmelt von der Reihe drei aus, sich eingebildet, er habe ihr zugezwinkert, während des tosenden Applauses. Sie hatte sich an diesem vermeintlichen Zwinkern festgekrallt. Beim nächtlichen Flanieren durch Wien hatte sie es tatsächlich immer öfters geschafft, an ihn zu denken, nicht mehr an Klimt. Mahler! Beim Einschlafen. Mahler! Im Traume. Mahler! Manchmal selbst in den Armen von Zemlinsky, ach Alexander. Sie hatte ihn ja geliebt, den Alex, aber Mahler!

Sie erinnerte sich jetzt, im Dunkeln, auf dem Weg, der von Gustavs Komponierhäusl hoch zum Trenkerhaus führte, so genau an ihre erste Begegnung im Hause der Zuckerkandls, als läge sie erst ein paar Tage zurück und nicht neun Jahre. Ein regnerischer November in Wien. Sie hatte sich, an jenem Abend des Jahres 1901, für den Blaufuchsschweif aus dem Fundus in dem kleinen Laden in der Trautsongasse entschieden. Gewagt. Was sonst. Ein Fuchs um den Hals. Trug man damals schon lange nicht mehr in Wien. Ob sie die Erste wäre, die ihn wieder tragfähig machte?

Da war das Zögern gewesen, der Gedanke, den Fuchs doch noch abzunehmen, ihn ins Gebüsch neben die Tür zu legen, doch dann wurde die Tür bereits aufgerissen, sie sah das breite Grinsen des Gastgebers. Dr. Emil Zuckerkandl, Leichendoktor, Professor an der Universität, ja, einer der wenigen tatsächlich charmanten Charmeure Wiens. Einer von denen, die nicht gleich betatschten, zumindest nicht an einem Abend wie diesem, wenn er selbst Gastgeber war, wenn die eigene Frau, die Berta, die herzlichste, zugegen war. Nein, Zuckerkandl betatschte nicht, jedenfalls nicht schon am Anfang des Abends, wenn er noch nicht durch und durch betrunken war.

Der Doktor bat sie und Stiefvater Moll hinein. Die Wände hingen voller Kunst. Klimt, sie erkannte die Pinselstriche ihrer

Vergangenheit sofort. Die Bilder, die sie so verzückt hatten, die ihr nun nur noch öde und voller Kitsch erschienen. Sie hatte nichts gegen Kitsch, ganz sicher nicht, aber Klimt, ach Klimt, das war vorbei, der war von gestern, in hundert Jahren würde niemand, nicht einmal seine Enkelkinder mehr, wenn er sich denn endlich mal traute mit einer, über ihn reden. Über seine Malerei war sie längst hinweg, wäre sie doch auch über ihn hinweg.

Der Herr Doktor reichte Champagner. Immerhin, da ließen die Zuckerkandls sich nicht lumpen. Dicke Luft. Parfumgeschwängert. Irgendetwas mit Rosen, viel zu viele Rosen. Zum Glück, so dachte Alma Schindler erleichtert, hatte sie auch ordentlich aufgetragen. Vanille. Das würde allen Rosengestank übertünchen. Sie lachte laut auf. Drehte sich um sich selbst. Einfach so. Weil sie fröhlich war. Und die Gesellschaft sollte ruhig sehen, hören, riechen, dass sie da war. Sie, die Schönste von Wien. Sie wusste, dass sie als diese galt.

Aus der Küche dampfte es. Knoblauch, herrlich, zu viel Knoblauch gab es nicht. Irgendwoher ertönte Musik. Mahler? Nein, Wagner! Tristan? Bestimmt. Wie schön. Schnell bildete sich ein Halbkreis um sie, was sie durchaus gewohnt war. Bahr, der Schreiberling, der mit seinem lustigen Soldatenspitzbärtchen, seinem ovalen Bäuchlein und seiner lächerlichen goldenen Taschenuhr beinahe wie die Karikatur seiner selbst aussah, senkte den Kopf zum Gruße. Burckhard, ehemaliger Direktor des Burgtheaters, der sich nichtsdestotrotz immer noch *Herr Direktor* rufen ließ, der Lästige, der ihr Monat für Monat Wäschekörbe voller Bücher schickte, die sie gar nicht alle lesen konnte, hob grüßend die Hand, formte dann den Mund zu einer Kussimitation.

Sie schaute sich nach Klimt um, suchte ihn, und hatte doch gleichzeitig Angst, ihn zu entdecken. Er kam bestimmt auch, sonst hätte der Doktor nicht den ganzen Salon mit dessen Bildern tapeziert. Normalerweise hingen bei Zuckerkandls öde Landschaftsmalereien in Öl, weil die Berta so sehr gefielen. Klimt würde sicher als Letzter kommen, wie immer. Er würde sie, wie ein Schulbub zu Boden blickend, murmelnd begrüßen, dann den ganzen Rest des Abends ihrem Blick ausweichen. Sie hatte ihn eine ganze Weile nicht gesehen. Kaum an ihn gedacht. Sie hoffte, sie würde bald überhaupt nicht mehr an ihn denken. Keine Gefühle mehr. Gar nichts. Gott, wie sehr sie das hoffte.

Sie schaute sich um, Mahler sollte unter den Gästen sein, das hatte sie erfahren im Vorhinein. Mit seiner Schwester Justine wohl. Für gewöhnlich salonierte er nicht, wie man wusste. Auch sonst sah man ihn kaum, diesen scheuen Maulwurf. So als ob er gar nicht in Wien wohnte, nur von einem fremden Stern immer zum Dirigieren hierherflöge. Im *Sacher* hatte sie ihn noch nie gesehen. Obwohl man da ja stets alle sah. Selbst die, die man zu übersehen gedachte. Aber heute. Der Mahler. Hier. In ihrem Kreise. Bei ihren Freunden. Eine Sensation, nicht wahr? Welch einmalige Chance. Sie hatte sich einmal ein Autogramm zukommen lassen, ein Mädchen war sie da gewesen. Das Autogramm hatte sie immer noch am Schminkspiegel stecken. Alexander störte es nicht. Er liebte und verehrte ihn ja genauso. Mahler. Eh unerreicht!

Vor einem Sommer hatte sie ihn sogar ganz zufällig bei einem Fahrradausflug gesehen. Zur Sommerfrische. In den Bergen von Goisern. Da war sie mit Frau Mama und Herrn Stiefpapa unterwegs gewesen. Sie war beinahe ein wenig erschrocken und zugleich eingeschüchtert gewesen, als Mahler plötzlich an ihnen vorbeigeradelt war. So kraftvoll. Nur ein kurzes Winken, ein flüchtiger Gruß. So nah und doch so schnell wieder weg. Wie sie das gewurmt hatte, dass sie ihn da nicht aufgehalten, angesprochen hatte. Lange. Das, so schwor sie sich in den Stunden vor dem Abend bei den Zuckerkandls, würde ihr heute nicht passieren. Solche Chancen kamen höchstens zweimal. Heute würde sie ihn sich schnappen, das hatte sie sich fest vorgenommen. So musste es sein, so schien es ihr vorbestimmt.

Was hatte sie nicht alles gehört von ihm: Unterschiedlichstes. Dass er sich die Frauen nahm, wie andere die Luft zum Atmen. Und das Gegenteil davon. Dass er für so etwas wie das Weib nichts übrighatte. Dass bei dem im Bett gar nichts liefe. Zu viel komplizierte Musik im Kopf. Dass er unsterblich in diese Sängerin, diese Mildenburg, verliebt sei. Ach! Alma wusste aus eigener Erfahrung, dass unsterbliches Verliebtsein selten von Dauer war. Dass Mahler kerngesund sei, hatte sie einerseits gehört, dass kein Zweiter so ein Pensum am Dirigentenpult abliefere. Dass er sterbenskrank sei, hörte man andernorts. Die Lunge, die Arterien. Das Herz. Vor allem das Herz. Dass der es bald über Wien hinaus zu Weltruhm schaffen würde. Einerseits. Dass er verarmt und verschuldet enden würde, weil er kein Wagner sei, seine Kompositionen nichts taugten. Andererseits.

Das war ihr alles egal. Weit in die Zukunft denken, das hatte sie sich eh unlängst abgewöhnt. Und lebte viel besser damit. Die, von denen man Unterschiedlichstes hörte, waren die Interessantesten. Die ließen ihr keine Ruhe, bis sie sich nicht höchstselbst vergewissern konnte, wie die waren. Die Musik würde sie ihm schon austreiben, für die gewissen Momente, jedenfalls. Hatte bei Alexander ja auch geklappt. Zelensky, ja, armer Alex. Sie spürte, dass das mit ihr und ihm zu Ende gehen würde. Ja, das war nun wohl bald vorbei. Er hatte ihr Klavierspiel verfeinert, er hatte sie in das Liebesspiel eingeführt, er hatte, obwohl man es ihm nicht ansah, viel mehr Mumm besessen als der mächtige Klimt. Ach, Zelensky, Liebster. Ich liebe dich. Aber du musst verstehen.

Der Kreis um sie wurde enger, drängte sie beinahe zur wieder verschlossenen Salontür zurück, drängte sie an die Wand. Sie zog Sophie an sich heran, Bertas Schwester, die Clemenceau, die sich durch den Kreis gekämpft hatte, um sie zu begrüßen.

Sophie, Rettung! Sie konnte schließlich nicht allen ihre Zuneigung schenken, zumindest nicht gleichzeitig. Der Abend war noch jung. Ja, jetzt musste ihr Sophie, die liebste Sophie, zur Seite springen, zumindest eine Flanke der Gesprächsouvertüren abfedern. Fräulein Alma, küss die Hand, Liebste, wie umwerfend Sie heute Abend, ach, dieser Fuchsschweif, dieses weiche Fell, fantastisch! Ist der aus London, ich habe letztens in einer Illustrierten gesehen, dass man jetzt in London … Gnädigste Alma, darf ich Sie untertänigst einladen, hier an unserem Gespräch, dem Sie durch die verzaubernde Wucht Ihrer Ankunft die Luft geraubt haben … darf ich Sie einladen, Ihre Meinung kundzutun, zu der Debatte, die wir hier gerade über den Aufmacher der Auslandsseiten im *Wiener Boten* entfacht hatten, über die Lage im Ottomanischen … *Oh, du meine Güte!* Alma, Muße, welch Freude, Sie … *Genug jetzt!* Japsendes Kichern. Sie schob Sophie den Fragen entgegen, duckte sich hinter sie.

Er hatte geschwiegen. Beinahe den ganzen Abend lang. Vor dem Essen, auch zu Tisch, bedrückendes Schweigen seinerseits. Am Schmause, klare Suppe, paniertes Kalb, Kartoffelsalat, Obst mit Schlagobers, hatte er sich kaum beteiligt, wie sie vom anderen Tischende aus beobachtet hatte. Auch jetzt im Salon stand er nicht bei den anderen. Hatte ihnen beinahe demonstrativ halb den Rücken zugewandt. Bewegungslos herumgestarrt, ins Leere wohl. Nun wollte sie es wagen, sie musste. Sie wartete, bis Justine von seiner Seite wich, ließ Sophie und Burckhard einfach stehen, trat von hinten auf ihn zu, räusperte sich. Normalerweise brachte ihre Aura Männer dazu, sich zu ihr umzudrehen, lange bevor sie sich neben sie stellte, sich räuspern musste.

Mahler!, schrie sie in Gedanken. Er zuckte leicht zusammen, drehte sich ein wenig, schaute sie aus seinen kleinen, dicken, runden Mahlerbrillengläsern an. Seine Äuglein blitzen flink auf. Helles Blau. Wie schön. Alles an ihm erschien ihr sofort irgendwie kratzig. Sein kratziges Flanelljackett, sein kratziges, leicht gewelltes braunes Haar, seine rasierte, ledrige, kratzige Gesichtshaut. Seine Stimme. Von der Nähe sahen die eingefallenen Wangen noch eingefallener aus. Er wirkte wie der Tod als Wandermönch verkleidet. Alles an ihm drückte aus, dass er nicht hatte angesprochen werden wollen. Mit sich alleine sein wollte. Unter allen allein. Wahrscheinlich im Kopf hochkonzentriert herumkomponierend. Sei's drum.

«Mögen Sie Nietzsche?» Sie fragte es kokett frei heraus. Hoffnungsfroh. Er fixierte sie kurz, wich dann aus, schaute auf den Klimt, der neben ihm hing. Der echte Klimt, der leibhaftige, der mit goldenem Umhang erschienen war, brüllte in der Küche betrunken herum. Mahler kniff die Äuglein zusammen, so als ob er etwas ahnte, vielleicht wusste er es. Dass da was gewesen war mit ihr und Klimt. Wahrscheinlich wusste ganz Wien davon. Sie wusste nicht, ob Klimt es allen erzählt hatte, womöglich noch etwas dazuerfunden hatte, mehr als den einen schmalzigen, feuchten Kuss. Mahler schloss die Lider. Für Sekunden. Er schien nicht über Nietzsche sprechen zu wollen. Dann musste sie das Gespräch eben lenken. «Ich liebe ihn und vergöttere ihn. Ebenso wie Wagner.» Sie formte mit den Händen einen Bogen, so als wollte sie die Musik, die schwer im Raume hing, einfangen, wie einen Fisch mit einem Netz.

Sie entdeckte einige vergessene Bartstoppel an seinem Hals, sie sah, wie sein Kopf errötete, blutwurstrot, wie er innerhalb einer Bruchsekunde zu platzen drohte, wie ihr schien. Wie die Worte dann aus seinen schmalen, ausgetrockneten Lippen hervorquollen, so als ob er sie abstoßen würde, wie welkes Gedärm.

«Vergleichen Sie mir nicht diesen übermütigen Wirrkopf mit meinem Wagner, junges Fräulein. Wie kommen Sie dazu!»

Das saß. So, so, also. Gut, ihretwegen. Sie trat näher, unverschämt nahe. Sie schnupperte. Kartoffelgeruch. Dieser Mann, Mahler, der Dirigentengott, roch ganz profan nach den fünf Löffeln Kartoffeln, die er zuvor nur mit Widerwillen zu sich genommen hatte. Groß war er auch nicht, dieser Wundermahler, viel kleiner, als sie ihn hoch oben am Dirigentenpult stehend eingeschätzt hatte. Ja, dirigieren, das konnte er. Aber seine eigene Musik hatte ihr eh noch nie so recht gefallen.

Von Literatur, ihrer zweiten Leidenschaft, schien er wohl gar nichts zu verstehen. Nietzsche nicht mögen. Wie ging das nur? Burckhard, sie schaute kurz zu ihm, er laberte immer noch die Clemenceau zu, schickte ihr unentwegt Nietzsche. Und der war schließlich mal Burgdirektor gewesen, ein Burgdirektor wusste wohl, was sich zu lesen lohnte. Außerdem, wie Mahler aussah. So aus der nächsten Nähe, auf den zweiten Blick, na ja, er war schön angezogen, das musste sie schon sagen, wirkte jedoch trotzdem schäbig. Sein Gesicht zuckte eigenartig, mit jedem Zucken schnitt er eine Grimasse. Die Fingernägel waren abgeknabbert, an einigen Fingern so sehr, dass sich auf der darunterliegenden Haut Blutkrusten gebildet hatten. Das würde sie ihm schon noch abgewöhnen, das Fingernägelkauen.

Mahler zuckte immer noch. Was soll's, dachte sie, sie kannte sich aus mit diesen Künstlern, sie verbrachte alle Zeit mit ihnen, sie hatten selten Charakter, das hatte sie längst verstanden, warum sollte es mit ihm hier anders sein.

Sie hörte nun, wie aus weiter Ferne, Klimts immer lauteres, immer besoffeneres Gebrüll. Die Bärenstimme dieses Schafsmenschen. Sie sehnte sich nach den jüngst vergangenen Jahren zurück, als diese Künstler, mit denen sie sich umgab, sich noch im Geheimen trafen. Als diese längst satt gefressenen Secessionisten noch der Ruch des Verbotenen umgab. Das war weit weg. Sie schaute Mahler tief in die Augen. Ja, Klimt war ihr egal.

«Was haben Sie denn gegen Nietzsche?», fuhr sie flüsternd fort.

Mahler schüttelte heftigst den Kopf, schlug sich mit einer Hand auf die Stirn.

Sie weiter: «Kraus, der soll doch heute später vielleicht auch noch … der hat über Nietzsche …»

Er verzog das Gesicht zu einer Grimasse. «Bitte nicht der Karl Kraus.» Er schrie nun beinahe. «Der mit seinen leidigen Reporterfragen. Immer fragt er, fragt er, fragt er.» Wieder spuckte er die Worte mehr aus, als dass er sie sprach.

«Seien Sie nicht so furchtbar ernst», blaffte sie ihm nun entgegen.

«Tun Sie nicht so lustig», entgegnete er prompt. Sie fuhr nun hastig fort. Durfte ihn nicht verlieren. Sie schloss die Augen. «Goethe, Herr Mahler», hauchte sie, «wollen wir uns auf Goethe einigen? Goethe und Wagner. Zwei Genies! Zwei Götter.»

Sein Kopf erblasste langsam wieder. Sie verstand nicht recht, ob er erneut zuckte oder nun nickte. «Zwei Götter», flüsterte er zustimmend, jetzt erkannte sie die Bewegung ganz klar als Nicken.

«Herr Mahler, darf ich Ihnen eine kleine Geschichte erzählen. Ich habe sie noch niemandem erzählt. Ich erzähle Ihnen etwas, was mir zuletzt hier in Wien zugestoßen ist, Sie werden es nicht glauben, so verrückt ist das, pssst, aber Sie müssen mir schwören zu schweigen, hören Sie, also …» Sie streifte wie zufällig seinen Handrücken, der viel feiner, zarter, weicher war, als der Blick in sein Gesicht hatte erahnen lassen.

Das Zucken legte sich. Er lächelte. Seine Hand drückte die ihre. Alles in ihr tanzte.

Schon spürte sie nun den Kies des Trenkerhofs unter den Fuß-sohlen, die Kälte dieser Julinacht des Jahres 1910 war unter ihr Kleid gekrabbelt, stach wie tausend Nadeln auf ihre Gänsehaut ein. Die Waldgeräusche um sie schienen erneut verstummt. Sie versuchte die Gedanken an Wien festzuhalten. Ihr liebes Wien, wie es gewesen war, in jenen Tagen, als sie die Stadt zum Tanzen gebracht hatte. Sie spürte jedoch, wie ihr die Erinnerungen ent-glitten. Sie hoffte, betete, flehte, noch einmal so jung zu sein, sie spürte, dass nur eine neue Liebe sie noch einmal von dieser Kraft kosten lassen könne. Sie ging zum Licht, die Tür zu ihren Gemächern im oberen Stock knirschte, sie wollte einen Brief schreiben. An Walter.

6

Wien, Dezember 1901

Er kniete sich hin. Die Dielen krachten. Er legte sein Ohr aufs Holz. Wartete. Schloss die Augen. Nichts. Er krabbelte weiter. Ja. Da! War! Es! Er stoppte. Verharrte. Ja. Ja. Ja. Der Zug. Er blies ihm gegen die Backe. Mahler drehte einen Viertelkreis, immer noch auf allen vieren, ja, jetzt blies es ihm ins Gesicht. Seine Gesichtsmuskulatur ließ sich zu einem triumphierenden Grinsen hinreißen, auch wenn sein Hirn wusste, dass die Schlacht noch nicht gewonnen war. Er krabbelte dem Luftzug entgegen, unter dem Schreibtisch hindurch, über die Staubballen hinweg, bis zur französischen Flügeltür.

Also doch. Die Luft kam von der Küche. Aber da waren alle Fenster verschlossen. Vielleicht zog es von der Wohnungstür in den Arbeitsraum hinein. Wurscht. Mahler sprang auf, kontrollierte noch einmal, zum fünften Male nun bereits, ob auch alle Türen und Fenster der Wohnung in der Wiener Auenbruggergasse geschlossen waren. Sie waren es. Gut. Ihn irritierte nichts mehr als offene Türen. Nichts mehr als Luftzug. Außer lästige Fliegen vielleicht. Die waren noch unerträglicher. Er hastete ins Schlafgemach, holte zwei Polster, lief zurück zur Flügeltür, schloss sie, stapelte die Polster vor der Ritze zwischen Tür und Rahmen. Schob einen Stoffsockel davor. Setzte sich erneut an den Tisch. Schloss die Augen. Wartete. Überlegte, ob auch Wagner jemals in seinem Komponiergemach herumgekrochen war. Oder Goethe. Das konnte er sich beim besten Willen nicht vorstellen. Götter krochen nicht. Wer Gottgleiches schuf, dem waren Luftzüge wohl einerlei. Der ließ sich davon nicht ablenken. Und auch nicht vom Weib.

Wieder dachte er an Alma. Starrte auf das leere Papier vor sich. Auf die toten Fliegen, die verstreut auf der Tischplatte und auf dem Fenstersims lagen. Er hätte es nie so weit kommen lassen dürfen. Aber nun war es zu spät. Er spürte, wie die Gedanken in ihm aufwallten. Er hatte sich, tja, verliebt. Richtig, verdammt, verliebt. Wie hatte ihm das passieren können? Er hatte ihr auf dem Flügel sogar Mozarts Nachtmusik vorgespielt, er war sich sicher, Wagner hatte keiner Frau diesen schnöden Mozart vorgespielt, dieses infantile Geklimper, das er auch im Konzert aufzuführen hatte. Weil es halt alle liebten. Was sollte er tun?

Anna hätte er das niemals vorgespielt, da hätte sie noch so sehr flehen können. Die Mildenburg hatte er im Griff. Weil er sie nicht liebte, nur begehrte. Diese Alma Schindler jedoch bekam er nicht aus dem Kopf, seit er sie bei den Zuckerkandls kennengelernt hatte. Verflucht. Was sollte er nur machen? Eine gute Partie war sie ja schon. Ein Mädchen aus dem Hause Moll. Hübsch, durchaus. Das sagten alle in Wien. Wenn es alle sagten, konnte es so falsch wohl nicht sein. Keck, frech, das imponierte ihm. Das war schön, aber auch ein Problem. Er wollte sie zu sehr, obwohl er sie doch eigentlich gar nicht brauchte. Er hatte Anna – als Muse. Er hatte Justine, seine Schwester, die ihn zwar verrückt machte, weil sie die Türen nicht schloss, weil sie Fliegen stets durch offene Fenster in die Freiheit entließ, weil sie barfuß durch die gemeinsame Wohnung tapste, weil sie manchmal laut schnarchte, weil sie schief sang, aber ansonsten kam sie allen schwesterlichen Pflichten zur Genüge nach. Sie kochte, wusch, putzte, ihm fehlte es an nichts.

Nur an ihr fehlte es ihm. Alma. Nein, es gab kein Zurück mehr. Er musste sie haben, damit er sich nicht mehr nach ihr sehnte. Verflixte Sehnsucht! Sie raubte ihm die Konzentration. Er würde Moll fragen, den Antrag stellen. Sie würde sich freuen, gewiss. Dann wäre diese Sache endlich erledigt. Und diesen

Brief, den er im Begriff war zu schreiben? Er musste ihr begreiflich machen, wie lächerlich ihr mädchenhafter Leichtsinn und ihre Frivolität wirkten; wie notwendig es war, dass sie ihren Drang nach Individualität ablegte.

Er liebte sie, das hatte er ihr nun schon ein paar Mal gesagt, unmissverständlich und deutlich, das war geklärt, nun war der Rest zu klären. Er war ein Freund der klaren Abmachungen. Er fürchtete, wusste tief in seinem Inneren, dass sie ganz anders war, das genaue Gegenteil von ihm, dass er deshalb so sehr in sie vernarrt war, sie so sehr liebte, wohl auf Lebenszeit nicht von ihr lassen können würde. Doch er durfte sich von der Frau an seiner Seite nicht herunterziehen lassen. Das war unmöglich.

In Gedanken ging er die Punkte noch einmal durch, die sie zu akzeptieren hatte. So viele waren es nun ja wirklich nicht.

Dass sie aufhörte, ständig halb erfundene Geschichten zu erzählen. Dass sie sich in den Kanälen unter der Stadt mit einer Ratte angefreundet habe, dass sie die Ratte dressiert habe, dass die Ratte im Takt tanzte, wenn sie ihr Mozart auf dem Klavier vorspielte, so ein Schmarrn. Merkte sie denn nicht, dass ihr keiner glaubte?

Dass sie in Gesellschaft nicht immerzu lauthals, gackernd lachen sollte. Am schlimmsten war es, wenn sie mit ihren zahllosen Freundinnen gemeinsam gackerte. Wie im Hühnerstall.

Dass sie das Kochen nun ernsthaft erlernen mochte. Justine würde ihr dabei zur Hand gehen. Justine, liebstes, braves Schwesterchen, hatte ihm dies bereits zugesichert.

Dass sie sich mit Zemlinsky nicht mehr zu Klavierstunden traf. Er, Mahler, traf sich mit der Mildenburg ja auch nur noch im Geheimen.

Das war's beinahe auch schon. Beileibe nichts Schlimmes. Eher Selbstverständliches. Sorge, rechte Sorge, machte ihm eh nur der eine Punkt. Der letzte.

Mit der Musik, mit dem Klavier und mit dem Komponieren, müsse es vollends vorbei sein.

Es ging ja wirklich nicht anders. Sie musste ab sofort, spätestens von der Heirat an, mit seiner Musik leben. Nur mit seiner. Das war unumgänglich. Was wäre das denn sonst für eine Situation? Unvorstellbar.

Er verfluchte sich dafür, ihr anfangs ein paar Mal gesagt zu haben, dass ihm gefiele, was sie da komponierte. Wie leichtsinnig das gewesen war. Er war halt nicht bei Sinnen gewesen. Viel zu verliebt. Töricht. Sie musste sich etwas darauf eingebildet haben. Wahrscheinlich hatten ihr auch die anderen Männer mit Lob geschmeichelt. Klimt. Burckhard. Dieser Zemlinsky. Das war fatal. Er würde ihr wohl klarmachen müssen, dass das alles ein Spiel gewesen war. Ein Spiel, das Männer mit Mädchen nun mal spielten. Ein Spiel, das er, der er nun ihr Gemahl werden wollte, auszubaden hatte. Wenn sie denn eine Hässliche wäre, ja, so musste er es ihr zutragen, nicht die Schönste der Stadt, dann hätte kein Einziger von denen ihre Noten auch nur angeschaut. So war es nun mal.

Gewiss würde sie die Zeilen, die er im Begriff war zu schreiben, mit ihrer Mutter besprechen. Vielleicht sogar mit Schnitzler, der ihm in letzter Zeit ein bisschen zu offensichtlich um sie herumstrolchte. Mahler wusste noch nicht recht, was er von diesem Schnitzler halten sollte. So wie der schrieb, schätzte er, würde er ihr auszureden versuchen, ihn zu heiraten. Der wollte sie wohl selbst ins Bett bekommen, ihr lief ja jeder hinterher, hörte man. Eine vertrackte Situation. Schnitzler würde wohl erst recht ihr Klavierspiel und ihr Komponieren loben, obwohl der ja ganz sicher rein gar nichts vom Komponieren verstand. Ob mit Schnitzlers Unterstützung oder ohne, sie würde sich ganz bestimmt dagegen sträuben, die Musik aufzugeben, damit rechnete er fest. Hoffentlich brachte Moll sie zur Vernunft.

Denn sonst ... sonst gab es eben keine Hochzeit. Da musste er hart bleiben. Von ihm aus sollte sie weiter diesen Nietzsche lesen. Aber komponieren! Auf keinen Fall. Das musste in ihr hübsches Köpfchen doch hinein. Ein komponierendes Ehepaar? Sie wären die Lächerlichkeit der ganzen Stadt! Wie sollte er sie denn bitte ansprechen in Zukunft? Als Eheweib? Oder als werte Kollegin etwa? Absurd. Er hoffte, sie würde nicht mit Robert und Klara Schumann kommen. Aber selbst wenn, sie beide konnte man doch wohl kaum mit diesen Schumanns gleichsetzen. Selbst gemeinsam hatten Herr und Frau Schumann nicht vollbracht, was er ganz alleine noch alles zu vollbringen vorhatte.

Er setzte die Feder an, er wusste, er würde noch viele Tage an diesen Zeilen herumfeilen, den Brief dann noch für weitere Tage mit sich herumtragen, bevor er ihn ihr zukommen ließ. Das würde dann wohl ein schrecklicher Moment für sie sein, gewiss, das erkannte er wohl, aber eine Ehe war schließlich kein Spaß.

Mein liebstes Almschi!
Heute, meine geliebte Alma, setze ich mich mit etwas schwerem
Herzen ...

7

Toblach, 29. Juli 1910

Die Briefe waren da. Endlich. Dass die Korrespondenzen derart litten, alleine das störte sie so dermaßen an Altschluderbach, an Toblach, an diesem Tal, hinter allen Bergen. Aus so einem Bergvolk konnte doch nichts werden, wenn es immer Tage, manchmal Wochen, der eigentlichen Zeit hinterherhechelte.

Sebastian Trenker, der Bauer vom Hof, hatte ihr die Korrespondenzen frühmorgens direkt aus der Post im Dorf mitgebracht und zusammengeschnürt vor die Zimmertür gelegt, wie jeden Dienstag, oft aber auch erst donnerstags, und alle paar Wochen gar nicht, weil die Post wieder einmal überhaupt nicht nach Toblach kam. Sie ging mit dem Packerl zurück in das Schlafzimmer, sie schlief ja eh noch halb. Die Tür zu Gustavs Kammer stand offen, das Federbett war unberührt. Er hatte, wie sie vermutet hatte, wieder einmal die ganze Nacht unten im Komponierhäuschen verbracht. Sie wandelte durch die offenen Türen der Wohnung, er war wohl wie immer am frühen Morgen direkt zu seiner Runde, seinem *Walk*, aufgebrochen. Offenbar ohne nach dem Frühstück kurz hoch in die Wohnung zu kommen, ansonsten hätte sie ganz sicher alle Türen geschlossen vorgefunden. Da war er Pedant. Nicht zum Aushalten.

Gustav musste frühmorgens raus. Gehen. Jeden Morgen, manchmal mehrere Stunden lang. Mal bergauf, mal bergab. Mal taleinwärts, mal talaufwärts. Meistens weg von den Menschen. Sie hatte bis heute nicht verstanden, warum er das machte. Ihr wäre es ein Graus. Schnelles Gehen, halb spazierend, halb laufend, das war seine liebste Morgenbeschäftigung. Sie kannte keinen, der das so ausgiebig praktizierte, keinen, der so schnell ging wie er. Außer Schnitzler vielleicht. Der war auch so ein Schnellgeher.

Gustav sagte ihr, er liefe, weil auch Brahms stets gelaufen war. Und Beethoven sowieso. Wenn Wagner jeden Morgen auf Händen zehn Runden um den Stadtbrunnen von Bayreuth gedreht hätte, dessen war sie sich gewiss, so hätte Gustav das ebenso in Toblach veranstaltet. Wer lief, lief vor irgendetwas weg, so sah sie das. Vor den Abgründen, die sich aufgetan hatten im Leben, die man verdrängte, die aber immer wiederkamen. Abgründe, die seelisch so sehr schmerzten, dass aller körperliche Schmerz sie nicht übertünchen konnte. Sie suchte den Schnaps in der alten Kiefernkommode neben dem Kachelofen, sie fand ihn nicht. Sie suchte nach Nadeln, um sie sich unter die Fingernägel zu stechen. Nichts.

Dann kamen ihr die Briefe wieder in den Sinn, die sie auf einer Kredenz abgelegt hatte. Sie schnitt die grobe Schnur auf, ließ die verklebten Kuverts auf den Tisch fallen, der in der Mitte des Raumes stand, ein paar der Briefe segelten zu Boden, insgesamt mussten es über zwei Dutzend sein. Fast alle für Gustav, so schien ihr. Sie sortierte, gähnte, sortierte weiter. Ein Brief ins Körbchen, einer zum Feuerholz. Wieder einer ins Körbchen. Wie immer sortierte sie manches aus. Die Fanpost junger Damen. Bittbriefe. Die Briefe seines guten Freundes, Löhr, der ihr schon lange auf den Senkel ging. Die ihren legte sie nach links. Keiner von *ihm*. Zwei von je zwei Freundinnen, sonst nichts. Sie durfte wohl nicht mehr erwarten, war sie selbst doch eine lausige Briefeschreiberin. Gustavs Briefe etwa waren stets doppelt so lang gewesen wie ihre. Am Tag ihrer Ankunft, vor einigen Tagen, noch vor dem großen Zank im Gasthaus, hatten sie wieder darüber gestritten. Sie habe ihm zu wenig geschrieben, während sie in Tobelbad war. Natürlich hatte sie ihm zu wenig geschrieben. Sie hatte schließlich Besseres zu tun gehabt.

Sie legte Gustavs Korrespondenz in ein Körbchen, das sie ihm später ins Häuschen bringen würde. Ihr war nach einem Apfel, doch in der Holzschale lag keiner. Daneben stand Honig, Kunsthonig. Echten Honig hatte Gustav verboten, etwas zu essen, das dem Gedärm von Bienen entsprang, das mochte er sich nicht vorstellen. Sie schmierte etwas von dem Kunsthonig auf das Grahambrot, das die Trenkers stets frisch buken. Es schmeckte nach rein gar nichts, sollte jedoch gesund sein. Aus dem Erdgeschoss zog bereits der Geruch nach geschmorten Zwiebeln hoch. Jetzt, morgens! Die hatten Nerven, diese Talmenschen. In Wien roch es um die Zeit noch nach dem Exzess der Nacht. Agnes, die Köchin der Trenkers, bereitete unten wohl schon das Mittagsmahl vor. Alma liebte geschmorte Zwiebeln, sie hoffte, es würde Rinderschnitzel dazu geben. Nur um diese Uhrzeit ertrug sie das freilich noch nicht.

Unten bei den Trenkers saß sie ganz gerne – eigentlich. Bei Agnes. Manchmal besuchte sie die Köchin. Gustav war da zurückhaltender, was eigenartig war, schließlich war er es doch, der immer in diese Täler, zu diesen Leuten, wollte. Doch kaum waren sie da, ging er auf Distanz. Er beobachtete alles und alle durchaus interessiert, aber mit Abstand. Abstand war das ihre nicht. Sie musste mittendrin sein. Nur so fühlte sie. Nur so entkam sie der Kälte. Manchmal half sie Agnes am Herd. Einfachste Hilfsarbeit absolvierte sie, mehr nicht, sie durfte noch nicht einmal schnippeln. Besser gesagt, einmal hatte sie gedurft. Der kleine Finger ihrer zarten linken Hand konnte zum Glück gerettet werden. Der Tierarzt, der aus Toblach schnell angelaufen kam, musste vier Stiche setzen, der cremefarben geflieste Boden in der Bauernküche hatte sich kirschrot gefärbt. Blut überall. Spritzer an den Wänden.

Sie betrachtete das Puppenhaus, das sie bereits vor zwei Sommern mit nach Altschluderbach gebracht hatten. Es stand auf dem Klavier, die Kanten waren abgewetzt. Sie setzte sich auf den Schemel, beließ den Deckel auf der Klaviatur, drehte das Puppenhaus zu sich. Starrte hinein, wie in eine andere, sorgenlose Welt. Das Häuschen aus Holz, Pappe, Stoff und Papier zeigte eine Familienszenerie. Ein Speisezimmer, da saß der Vater. Das Püppchen dick ausgestopft, eine Gazette studierend, den *Wiener Kurier*, in zärtlichster Handarbeit als kleiner Papierfetzen, dem Vater in die Hand gedrückt. Pfeife im Mundwinkel. Ein graues Wattebäuschchen als Rauchwolke.

Die Mutter nebenan, bei den Kindern. Zwei Mädchen, das eine schien zu schlafen, dem anderen streichelte die Mutter in seinem goldenen Kleid übers Haar. Engelsgleich schien sie, die Mutter. Pumperlgesund die beiden Kinder.

Alma senkte den Blick. Sie brauchte dieses Puppenhaus, aber sie hielt es stets nur ein paar Sekunden aus, es anzusehen. Sie griff nach dem Körbchen. Bestenfalls war Gustav noch unterwegs, wenn sie ihm die Briefe brachte, dann würden sie sich erst später begegnen, und sie hatte noch eine Weile Ruhe. Schlimmstenfalls war er schon zurück, hatte das Schweigen der letzten Tage abgelegt, überfiel sie mit guter Laune. Dann zeigte er ihr vielleicht, wie so oft, das neu Geschriebene, von dem er nicht wusste, dass sie es, wie so oft, umgeschrieben hatte. Oder er hatte bei Kant etwas gelesen, das ihm wieder einmal die Augen geöffnet hatte. Das las er ihr dann Wort für Wort betonend vor. Und damit nicht genug, fragte er sie danach stets mehrmals, ob sie es auch verstanden habe. Erklärte es ihr auch, wenn sie bejahte. Er dachte, Kant sei Medizin. Er hatte ihr sogar während Guckis Geburt, während sie in den Wehen liegend geschrien hatte, daraus vorgelesen. Bis sie ihm ins Gesicht gebrüllt hatte, er solle endlich das Maul halten. Nietzsche hätte sie ertragen während der Wehen, Nietzsche hätte ihr sogar geholfen, vielleicht. Aber Kant? Dieser Schwafler.

Wieder fiel ihr Blick auf die Briefe im Körbchen. Sie sehnte sich nur nach *einem* Brief. Nach Zeilen aus Tobelbad. Von Walter! Vielleicht würde sie am Nachmittag ins Dorf spazieren, um bei der Post nachzusehen, ob doch noch etwas angekommen war, ansonsten würde sie es bis zum Nachmittag vielleicht schaffen, ihren Brief an ihn zu vollenden. Vorher wollte sie noch etwas an ihren Tagebucheinträgen herumformulieren. Die Streiterei von neulich Abend, die sie in jener Nacht noch skizzenhaft zu Papier gebracht hatte, musste weiter ausgeschmückt werden. Oder gestrichen. Ja, vielleicht strich sie die lieber ganz.

Stattdessen könnte die Begegnung mit dem Wolf für die Nachwelt gesichert werden. Es würde ja nicht reichen, sie nur in Wien herumzuerzählen. Ja, was man im *Sacher* tuschelnd erzählte, wusste bald die ganze Stadt, und wusste es die ganze Stadt, wussten es bald auch München und Berlin. Aber ob es von Generation zu Generation getragen würde, dessen war sie sich nicht sicher. Nur, dass sie unbedingt wollte, dass ihr Leben für immer weitererzählt wurde. Und wie es weitererzählt werden würde, das wollte sie, sie ganz alleine, entscheiden. Er mochte der große Mahler sein, doch sie war die, die als seine Macherin im Hintergrund in die Annalen eingehen würde. Als die, die ihn erst groß gemacht hatte, die aufs eigene Komponieren verzichtet hatte, um seine Kompositionen zu vergolden. Alma, die Große, die ein halbes Dutzend Leben führte. Alma Mahler, die Frau Mahler, die in Altschluderbach mit den Wölfen zum Monde geheult hatte.

Ob sie das mit den Wölfen nicht vielleicht doch auch weglassen sollte? Die Rattengeschichte, damals, so viele Jahre war das nun schon her, die ihr schlussendlich noch nicht einmal der gutgläubige Gustav geglaubt hatte, hatte sie auch gestrichen.

Wölfe, Ratten, Getier, Blödsinn. Interessierte doch keinen. Wo war denn nun bloß der Schnaps? Die Nadeln? Sie kratzte sich die Haut von den Fingern. Sie kratzte sich die Handrücken blutig. Sie öffnete das verzierte Holzschränkchen neben dem Bett, nur leere Flaschen. Verflucht. Nichts. Der Enzianschnaps war genauso ungenießbar wie die Butter hier am Trenkerhof.

Sie beschloss, sich in den Nordflügel zu schleichen, ohne Mama zu wecken, ohne von den beiden Dienstmädchen entdeckt zu werden, die wohl eh schon im Keller mit der Wäsche beschäftigt waren, ohne Miss Turner, dem Kindermädchen, zu begegnen, die vielleicht auch schon wach war, meist nähte oder bügelte, um diese Zeit. Sie beschloss, sich noch ein wenig zu Gucki zu legen. Auf ihren Atem zu hören. Zu weinen. Um das kleine Mariechen. Putzi. Zwei Mädchen. Eines am Leben, eines tot. Für immer. Totes Putzilein. Sie betete, dass es bei den goldenen Engeln war.

8

Die Musik, der zurückliegende, aber immer noch schwelende Streit mit Alma und das Schweigen der vergangenen Tage, die Kompliziertheit der Dinge. Mahler gehörte zu jener Menschensorte, die glaubte, stets für alles Übel in der Welt verantwortlich zu sein. Vor allem morgens, gleich nach dem Erwachen, war dieser Glaube besonders stark. Er schaute auf die Standuhr in der dunklen Ecke, kämpfte sich hoch, alle Glieder schmerzten, die Knochen schienen zu krachen, der Kopf wog schwer, er wankte zum kleinen Fenster, Kondenswassertropfen schienen an der Scheibe um die Wette nach unten zu rutschen. Er schaute hoch zum Trenkerhof, vom Nebel verschleiert. Nur ein Licht. Aus der Küche wohl. Die Köchin Agnes war stets schon in aller Früh am Kochen. Er überlegte, nach oben zu gehen, sich zu Alma zu legen, verwarf den lächerlichen Gedanken wieder. Er wollte, musste los. Brahms! Beethoven!

Als er die Kompositionsversuche der vergangenen Tage betrachtete, sah er sofort, dass sie irgendwann da gewesen sein musste, während er geschlafen hatte. Es amüsierte ihn ein klein wenig. Ja, sie konnte seine Notenschrift mittlerweile ganz gut kopieren, aber nicht so gut, dass er es nicht bemerken würde.

Er nahm das von ihr Umgeschriebene, faltete es zusammen, warf es in den Ofen, gab Scheite dazu, entzündete ein Streichholz, legte es zu Holz und Papier, blies, zu fest, noch ein Streichholz, er verbrannte sich die Finger, wie jeden Morgen. Nur das Holz wollte nicht brennen. Wie immer.

Verdammt, er war Mahler – der große Mahler! – und schaffte es, Kruzifix, nach all den Jahren und all den Versuchen, immer noch nicht, diese blöden Scheite zum Brennen zu bringen. Gott,

Wagner, hätte es wohl geschafft, mit Feuersteinen Wälder zu entzünden. Ihm wurde schwindelig, er musste sich setzen. Zur Ruhe finden. Als das Feuer nach endlos langen Ewigkeiten endlich wagneresk loderte, keiner Kontrolle mehr bedurfte, warf er sich den warmen Lodenmantel über, zog sich die schweren matschigen Bergschuhe an, putzte die Brille, trat in den Nieselregen hinaus. Diese Südtiroler mit ihrer Behauptung, es regne so gut wie nie bei ihnen! Lügner.

Mahler lief schimpfend hoch zum Trenkerhaus, unterbrach die Schimpforgie erst, als er das leise Zitherspiel vernahm. Jeden Morgen spielte Agnes auf ihrem Instrument, er bildete sich ein, nur für ihn, höchstens noch für die Waldtiere. Er stand still. Lauschte. Erkannte bald die Melodie. Dreivierteltakt! Strauss, vermaledeiter! Er schimpfte stampfend weiter. Klopfte an die Küchentür. Agnes bereitete ihm ein Frühstücksbrot zu. Viel Kunsthonig. Tee. Kaffee. Etwas Gebäck, etwas Geflügel vom Vortag. Obst. Keine Butter. Bloß nicht! Er liebte das selbstgemachte Grahambrot, es schmeckte so intensiv, es gab ihm die Energie, die er für den Tag brauchte. Er fluchte erst wieder, als die Fliegen, diese Scheißviecher, sich mit ihm um den Honig stritten.

Dann ging er los, und schon nach wenigen Schritten war er in einer anderen Welt. Am Weiß der Gipfel schienen Wolkenfetzen zu kleben, das Gras der Wiesen leuchtete sattgrün. Aus dem Wald raschelte und zwitscherte es. Es roch nach trockenen Tannenzapfen und fauligem Moos. Er überlegte, auch mit Freud hier entlangzuspazieren, hier mit ihm zu sprechen, falls dieser tatsächlich nach Toblach kommen sollte, wie es letztens im Gasthaus hieß.

Waldeinwärts war es noch dunkel, während draußen die Sonne mit ersten, zarten Strahlen die Gipfel erleuchten ließ. Er liebte es, alleine zu laufen, ihm war bewusst, dass die Leute im

Tal ihn für einen Spinner hielten, hinter seinem Rücken tuschelten. Hier im Tal ging man nicht, wenn man nicht musste. Schon gar nicht bergauf. Flanieren, diese moderne Beschäftigung, das kannten sie hier nicht. Schon gar nicht die Disziplin des vom Flanieren abweichenden schnellen Walks, den er praktizierte. Das erschien Mahler faszinierend und ließ ihn doch gleichzeitig den Kopf schütteln. Ja, der Mensch war Mensch, und alle Menschen waren gleich, aber jemand, der den schnellen *Walk* nicht kannte, nicht schätzte, nicht praktizierte, keine Energie daraus zog, was sollte so einer mit ihm, Mahler, mit Beethoven, mit Brahms gemeinsam haben. Nichts.

Er lief im Wald bald bergaufwärts, stets weiter im Viervierteltakt, zuckfüßig. Furioso. Es faszinierte ihn immer wieder, wie schnell man Höhenmeter gutmachte, es gefiel ihm, wenn er schnell ins Schwitzen kam. Ohne Schweiß keine Geistesblitze. Als es besonders steil wurde, rutschte er alsbald ab, krallte sich mit den Fingern in der Erde fest, krabbelte auf allen vieren weiter, bildete sich ein, er sei eine Bergziege, erreichte eine Anhöhe, jauchzte, als er vom Schatten ins hellblaue Morgenlicht übertrat. Er blickte hinunter ins Tal, hinauf zur Riesenfernergruppe, deren Gipfel alles überragten, vor Ewigkeit strotzend. Die Gegend hier war so ursprünglich. Majestätisch. Überwältigend. Es war so erhaben ruhig. Aber ausruhen? Nein. Immer weiter! Wer ruhte, verlor.

«Pan!», rief er. «Gott des Morgens, Gott der Hirten, Gott des Waldes, zeige dich mir.» Er hatte ganz frühmorgens einen immer wiederkehrenden eigenartigen, erotischen Traum gehabt, wie Pan, halb Ziege, halb Teufel, ihn bestieg. Sofort zwickte es ihn am Hintern, vermaledeite Hämorrhoiden, die ihm dieser Pfuscharzt aus dem zweiten Bezirk damals nur halb wegoperieren konnte. Er zog am rauen Stoff der Hose, kratzte, ging weiter, kratzte im Gehen, bald sah er zwischen den glitzernden

Wipfeln der Lärchen und Fichten auf Toblach hinab. Sollte er
Freud tatsächlich auch von Pan erzählen?

Mahler stieg wieder bergab. Als er den Rand des Dorfes
erreichte, überlegte er, was später zu tun sei, wie, wo, wann
er ihr wohl wieder begegnen würde. Er überlegte, wie sehr es
ihn stören würde, würden sie sich nie wiedersehen. Also rein
theoretisch. Er kam zu keiner Antwort. Aber es würde ja nicht
passieren. Sie war immer wieder zu ihm zurückgekommen. Sie
brauchte ihn, wie er sie brauchte, nur konnte sie es nicht zeigen,
anders als er. Er *musste* es zeigen, er konnte gar nicht anders.

Die kleine namenlose Schenke am Dorfplatz hatte gerade
erst geöffnet, in dieser Allerherrgottsfrüh war zum Glück noch
niemand hier. Außer dem alten Wirt natürlich, mit dem er nicht
sprach. Nie sprach. Der wusste schon, was er wollte. Ein Krüglein frisches Brunnenwasser. Gletscherwasser. Wie jeden Morgen. Es war still, kein Mensch zu sehen. Eine Wohltat.

Als er etwa eine Stunde später wieder das Komponierhäuschen erreichte, war der Ofen erloschen. Er war es leid. Nein,
er würde es nie lernen, ihn am Brennen zu halten. Er sah, dass
Alma erneut hier gewesen war, sie hatte ihm Briefe gebracht. Er
beschloss, sie durchzusehen, dann doch hinüber ins Trenkerhaus zu gehen, um sie zu suchen und ein paar Worte mit ihr zu
wechseln. Es würde keine große Aussprache geben, die gab es
nie. Keine Entschuldigung von ihr. Das schon gar nicht. Vielleicht eine von ihm, das kam schon vor. Meistens war da Schweigen, ein paar Tage lang, dann, irgendwann, die Rückkehr zum
Normalen.

Liebte er sie noch? Ihre krankhaft hysterische Lustigkeit
hatte ihn früher fasziniert, heute, das musste er sich in klaren
Momenten eingestehen, ging sie ihm nur noch auf die Nerven.

Brauchte er sie noch? Wahrscheinlich schon, dachte er. Aber
er würde sich gewiss nicht die Blöße geben, sie darum zu bitten,

ihm den Ofen zu entzünden. Natürlich konnte sie das, es gelang
ihr immer, schöne, lodernde Feuer zu entfachen. Nein, er würde
sich zwei lange Unterhosen und Unterhemden aus dem Kleider-
schrank holen, die warm hielten, ein bisschen zumindest, die dicken Schneeschuhe würden das ihre dazu beitragen, trotzdem
würde er frieren, er fror wie ein Dachs, immerzu, das Frieren
trotzte den Jahreszeiten, es war einfach immer da, frühmorgens
auch an Sommertagen.

Erst am späteren Vormittag wurde es hoffentlich wärmer,
dann würde er sich auf den feuchten, morschen, in den Ecken
moosigen Boden des Häusls hinlegen, weil das gegen die Hämorrhoiden guttat, auch dem Rücken, auch dem Gedärm, das
seit Tagen in ihm zog und zerrte. Wenn er da lag, ganz still da
lag, dann drückte es auch weniger in der Brust, in der die beid-
seitig diagnostizierten Herzklappenfehler ruckelten. Wenn er
da lag, war die Suche nach Gedanken, nach Melodie, einfacher.
Er hoffte, der weitere Regen würde ausbleiben. Er schaute zum
Klavier, vielleicht sollte er etwas spielen, um in Stimmung zu
kommen. Manchmal half das. Auf dem Flügel lagen Goethe,
Kant, ein paar lose Zettel. Noten. Bach. Wenn es vormittags
nicht klappte, dann ganz sicher nachmittags. Vielleicht. Aber
nur, sofern über die Mittagsstunden alles nach Protokoll verlief.

Das Protokoll sah folgendes vor: eine fettlose, zwiebelarme
Suppe, bloß keine Gewürze! Es hatte alles bereitzustehen, wenn
er um exakt zehn vor zwölf in die Stube trat, das hatte er Agnes
schon vergangenen Sommer eingebläut. Es gab ja keine Zeit zu
verlieren. Schließlich ging es nicht um Genuss, nur darum, sich
zu sättigen, sich aber auch nicht zu erschweren. Er war, wie er
fand, eh schon kompromissbereit genug. Die anderen konnten
gerne essen, was sie wollten. Auch Fleisch. Seinetwegen, er aß
ja höchstselbst, wenn auch nur in Ausnahmen und kleinstens
portioniert, manchmal welches. Solange das gekochte Getier

in kleinen, lebensunechten Stücken auf den Tisch kam. Nicht als ganze Portionen. Nicht so, dass das Tier noch als solches zu erkennen war. Auch in Ansätzen bitte nicht. Das fand er höchst unzivilisiert. Da kam es ihm hoch. Nach dem Mahl würde er auch brav noch ein Weilchen sitzen bleiben, um sich zu unterhalten, aber nicht länger als eine halbe Stunde.

Dann würde er sich schnell wieder verziehen, um sich hinter dem Komponierhäusl, dort zwischen den Büschen, wo ihn niemand sah, nicht von der Straße und nicht vom Trenkerhof aus, dreimal in den mit Regenwasser randvollen Bottich zu stürzen. Dreimal untertauchen, Luft anhalten, so lange, bis er mehr tot als lebendig war, dann dreimal wieder heraussteigen, sich in die Sonne legen, sich von ihren heißen Strahlen trocknen lassen, ein paar herumstehende Zwergkiefern umarmen, vielleicht auch eine Kuh, die auf der Wiese weidet. Er würde sich einen ordentlichen Sonnenbrand holen, so einen Sonnenbrand, der es in sich hatte, der half, den Schmerz im Hintern zu unterdrücken, es schmerzte dann anders, beflügelnd, meistens zumindest. Ja, danach, am frühen oder vielleicht am späteren Nachmittag, und wenn nicht dann, vielleicht am Abend, oder zumindest irgendwann in der Nacht, würden ihn die weiteren Ideen für die *Zehnte* und vielleicht auch für manch anderes überrumpeln. Ja, er würde sich in einen Rausch schreiben, später in der tiefen Nacht daraus erwachen, Großes geschaffen haben. Dann würde er zu Alma hocheilen, sie nehmen. Oder zumindest von Pan träumen.

Seufzend griff er nach den Briefen, die sie ihm vorhin gebracht haben musste. Er blickte auf den ersten Brief auf dem Stapel, auf den zweiten. Sah sich die Absenderzeilen an. Wieder nichts von Löhr? Guter alter Freund, warum schreibst du nicht? Mahler hatte ihm schon drei Mal geschrieben, seit dessen letztem Lebenszeichen. Ein Brief von Burckhard, einer aus New York, die Carnegie Hall, einer aus Paris, Rechnungen, eine

Karte von den Zuckerkandls, ein verspäteter Geburtstagsgruß. Wie peinlich. Ein Brief von einem Walter, äh … Walter, wer? Gno… Gropl… Gropius. Gropius? Wer war denn das nun schon wieder? Ah, doch, Gropius, war das nicht … das war doch … dieser eine junge Mann aus Tobelbad.

Er kontrollierte noch einmal, an wen die Korrespondenz adressiert war. Doch, doch, der Brief war für ihn.

An den Herrn Gustav Mahler, stand da.

Er suchte auf dem Tisch nach dem silbernen Brieföffner, fand ihn zwischen den meist abgelaufenen Arzneien, stach ins Kuvert, schlitzte es auf, drei Blätter fielen zu Boden. Mahler bückte sich, sein Rücken krachte, er hob eines der Blätter auf, las. Die Schrift war groß, leserlich, fast wie von Kindeshand geschrieben.

Alma, meine Alma.

Mahler sank auf die Knie, zitterte. Fasste sich ans Herz, das ein paar Schläge auszusetzen schien, dann plötzlich raste es, er spürte den Schweiß auf der Stirn. Der Arsch juckte wieder, heftiger als zuvor, die Arme schlotterten, die Finger zitterten, er fror, so sehr wie nie zuvor, nein, er konnte, durfte sie nicht verlieren. Hätte er diesen Brief doch nie … Er liebte sie. Jetzt, angesichts dieser Zeilen, mehr als je zuvor. Nun sah er es plötzlich so klar wie lange nicht mehr.

Die Tür gab ein knarrendes Geräusch von sich, Mahler blickte auf. Da stand Alma. Sagte nichts, rührte sich nicht.

Mahler erhob sich. «Was ist das?» Er hielt ihr den Brief hin, von dem er nur die ersten paar Zeilen gelesen hatte. Wenn er sie verlor, jetzt, dann würde er sterben, dessen war er sich gewiss. Dahinsiechen. An Liebeskummer verstorben. Ob das denn ein gutes Ende wäre? Er überlegte kurz, beschloss dann: nein! Vor allem nicht, wenn die Frau Gemahlin mit so einem Gropius, mit diesem, er fasste noch einmal nach dem Kuvert, las erneut, mit so einem Niemand. Nein, das war sein Ende. Er schaute zum Ofen. Nichts als Schwärze und der Geruch kalter Asche. Er schaute zu ihr. Ihre Augen suchten sich, fixierten sich. Sekundenlang. Dann senkte sie den Blick.

ZWEITER TEIL

1

Toblach, Sommer 1908

Sie verstand gar nicht, was das alles sollte. Was in Toblach jetzt anders sein sollte als in Maiernigg am Wörthersee. Ja, sie hatte im Winter höchstselbst gemeinsam mit Frau Mama das Haus ausgewählt. Aber den Ort, das Tal, das hatte er alles bereits im Voraus bestimmt. Wie immer. Sie sollten, wollten, doch vergessen. Unbedingt vergessen. Doch wie sollten sie vergessen, wenn sich so vieles so ähnlich präsentierte wie dort, wo ihre Tochter gestorben war. Gewässer. Wiesen, Wälder. Zumindest lag der See nicht direkt am Bauernhaus, wie es am Wörthersee gewesen war. Der See, an dem sie schreiend, weinend entlanggelaufen war, in der panischen Angst um das Kind. Es würde nie vorbei sein. Es würde nie weggehen.

Das Häuschen drüben am anderen Ende der Wiese, bei den Tannen und Lärchen, war also seine neue Komponierstube. Weit genug weg, um seine Ruhe zu haben. Nah genug, um schnell da zu sein, wenn er etwas brauchte. Sie hatte begriffen, dass er sie nie, nie, ganz an sich ranlassen würde. Da konnte er ihr noch so viele schwulstige Briefe schreiben, die, je schwulstiger sie waren, ihr immer nur mehr und mehr zeigten, dass er sie eigentlich an sich selber schrieb. Dass er nur einen liebte und hasste und liebte und hasste. Sich selbst. Gustav, den Versager, Mahler, den Göttlichen. Er warf ihr vor, zu wenig um ihre Tochter zu trauern, doch was wusste er schon? War er bei ihr gewesen, als sie laut schreiend am Wasser entlang durchs blutrote Gewitter gelaufen war, weil Putzi während ihres zehntägigen Todeskampfes an der Diphtherie starb und sich auch der letzte Versuch, sie mittels eines Luftröhrenschnittes zu retten, als vergeblich erwiesen hatte? Er hätte bei Alma sein müssen. Sich nicht im Zimmer verkriechen dürfen. Feigling. Feiger noch als Klimt.

Wie gern wäre sie jetzt in New York. Oder in Wien. Ja, wieder in Wien. Sie wünschte sich zehn Jahre zurück, ins *Café Central*, sie trifft abends auf ihre Salonrunde. Auf den Hammerschlag und den Nepallek. Sie flirtet, wird angehimmelt. Wer sollte sie hier denn anhimmeln? In diesem Tal am Ende der Welt. Niemand, genauso wie in Maiernigg. Die Hölle. Nun auch noch ohne Putzi, die als Engel im Himmel war. Ein paar Bauernlumpen würde sie vielleicht begegnen, aber mit dummem Bauernvolk hatte sie noch nie etwas anfangen können. Sie war erst zufrieden, wenn sie einen schlauen Kopf verdrehen konnte. Gustavs Kopf hatte sie längst verdreht. Gustav war ihr langweilig geworden. Daran konnte auch ihr gemeinsames Schicksal nichts ändern, wie sie eine Weile tatsächlich gehofft hatte.

Putzi war tot, bald ein Jahr war das nun her. In New York hatte es Tage gegeben, da hatte sie nicht mehr daran gedacht. Sie wusste, dass sie diese Tage verfluchen sollte, und doch sehnte sie sich dorthin zurück. Tage ohne Trauer, die es hier nicht geben würde. Dass sie nicht traure, warf *er* ihr vor! Sie ließ es geschehen. Er verstand einfach nicht, dass sie die Trauer einmal rausschreien musste, dann nicht mehr zulassen durfte. Ganz tief in sich drin verstecken musste. Dass sie, falls sie alles zuließ, in eine Schlucht stürzen würde, aus der sie nie wieder herauskommen würde, und dass sie ihn packen und ihn mit sich reißen würde, für immer. Dann gäbe es ihn nicht mehr, Gustav Mahler, den Wunderkomponisten, der eines Tages so groß und so wertvoll sein würde wie vor ihm Brahms, Beethoven, vielleicht sogar Wagner.

Das war ihr Vermächtnis. Das war Putzis Vermächtnis. Mahler, ein Wunderkomponist. Dafür lebte sie noch, das ließ sie sich von Gustav nicht kaputtmachen.

Sie lief um das Häuschen herum, das Gebüsch wucherte, dürstende Rosenstauden krallten sich am Holz fest, das nasse Wiesengras streifte ihre Beine, Mücken zwickten. Ein Bottich stand an der Schattenseite, sie fragte sich, wozu der wohl gut war. Als sie durch die staubigen Fenster ins Innere der Hütte sah, erschauderte sie. Alles sah genauso aus wie in Maiernigg.

Das Klavier stand da, die Bücher darauf. *Die Brüder Karamasow.* Platon. Euripides. Shakespeare, Cervantes, Kant, Schopenhauer, Goethe. Gustav saß am Klavier, er schaute in ihre Richtung, doch er schien sie nicht zu sehen, war in Gedanken irgendwo anders, starrte durch sie hindurch.

Sie ging zurück zum Eingang, drückte die Klinke, die Tür quietschte, miaute, er regte sich nicht. Sie spähte durch den Türspalt. Er musste weg sein, weit weg, in den Tiefen seiner Symphonien, ansonsten hätte er sich mächtig über das miauenhafte Quietschen aufgeregt.

Ein Sonnenstrahl fiel durch das Fenster, erleuchtete ihn. Das Licht machte ihn jünger, beinahe schön sogar. Sie erkannte Putzis und Guckis kindliche Züge in seinem Gesicht. Für einen Augenblick war ihr, als wäre alles wieder gut. Sie ging zwei Schritte rückwärts, fasste wieder nach der Türklinke, öffnete die Tür nun weit. Er würde schreiben, komponieren, er würde später glücklich zum Trenkerhof hochkommen, wo so vieles noch unausgepackt dastand. Die Kleiderkoffer, die Bücherkartons, so viele weitere Bücherkartons. Putzis schönes, feines, kleines Puppenhaus.

Als sie eintrat, blickte Gustav sie an. «Ich schreibe ein Lied für dich.» Erst verstand sie ihn gar nicht, er wiederholte den Satz noch einmal. Lauter. «Ich schreibe ein Lied für dich.»

Sie drehte sich um und schaffte es, die Tür zu schließen, bevor ihr die Tränen aus den Augen sprossen. Sie lief hoch zum Haus, legte sich aufs Bett. Miss Turner deckte sie zu. Streichelte ihr übers Haar. Flüsterte etwas Unverständliches und doch so Beruhigendes. Alma wusste, sie würde lange nicht einschlafen können. Und wenn sie schlief, würden die bösen Träume kommen.

2

Er verstand gar nicht, was sie wollte. Der Ort war perfekt. So gut wie. Nur der See war viel zu weit weg. Und Maria. Mariechen. Putzi. Engelchen. Weg für immer. Doch darüber waren sie doch nun hinweg, oder etwa nicht? Sie hatte ihm gesagt, dass sie darüber hinweggekommen war. Das hatten sie doch besprochen. Er war jedenfalls drüber hinweg. Meistens. Musste er ja. Es musste ja weitergehen. Er ging um die Hütte herum, klopfte auf das Holz, inspizierte das Gebüsch, lugte dahinter hervor, stellte fest, dass man vom Trenkerhof aus nicht zum Gebüsch schauen konnte und auch von der Straße aus nicht. Perfekt. Mit der Handfläche fuhr er über den Rand des Bottichs, den er sich vom Bauern hatte aufstellen lassen.

Zum See würde er stets abends gehen, ihn einmal Kraul schwimmend queren, rückenschwimmend zurückkehren, für zwischendurch aber würde es, musste es, dieser Bottich tun, in den er nackt eintauchen würde, ja, so würde er vorankommen. So entstanden neue Symphonien, neue Lieder. Er überlegte, ob er, vielleicht in einem Radius von einigen Metern, zehn vielleicht, noch einen Zaun um das Häuschen errichten lassen sollte. Für alle Fälle. So ein Zaun, der schreckte ab. Kinder, Tiere, Passanten, neugieriges Volk, wen auch immer. Er entschied, die Idee für gut zu befinden, den Zaun in Auftrag zu geben. Ein paar Vogelscheuchen dazuzustellen. Gegen die Krähen und ihr nerviges Gekrächze. Dann überlegte er, welches Pensum er Tag für Tag schaffen wollte. Er wusste von den bereits entstandenen Symphonien, dass das Pensum variieren konnte, aber er musste ein Ausgangsziel festlegen. Sonst brauchte er gar nicht erst anzufangen.

Abends, nach der Erfrischung im See, wollte er mit Alma ins Dorf spazieren. An sich war ihm das kein Bedürfnis, oh Gott, oh Pan, oh Wagner, ganz sicher nicht, aber er wollte ausprobieren, ob es seine Komponierkunst womöglich bereichern würde. Die Eindrücke von den Menschen, diesen Bauern in diesem Tal, konnten einen schönen Kontrast zur Naturimpression bilden. Seine Musik sollte Naturgewalt ausdrücken, doch um zu verstehen, was die Natur war, musste er doch auch ihre Ausgeburt verstehen, den Menschen. Nicht nur den kultivierten Wiener, da war nichts mehr echt, nein, diese Talmenschen jedoch, die waren schon echt. Außerdem wollte Alma stets ins Dorf, er verstand es nicht, aber tief in sich drin vermutete er, dass ein wenig Gesellschaft auch ihm selbst guttat, auch wenn es ihn grauste. Weil das Einsame, das schöne Einsame, einen sonst verrückt machte. Ja, ja, er brauchte das Dorf, das Gasthaus, und dann brauchte er die Gipfel. Die absolute Naturberauschung. Die Waldeinsamkeit. Den Hochgebirgsschauer. Was war absoluter als so ein Gipfel? Näher zu Gott kamst du nicht. Nirgends. Er hatte sich bereits einige Gipfel ausgesucht, auf die er klettern wollte, er musste im Dorf nach einem Kletterführer fragen.

Durch die quietschende Tür trat er ins Innere des Häuschens. In Gedanken notierte er sich, den Trenker Sebastian zu bitten, das Scharnier zu ölen. Er schloss die Tür wieder, hielt kurz inne. Lauschte. Hörte nichts. Schmunzelte zufrieden. Er brauchte den Wald, den Bottich im Gebüsch, die Gipfelerfolge, das Komponierhäuschen. Mehr brauchte er nicht.

Nur noch die Stille, absolute Stille. Er hatte Trenker vor zwei Tagen bereits auf das Krähen des Hahns aufmerksam gemacht. Das ging natürlich nicht, dass der so krähte. Er hatte Trenker gefragt, was man da wohl machen könne. Da müsse doch was zu machen sein, der Hahn müsse doch verstehen, dass das Krähen störend war.

Trenker hatte vorgeschlagen, dem Hahn die Gurgel umzudrehen. Gustav war immer noch nicht sicher, ob er das im Ernst
oder aus Jux gesagt hatte. So oder so. Er hatte es abgelehnt. Das
wollte er nicht, das kam ihm grausam, verabscheuenswert vor.

Das Holz knackste unter seinen Schuhen, als er sich hin-
kniete, er legte sich auf den Rücken, verharrte ruhig, wie ein
schlafender Vampir. Nichts, absolut nichts war zu hören. Perfekt. Schon wollte er gedanklich zur Symphonie schweifen, sich
die ersten Klänge des Tageswerks ausmalen, da hörte er aus
weiter Ferne das Brummen eines Automobils, es wurde lauter,
ohrenbetäubend laut, es schien über ihn hinwegzurollen, dann
entfernte es sich wieder. Das Geräusch verschwand. Doch es
trat keine Stille ein, jetzt hörte er ein Singen, erst eine Stimme,
dann mehrere, er verstand die Worte nicht, er konnte die Melodie nicht so recht ausmachen, aber er hörte ganz klar: Da sang
jemand. Nein, mehrere. Männer und Frauen, sie sangen schief,
sie sangen laut, brüllend beinahe. Mahler sprang auf, der Rücken knackste, doch vor lauter Zorn spürte er keinen Schmerz,
er stürmte zur Tür hinaus, schaute zur Straße, die noch staubte,
doch zu sehen war sonst nichts. Hinter dem Gebüsch und hinter dem Holzzaun begann das Feld. Dort standen Bauern und
Bäuerinnen, gebückt, sie schienen sich um die Kartoffeln zu
kümmern, die in der Erde steckten. Himmelherrgottnochein-
mal! Welch ein Vergnügen der Landaufenthalt wär, wenn die
Bauern taubstumm zur Welt kämen, diese Leute hatten alle eine
Stimme wie ein überfressener Papagei.

Abends in der Trenkerstube hatte er vor Wut immer noch keinen Hunger. Alma, die Frau Schwiegermama, auch die Trenkers,
selbst Miss Turner, alle schmunzelten. Auf seine Kosten. Weil er
sich immer noch, Stunden später, über die Ereignisse des Morgens aufregte. Er verfluchte sie. Er verfluchte alle Menschen.

Nein, nun sah er es ganz klar, spürte es ganz klar, er fühlte sich der Menschheit nicht zugehörig. Er aß nicht, auch nicht die klare, fettlose Zwiebelsuppe, die ihm Köchin Agnes extra zubereitet hatte, weil er alles, was sie bisher gekocht hatte, nicht essen wollte. Die Knödel nicht, die Bohnen nicht, die Lammrippchen sowieso nicht. Das alles vertrug er nicht. Sein Magen, das Herz, die Nieren. Er kostete nur ein Stück Brot und ein wenig Butter. Die Butter schmeckte scheußlichst, er musste sich sofort danach übergeben. Welche Peinlichkeit. Er beschloss, in Altschluderbach keine Butter mehr zu sich zu nehmen.

Missmutig saß er da, während die anderen schlemmten, und knirschte mit den Zähnen. Es war sein erster richtiger Abend hier im Tal – und schon war alles durcheinandergeraten. Er war mit einem Vorhaben nach Altschluderbach gekommen, mit zeitlichen Vorstellungen, die er nun verwerfen musste. Dabei wollte er doch nach vorne schauen, nur nach vorne! Zum *Lied von der Erde!* Es war alles ausgepackt, die Koffer und Kisten standen leer hinterm Haus. Das Komponierhäusl war bereits fertig eingerichtet. Das Klavier stand so, dass er vom Schemel aus den Raum überblicken und durchs kleine Fenster hinaus auf die Äcker schauen konnte. Auf dem Holzschreibtisch lagen Papier, Schreibzeug, Bücher. Auch der Bottich voller Wasser stand im Gebüsch bereit.

Morgen früh, Punkt acht, hatte er anfangen wollen. Aber das ging nun ja nicht mehr. Das sei das Postauto gewesen, hatten ihm die Bauern und Bäuerinnen auf dem Feld berichtet. Das fahre immer so gegen halb neun nach Toblach. Seit heuer. Seit diesem Sommer. Letztes Jahr sei die Post noch mit dem Fiaker gekommen. Der Zorn wallte immer noch in Mahler. Er kannte sich zu gut. Unter diesen Umständen war vor halb zehn an Arbeit nicht zu denken. Weil dieses sich täglich wiederholende Lärmereignis alles durcheinanderbrachte. Weil er ganz sicher nicht arbeiten und gleichzeitig auf die Uhr schauen konnte. Weil er abtauchen musste, in eine Welt, in der es keine Uhren gab. Keine Postautos. Er musste warten, bis das Auto vorübergefahren war. Jeden Tag. Und dann musste er sich erst einmal wieder beruhigen. Auch das dauerte schließlich. Vor halb zehn würde ganz sicher nicht ans Komponieren zu denken sein. Das ging nicht.

Er hatte Alma gleich am Mittag beauftragt, das Problem auf der Post in Toblach zu beseitigen. Mahler müsse komponieren! Täglich von acht bis vier. Daran sei nicht zu rütteln. Da könne es keinen Kompromiss geben. Die Post solle zukünftig bitte nachmittags ins Dorf kommen. Oder seinetwegen wieder mit dem Fiaker, solange die Pferde schwiegen beim sachten Vorübergaloppieren.

Also war Alma mit dem Fiaker nach Toblach gefahren, war erst unverschämte vier Stunden und zweiundzwanzig Minuten später wieder zurückgekommen. Die Kutsche vollgepackt mit Einkaufstüten, sie hatte das neue Bekleidungsgeschäft an der Bahnhofsstraße beinahe leer gekauft.

Und die Post? Sei zu gewesen. Herrgott! Das Postproblem musste gelöst werden, unbedingt. Mahler nahm sich vor, morgen, spätestens übermorgen, den Bürgermeister zu konsultieren. Der sollte das mit der Post regeln – und auch das mit den Bauern. Der Bürgermeister sollte wissen, was seine Bauern hier auf den Feldern von Altschluderbach für Erpresser waren. Verbrecher, unverschämte!

Mahlers Gedanken kehrten zum heutigen Morgen zurück. Er war zu ihnen aufs Feld gestampft, hatte sich vor dem ersten von ihnen aufgebaut. Sein Schatten hatte sich auf den Gebückten geworfen, hier nun, ganz von der Nähe aus, konnte er einigermaßen verstehen, was sie sangen. Nur wenige Worte, denn sie sangen, wie sie sprachen, im derbsten Dialekt. Es war, als warfen sie sich im Singen Sätze zu, die Männer den Frauen, die Frauen den Männern. Sie sangen vom Himmel wohl, von den Engelchen, vom lieben Gott, von der Ernte und den Gipfeln. Sie beachteten ihn nicht, sangen kraftvoll falsch weiter. Erst als Mahler sich zu dem Mann hinunterbückte, blickte dieser auf, hob eine Hand, die anderen, es waren um die zwei Dutzend, verstummten, scharten sich um sie. Einer, grauer Bart, dicker Bauch, Hosenträger über ein schmutziges, speckiges dunkelblaues Hemd gespannt, trat nach vorne. Ganz nah an ihn heran.

Mahler konnte es nicht ausstehen, wenn Menschen näher als auf einen Meter an ihn heranrückten. Wenn er ihren Atem riechen, spüren musste. Er verstand zwar nichts von Medizin, doch ihm war dann stets, als sprängen alle dreckigen Moleküle und Keime des anderen auf ihn über. Er stellte sich das stets regelrecht bildlich vor, ihm graute davor, doch er konnte nicht anders, irgendwie hatte sich ihm die Vorstellung eingebrannt, die Moleküle und Keime wanderten wie eine Schar Lemminge auf die vorderste Lippenspitze des Gegenübers, sammelten sich, traten noch einmal zu Anlauf ein paar Schritte zurück, rannten los, sprangen, landeten bei ihm. Auf der Wange, im Mund, auf der Nase. Mahler trat einen Schritt zurück, bereute es sofort, kapierte sekundenschnell, dass das Gegenüber seine Bewegung zu Recht als Zeichen der Einschüchterung wahrgenommen hatte.

Es half alles nichts. «Grüß, äh, Gott», sagte Mahler und ärgerte sich über die Grußwahl sogleich wieder. Grüß Gott. Er wusste, dass man sich hier mit dem Gruß an den lieben Gott entgegentrat, fand das aber etwas lächerlich, in Wien machte man das nicht. Guten Tag. Das sagte man in Wien. Das reichte doch völlig. War doch viel angemessener. Keine Aufforderung. Ein Wunsch zum Wohle des anderen.

Gott. Gott war jemand, etwas, das Mahler mit sich selbst ausmachte, ganz tief in sich drin, etwas, das er nicht durch

Sprache ausdrückte, nur durch Musik. Er war zum Christentum konvertiert. Doch er war als Jude geboren. Es wäre für ihn nie von Bedeutung gewesen, hätten ihn die Umstände nicht mit Ellenbogenstößen darauf aufmerksam gemacht und ihm beigebracht, dass es nicht unbedingt von Vorteil war, Jude zu sein. Er wollte, konnte sich nicht mehr damit beschäftigen. Immer wenn das Thema in ihm hochkam, verdrängte er es schnell wieder. Wenn es jedoch von der Außenwelt angesprochen wurde, konnte er natürlich nicht weghören, nie. Wie damals in Wien, das Flüstern, wenn da flüsternd gesagt wurde, dass einer wie er halt eigentlich doch ein Jude sei. Natürlich hatte er nicht weghören können, wenn in den Gasthäusern der Täler fernab der Stadt einer Jud' geschimpft wurde. Wenn die Juden für das Unheil der Welt verantwortlich gemacht wurden. Nein, Mahler hatte sich nie als Jude gefühlt, er war Mahler und Punkt, nur in solchen Momenten war er es dann plötzlich doch. Sehr. Er fühlte Schmerz, Verbundenheit, Einsamkeit, Kälte. Dabei waren ihm der Glaube, die Religion, das Christentum, das Judentum, einerlei. Eigentlich.

Mahler glaubte an Gott, an dieses Wesen da oben und da unten, in jedem Baum, in jedem Stückchen Erde, in das er seine Hände vergrub, im Wasserbottich hinter der Hütte, im Berggewitter, Gott, Pan! Er glaubte nicht, er war sich sicher. Er war da, in allen Dingen, die ihn umgaben. Das war schon viel mehr Glaube, als so mancher zweifelnde Christenmensch zu glauben fähig war. Hörte Mahler die *Tannhäuser*-Ouvertüre, dann war es ihm unmöglich, an der Existenz einer höheren Macht zu zweifeln. Er war Christ geworden, weil so etwas Läppisches wie Religion ihm nicht im Wege stehen sollte, beim Komponieren von Göttlichem. Er hätte alles gemacht, sogar Buddhist wäre er geworden, er hätte einen Pakt mit dem Teufel geschlossen, mit Goethes Mephisto, mit wem auch immer, er hätte alles dafür gegeben, sogar sein Leben, für das Geschenk, wagnergleich komponieren zu können. Wo Musik war, da war auch der Teufel. Keine Frage. Aber in diesem Moment hegte Mahler erst einmal einen ganz kleinen, bescheidenen Wunsch. Er wünschte, der liebe Gott, oder wer auch immer, möge ihm helfen, dass diese Bauersleute endlich mit ihrer Singerei aufhörten.

«Sie sind der Herr Musikus, gell?», sagte der Bauer vor ihm, der die Brust aufblies und plötzlich noch viel mächtiger, breiter, größer wirkte als aus der Ferne. Der Bauch war ballonartig dick, ein kleiner Nadelpiks und er wäre wohl geplatzt. Der Bauer drehte sich einmal um sich selbst, schaute zu den anderen. Sie trugen alle das gleiche schelmische Lächeln im Gesicht. Würde der Mann hinfallen, dachte Mahler, um sich von seiner Unsicherheit abzulenken, würde er dem Mann ein Bein stellen, könnte man ihn über das gemähte Feld rollen.

«Sagen Sie, Herr Musiker, was musizieren Sie denn Schönes?», fragte der Mann höhnisch.

«Ich musiziere nicht, ich komponiere. Mein Name ist Gustav Mahler, ich war erster Kapellmeister und Direktor der Hofoper in Wien, dirigiere Wagner in New York, mein lieber Herr Kartoffelbauer, ich verbringe hier in Altschluderbach meine Sommerfrische, dort unten, in diesem kleinen Häuschen habe ich meine Komponierstube eingerichtet …» Mahler erschrak ob seines frechen Mutes, jetzt erst sah er dem Mann ins Gesicht, bislang hatte er ausschließlich auf den prallen Bauch gestarrt. Mahler sah, dass der Mann übertrieben, klamaukig, beinahe bei jedem Worte nickte. Ihm war, als würde der Bauch des Bauern weiter anschwellen, wie ein Ballon, in den weiter und immer weiter Luft gepumpt wurde. «… ich komme hier zu Ihnen, weil ich Ihr Singen …» Weiter kam er nicht.

Der Mann jauchzte laut auf, sodass Mahler zusammenzuckte. «Unser Singen gefällt Ihnen, Musiker, nicht wahr!»

80

Es war dies keine Frage, eher ein selbstbewusstes Brüllen, der Mann trat drei große, schnelle Schritte auf Mahler zu, Mahler hatte gar keine Chance, nach hinten zu weichen, nur, sich etwas zu bücken, da packten ihn die kräftigen Arme schon, der Mann zog ihn zu sich und klopfte ihm auf die Schulter.

Auch die anderen strahlten nun. «Hört, schaut her, der Herr Kompositeur aus Wien, dem gefällt unser Singen, Wissen Sie, Mahler Gustav, wir Bauern hier von Altschluderbach, wir singen für unser Leben gerne. Weil das Singen, das wissen Sie bestimmt, gell, das ist ja die Freude am Leben. Ohne singen ist alles nichts, nicht?» Der Bauer drückte ihn noch fester, Mahler bemühte sich, nicht zu atmen, vor allem nicht durch die Nase, doch da war es schon geschehen, er roch den bissigen Schweiß des Bauern, er betete, nicht in Ohnmacht zu fallen. Es gab nur eines, was er noch mehr verabscheute als die Disharmonie des Lärms: unangenehmen Geruch. «Aber, was erzähle ich Ihnen! Sie feiner Wiener Herr Sie, Sie Musiker, das wissen Sie ja alles. Das Singen ist das Salz des Lebens. Singen Sie auch? Bestimmt tun Sie das! Singen Sie uns was vor, Mahler Gustl!»

Mahler spürte, wie er errötete. Er hatte das nicht unter Kontrolle. Jetzt ertappte er sich tatsächlich dabei, darüber nachzudenken, wann er das letzte Mal gesungen haben mochte. Dabei sang er überhaupt nicht. Hatte noch nie gesungen. Noch nicht einmal als Kind. «Sie ... Sie, Herr ... Ihr Singen ... ich äh ... ja, wunder... ganz wunderbar. Nur ... ich ...» Er bemerkte, wie er stotterte, sehnte sich zurück ins Komponierhäuschen, obwohl er die Räumlichkeit ja erst vor ein paar Stunden bezogen hatte, wünschte er sich jetzt in diesem Moment mit geradezu verzweifelter Inbrunst zurück in die Geborgenheit dieser vier Holzwände. Tür zu, die morschen Fensterläden zu, Dunkelheit, vielleicht eine Kerze entzünden, zwei, alleine sein, oh, göttliches Alleinsein, allein mit den Gedanken, mit den Büchern, dem Klavier, den Notenblättern, in Sicherheit vor dieser grausamen Welt hier draußen, vor diesen Menschen, diesen Bauern. Drinnen, in der Sicherheit der Hütte bleiben, sich nur nachts rausschleichen, wenn er draußen alleine war, nur mit den Nachttieren, mit der Dunkelheit.

«Niederköfeler lautet mein Name», sagte der Mann und blies nun die Brust auf wie ein Gockel, der Bauch bekam einen leichten Knick, die Luft, die der Mann soeben in die Brust gesogen hatte, fehlte nun wohl etwas weiter unten. «Aber Sie dürfen mich ruhig Sepp nennen, Gustl, und das ist die Frida, das der Hans, das der Ferdinand, den wir Ferdy nennen, der Sepp, der andere Sepp, das hier ist noch ein Sepp, den wir Anrather-Sepp nennen, weil sein Vater einst auf dem Anrather-Hof Knecht war, er selber wohnt jetzt aber unten im Dorf, der Sepp, das ist die Hedwig ...»

Den Rest der Namen hörte Mahler nicht mehr, er dachte verzweifelt darüber nach, wie er aus dieser Nummer wieder rauskommen konnte. In ihm reifte der Gedanke, dass das alles, Toblach, Altschluderbach, vielleicht doch keine so grandiose Idee gewesen sein mochte. Dass man nicht fliehen konnte, vor nichts. Schon gar nicht vor sich selbst. Dass sein Leben, das ihn bis vor einiger Zeit bergauf getragen hatte, ihn nun den Berg hinunterrollen ließ, dass er bald am Fuße des Berges zerschellen würde. An den Felsen dann tot daliegen würde. Tot wie Putzi. Wieder mit ihr vereint.

Mahler führte die Zwiebelsuppe zu den trockenen Lippen, er bemerkte, dass ihm die Hand zitterte. Er hatte von dieser Schüttelkrankheit gehört, über die neuerdings in England geforscht werden sollte. Womöglich hatte er sie nun auch? Er schaute sich um. Die Trenkers, Alma, Almas Mutter, Gucki, Miss Turner, sie alle wirkten so fröhlich, hungrig, gesund. Wie so oft zählte er in Gedanken seine Gebrechen auf: die beiden Herzklappen, die Hämorrhoiden, die ihn, obwohl zum Großteil wegoperiert, immer noch juckten, die Hautausschläge, der Rücken, sämtliche Organe, die ihn mal gemeinsam, mal abwechselnd zwickten – jetzt also auch noch das Zittern. Er kaute auf der Suppe herum, spürte, wie ihm ein Rinnsal über das Kinn lief, auf die Tischplatte tropfte. Fünfzig Kronen die Woche. Solch eine Unverschämtheit! F-ü-n-f-z-i-g Kronen. Vielleicht wäre dieser Niederhinteroberknödelkofler, oder wie dieser dumme Bauer auch hieß, vielleicht wären diese Seppls und Gretls auch noch hinuntergegangen mit dem Preis, aber Mahler verhandelte nicht, feilschte nicht, das bisschen Stolz hatte er sich bewahrt, trotz allem.

Fünfzig Kronen dafür, dass sie nicht mehr sangen. Zumindest montags und mittwochs nicht, und Donnerstag und Dienstag nur nachmittags. Und leiser. Er überlegte, wie lange er in Toblach blieb, sieben Wochen mindestens, elf vielleicht, das machte mindestens dreihundertfünfzig Kronen, vielleicht aber auch bis zu tausend, ein Vermögen! Für Stille. Teure Stille. Er schluckte die geschmacklose Suppe hinunter, spürte, wie die Flüssigkeit durch den Körper rann, an die Gedärme stieß, er spürte, wie sich der Bauch zusammenzog. Fünfzig Kronen, diese Verbrecher. Er war aufgewühlt, so aufgewühlt, er schaute zu Alma, die schmatzte, den halb vertilgten Rindsbraten vor sich auf dem Teller, Soßenspritzer auf der weißen Bluse, sie sah gut aus, richtig schön, er hoffte, Toblach, das Tal, würden ihr guttun, sie würde vergessen können, sie hatte ganz bestimmt schon vergessen. Ob ihre roten Wangen ein Indiz dafür waren, dass es ihr gut ging? Oder war es hier in dieser Stube einfach viel zu heiß? Er spürte, wie ihm unter dem warmen, dicken Janker der Schweiß den Rücken hinunterrann. Wegen der Hitze. Wegen des Zorns.

Ihm wurde klar, dass er das Problem des Singens nun zwar für unverschämt viel Geld gelöst hatte, ein klein wenig zumindest, so schnell mit der Arbeit aber trotzdem nicht würde anfangen können. Dazu war er nun viel zu aufgewühlt. Die Ereignisse des Tages. Das Automobil. Das Singen. Die unverschämte Geldforderung. Dabei hatte er doch insgeheim gehofft, bereits heute Abend ein paar Stunden, vielleicht gar bis tief in die Nacht hinein, zu schreiben, zu komponieren. Unmöglich. Auch morgen würde nichts gehen, ganz sicher nicht. Da brauchte er sich nichts vorzumachen. Er würde wohl selbst zur Post gehen müssen, das mit dem Auto klären, er würde den Bauern auf dem Feld das Geld vorbeibringen müssen – und dann wäre es schon wieder zu spät, um noch anzufangen. So viel banaler Alltag würde in ihm rumoren, nein, er musste den Beginn des Komponierens verschieben, neu planen, sich einen neuen Startpunkt setzen.

Erst einmal sollte es in die Berge gehen, beschloss er und merkte, dass ihm die Suppe in Anbetracht der Reorganisation des Lebens nun doch guttat, sogar richtig schmeckte. Ja, er brauchte etwas, das zwischen diesen heutigen Ereignissen lag – und dem Beginn der Arbeit. Eine Gipfelpartie, das war es. Er würde morgen nach der Post gleich den Bürgermeister aufsuchen, schließlich musste er sich doch vorstellen, Mahler war hier, er wurde sicher erwartet, ein Schreiber des Lokalblattes hatte sich per Telegramm ja schon vor Wochen bei ihm gemeldet, wollte ihn treffen. Ja, er würde sich mit dem Bürgermeister und dem Schreiberling treffen, auf einen Kaffee, er würde sich von ihnen bebauchpinseln lassen, ja, das brauchte er einfach, und dann nach einem, nein, nach dem besten Bergführer fragen. Er ging davon aus, dass es mehrere Männer gab in diesem Dorf, der beste von ihnen sollte ihn und Alma auf den höchsten Gipfel führen, der von hier aus zu erreichen war. Gustav Mahler auf dem höchsten Gipfel rund um Toblach. Das würde ihm Eindrücke verschaffen, seinen Kopf leeren. Er würde die Dolomiten tanzen sehen. Beim Gedanken an den bevorstehenden Ausflug strahlte Mahler, drehte sich zu Alma hinüber, wollte sie packen, sie küssen, da bemerkte er, dass sie längst nicht mehr neben ihm saß, vom Tisch aufgestanden war, das Mahl mit ihrer Mutter bereits verlassen hatte. Er strich Gucki übers Haar. Sah auf den abgenagten Knochen auf ihrem Teller.

3

Es war einer der heißesten Tage dieses heißen Sommers des Jahres 1908. Gustav war schon wieder einige Schritte vorausgeeilt. Sie kannte das von ihm, sie ignorierte es.

Franz, der Bergführer, hatte vorgeschlagen, sie sollten sich doch im hintersten Silvestertal treffen, um zehn, ein Fiaker sollte sie da hinbringen. Gustav war damit überhaupt nicht einverstanden gewesen. Er wollte sich bereits um sieben in der Früh treffen. Franz hatte ihn schon nach wenigen Metern ermahnt, sich im Tempo zu zügeln, der Weg sei ein weiter, bergauf müsse man sich seine Kräfte gut einteilen, das Bergaufgehen sei – und dann sagte er das eine falsche, fatale Wort – für U-n-g-e-ü-b-t-e gefährlich, man überschätze sich leicht. Gustav sagte nichts, verlangsamte auch nicht, aber Alma merkte sofort, dass es in ihm rumorte. Seine Laune war unerträglich seit zwei Tagen schon, seitdem sie hier waren, hier, wo sie niemals, er jedoch die ganze Zeit schon, hingewollt hatte. Wenn jemand das Recht hatte, unerträglich zu sein, dann wohl bitte sie.

Um Punkt sieben waren sie also losgegangen. Losgerannt, ihr war kalt, sie fror, sie schaute alle Minute hoch zu den Gipfeln im Osten, hoffte, betete, die Sonne möge möglichst bald dahinter hervorkriechen. Sie wärmen. Bis heute verstand sie nicht, warum er sie stets dabeihaben wollte. Es war immer das Gleiche. Er sprach kaum während der Touren, sprach sie, so ermahnte er sie zu schweigen. Er wolle die Eindrücke der Natur ungetrübt einsammeln, jedes Wort würde nur stören. Sie glaubte ihm gerne, dass er diese Eindrücke brauchte, dass ihm dies alles zu Inspiration verhalf, doch sie selbst brauchte all dies nicht. Was sie dringender benötigte, waren ein paar Stunden alleine.

Er liebte die Berge, sie liebte sie nicht, und leider war er einer jener Menschen, die nicht akzeptieren konnten, dass andere, insbesondere die eigene Frau, etwas nicht liebten, was er liebte. Er meinte wohl, dass sie, Alma, einfach nichts verstanden habe. Erst noch lernen musste zu verstehen. Es wurde also geschwiegen, seit Stunden schon, die Sonne war mittlerweile aufgegangen, erhellte den hellblauen Himmel, ließ die Berge, die Spitzen um sie glitzern, während sie einen steinigen Grat entlanggingen. Links und rechts fielen die Wiesen steil ab, in denen vereinzelt große Steinklumpen lagen. Der Blick reichte über Tausende Gipfel. Manchmal hielt Gustav inne, dirigierte stumm in der Luft herum, zog sein Notenskizzenbüchlein hervor, notierte sich etwas.

Manchmal ging er plötzlich auf sie zu, packte sie, drückte sie, sprach dann doch, jauchzend. «Schau, schau, Almalein, Almschilein, mein Herz, mein Schatz, Schau, schau!»

Sie schaute dann, in alle Richtungen, zu den Gipfeln, sie schaute lange genug, damit er ja zufrieden war, sie nickte heftig, verzog das Gesicht zu einem Lächeln, das ihn glauben lassen sollte, der Anblick würde ihr Glück bescheren.

«Weiter, hopp, Almschi, keine Rast, keine Ruh, gleich sind wir da, stimmt's, Franz? Auf dem höchsten Gipfel weit und breit. Juchhaihei.»

Ja, er ließ sich sogar zu einem Jauchzer, zu einem missglückten Jodler hinreißen.

Alma beobachtete genau, wie Franz in sich hineinlachte.

Tags zuvor war Gustav übellaunig aus dem Dorf zurückgekehrt. Er hatte ihr berichtet, dass weder jemand bei der Post noch der Bürgermeister in der Sache mit dem Auto etwas machen konnte. Er hatte ihr außerdem zugetragen, dass der Zeitungsmann gar nicht zum Treffen mit ihm und dem Bürgermeister gekommen war, dass dieser verfluchte Schreiberling sich hatte entschuldigen lassen, da in Bruneck eine Viehversteigerung stattfand, er darüber groß berichten müsse und sich bezüglich eines möglichen Treffens noch einmal melden würde.

Sie hatte still zugehört, auch noch, als Gustav gar nicht mehr aufhörte, sich über diesen Zeitungsaffen zu echauffieren. Was es denn Wichtigeres gäbe als die Möglichkeit eines Interviews mit ihm höchstselbst. Er hatte ihr auch erzählt, dass der Herr Bürgermeister ihm einen Kletterführer besorgt habe, dass dieser später, so gegen vier, vorbeikommen würde, um sie über die Tour zu unterrichten, auf welchen Berg sie gehen würden, dass er natürlich gefordert habe, der höchste müsse es sein.

Da hatte sie einen Plan geschmiedet, weil sie überhaupt gar keine Lust auf den höchsten Berg hatte. Weil sie fürchtete, dass auch ein niedriges Gipfelchen ihr den Atem rauben würde. Der Plan sollte verhindern, die Bergtour zur grenzwertigen Tortur werden zu lassen.

Am Nachmittag vor der Wanderung um kurz vor vier hatte sie sich mit Gucki, Miss Turner und der Frau Mama zu einem Spaziergang in Richtung Dorf aufgemacht, in der Hoffnung, diesem Bergführer zu begegnen, was schließlich auch geschah. Sie stellte sich vor und redete nicht lange um den Brei herum. Sie schickte Miss Turner, Mama und Gucki auf die Wiese neben dem Weg, sie sollten für die Zimmer ein paar Butterblumen pflücken, dann zog sie die Scheine aus der Tasche. Siebzig Kronen. Dafür sollte sich der Bergführer, der sich ihr als Löffler Franz vorgestellt hatte, eine nicht allzu anstrengende Bergtour für sie und Gustav ausdenken – und sich bloß nicht verplappern. Er willigte ein. Er versprach ihr, nur auf das Hörneckerle zu steigen, das er später und auch tags darauf in Gustavs Anwesenheit stets Hörneckspitze nannte, weil Eckerle ja wirklich nicht besonders hoch klang.

«Stolz können Sie sein, Herr Mahler, stolz und zufrieden,

hier oben zu stehen», sagte er jetzt und zwinkerte Alma zu, als sie tatsächlich endlich am Gipfelchen standen. Den Ausblick über das Gipfelmeer ignorierte sie, ihr wackelten die Knie, sie war fix und fertig, sie rang nach Atem, lechzte nach Luft, die dünn war, natürlich war sie dünn, da konnte der Löffler sagen, was er wollte. Sie schwor sich, nie, nie wieder mitzukommen, da konnte Gustav noch so sehr poltern und toben, da konnte es noch so wichtig sein, dass er auf den Berg ging, um seine nächste Symphonie endlich aufs Papier zu bringen. Meine Güte, wie viele wollte er denn noch schreiben? Klangen eh alle gleich, er sollte sich stattdessen doch mal an eine Oper wagen, wer keine Opern schrieb, wie Wagner, hatte in den Annalen eh nichts zu suchen, so ihre, streng geheime, Meinung.

Sie blickte zu ihm, sah sein Strahlen, verwarf allen Ärger. Ihr war klar, sie würden den Schwur brechen, früher oder später. Er war glücklich, und das machte sie, für einen Augenblick zumindest, auch ein bisschen froh. Keine Schweißperle stand auf seiner Stirn, sie fragte sich, wie er das machte. Sie hoffte, er würde in den kommenden Tagen vorankommen, in sich ruhen, dann würde auch sie ihre Ruhe haben.

«Schau, Almschi, Almschischischilein, ganz oben sind wir, weiter hoch geht's nimmer! Was soll jetzt noch kommen?»

Ja, was soll jetzt noch kommen, dachte sie und packte ihre Schinkenbrote aus, auch seine unbelegten, trockenen Grahamscheiben. Sie sehnte sich so sehr danach, dass noch etwas kam. Dass das nicht schon alles gewesen sein mochte.

Nach der Bergwanderung antwortete der Löffler Franz im Trenkerhof auf Gustavs zweifelnde Frage souverän und überzeugend, dass, ja, die Hörneckspitze ganz bestimmt der höchste Gipfel weit und breit sei, dass die anderen Gipfel rundherum aus mancher Perspektive lediglich höher wirkten, eine optische Täuschung, faszinierend, nicht wahr? Aber nein, die Hörneckspitze sei auf jeden Fall der höchste Gipfel, wie gefordert, und der schwierigste noch dazu, Hunderte seien da bereits in die Tiefe gestürzt, auch ein erfahrener Bergführer, ein guter Freund von ihm, letzten Sommer, an einem Schneefeld abgerutscht, runter, plumps, klatsch und tot. Hundert Kronen verlangte er noch einmal von Gustav, Almas siebzig bereits in den Taschen, plus dreißig weitere Kronen Sondergefahrenzuschuss. Schnell steckte er die Scheine ein, die Gustav ihm hinlegte. Alma schäumte und musste doch schweigen. Dieser Hundling.

4

Toblach, Sommer 1909

Bis zuletzt hatte er gehofft, dass niemand kam, doch dann waren sie alle gekommen. Viele im heißen Sommer 1908, noch mehr in diesem zweiten, noch heißeren, Sommer in Toblach. Die meisten wollten mindestens eine Woche bleiben, das war für Mahler mehr als genug. Er verzog sich doch nicht extra ins hinterste Alpental, um dann mit der Wiener Bagage hier zusammenzusitzen. Dieses Zusammensitzen, es endete eh immer, es würde auch diesmal so enden, im Streit. Mit jedem.

Der Nepallek, ein Schüler Sigmund Freuds, war gekommen, ein Psychoanalytiker, dem Mahler nicht recht über den Weg traute, von dem wollte er sich ganz bestimmt nicht in die Psyche schauen lassen. Zudem hustete der Nepallek ständig, und wenn er nicht hustete, zog er an einem Zigarillo, von denen er, Mahler hatte nie nachgezählt, aber er schätzte, dreißig am Tag verputzte. Der Herr Bankier Hammerschlag war ebenfalls gekommen, der immer mehr lispelnd sang, als dass er sprach. Beeindruckend, aber auch nervig auf Dauer. Der Roller war gekommen, einst Gründer der Secession. Der aber genauso gut nicht da sein könnte, weil er neuerdings meistens schwieg. Nicht einmal gestritten hatten sie bisher, wie sollten sie auch, schweigend stritt es sich nicht leicht.

Nur einer schwieg noch mehr als der Roller. Zumindest in Mahlers Anwesenheit. Gabrilowitsch. Der Pianist. Der sprach nicht selten, sondern nie. Er schaute nur stets in die Runde, mit seinen schwulstigen Wangen wirkte es immer so, als lächele er. Aber auch, als sei er ein bisschen blöd. Oder einfach nur beschwipst. Alles drei zusammen, vermutete, Mahler.

Dann waren noch die Herren Komponisten Brecher und Fried gekommen, die Herren Kritiker Décsey und Korngold. Korngold! Der nervige Julius, der unverschämterweise auch noch seine unverschämte Frau mitgebracht hatte, die stets viel zu viel Parfum trug, und seinen unverschämten Sohn Wolfgang, der immer an den falschen Gesprächsstellen und dann auch noch viel zu laut und keck lachte.

Eines Tages hatte sich sogar ein amerikanischer Klavierverkäufer zum Hofe verirrt. Er hatte sich nicht verscheuchen lassen. Auch nicht von Trenker, der ihn mit der Mistgabel bedrohte, wissend, dass Mahler auf Besuch, zumal auf unangekündigten, allergisch reagierte. Mahler hatte gar nicht verstanden, wie der Mann ihn gefunden hatte. Bedauerlicherweise hatte keine der hiesigen Zeitungen seinen Aufenthalt angekündigt. Der *Pustertaler Bote* nicht, *Der Tiroler* nicht, die *Bozner Zeitung* auch nicht. Ob vielleicht, tatsächlich, etwas in den New Yorker Gazetten gestanden hatte? Ob sich dieser Amerikaner aus New York aufgemacht hatte, nur und ausschließlich um ihn ... Für den Bruchteil einer Sekunde hatte sich Mahler diesen Gedanken gegönnt, hatte entschieden, er würde dem Mann alle Klaviere der Welt ... Der Sekundenbruchteil war schnell verpufft. Mahler vermutete alsbald, während er den Amerikaner zu ignorieren versuchte, dass der ganz zufällig nach Altschluderbach gekommen war und ihm wohl einer aus dem Dorf gesteckt haben musste, er solle am Trenkerhof sein Glück versuchen. Als der ihn auch noch als *Mister Mähler* ansprach, drehte Mahler völlig durch.

«Mister Mähler, how do you do? Look what I got for you!»

Doch selbst dieser Amerikaner, der, von Mahler angeschnauzt, verängstigt und ohne verrichtetes Geschäft weiter in Richtung Bruneck gezogen war, war nicht der unangenehmste Gast in den Pustertaler Sommern gewesen. Da gab es noch Kammerer. Fabrikantensohn, Biologe, immer irgendwo mit dabei in Almas Wiener Kaffeetruppe, der auch diesen Sommer seinen Weg zu ihnen in die Berge gefunden hatte. Ein Spinner, der sich darüber hinaus auch noch selbst eingeladen hatte, den er und Alma unglücklicherweise zu gut kannten, um ihn einfach so mit Sebastians Hilfe wieder verscheuchen zu können.

Trenker, der sich als schlauer Bauer vorsorglich verzogen hatte, war wohl im Stall Kühe melken. Mahler verbreitete wieder eine Stimmung, als lägen Leichen unterm Tisch. Auf dem Stubentisch stand eine kalte Fleischplatte mit Tiroler Schinken, Eiern, Brennnesselaufstrich, Gurken, Gurkenaufstrich, Rettichscheiben, Kartoffeln, Butter.

«Da fährt man den lieben langen Tag nach Tirol und dann das, kaltes Fleisch», frotzelte Kammerer. Alma kicherte. Kammerer lachte. Über den eigenen Witz. Gab es Erbärmlicheres? Schallendes Gelächter, dass die Fensterscheiben zitterten.

Mahler versuchte gedanklich abzuschweifen, es gelang ihm nicht. Er bat Agnes, die schon wieder in die Küche verschwinden wollte, zumindest die Butter doch bitte an den unerreichbaren Rand des Tisches zu schieben.

«Wenn ich an das Roastbeef beim Metzger in der Himmelpfortgasse denke, diese Vorzüglichkeit, dann bekomme ich hier keinen Bissen runter», fuhr Kammerer fort und lachte weiter lauthals. Alma stimmte mit ein und schenkte Wein nach.

Mahler schämte sich, er wusste, das Gerede, die Beschwerden, das Gelächter wurden bis in die Küche gehört. Agnes hörte es ganz bestimmt. Entweder sie kam bald herausgestürmt mit einem Kochlöffel oder gar einem Messer in der Hand. Oder sie weinte bitterlich in sich hinein.

«Was will man machen», setzte Kammerer alsbald wieder an, «einfache Menschen, einfache Leute, kann nicht jeder Wiener sein.» Das Lachen wurde noch ein paar Dezibel lauter. Der Biologe griff nach der Butterdose, öffnete sie, bestrich eine Brotscheibe, biss hinein, sprach weiter. «Hmm, die ist gut, hmmhmmhmmmm, die ist gut, ganz vorzüglich, das können sie halt, die Bauersleut, Butter machen, hmmmm, ganz wunderbar.»

Mahler grinste nun still in sich hinein. Er wusste, Kammerer würde keine angenehme Nacht verbringen. Er wusste auch, der Abend würde sich nicht ewig in die Länge ziehen.

Erstmals seit er in Altschluderbach logierte, lobpreiste Mahler nun in Gedanken die schreckliche Butter. Jeder, ausnahmslos jeder, der rauchende Nepallek, der lispelnd singende Hammerschlag, der schweigsame Roller, der noch schweigsamere und außerdem blöd schauende Gabrilowitsch, alle hatten sich nach dem Verzehr der Butter höchst unwohl gefühlt und sie tags darauf und die ganze restliche Zeit stets als Erstes, nachdem es zu Tisch ging, ganz weit von sich weggeschoben.

Kammerer schluckte, schleckte sich die buttrigen Finger ab, dann begann er einen seiner altbekannten Monologe über sein Lieblingsthema, das sonst wohl weltweit keinen interessierte, was ihm wiederum schnurz war. Er sprach über die Kröte. Insbesondere die Geburtshelfer-Kröte. «Alma, Gustav, stellt euch vor, die vererbt, was sie erlernt. Also nicht nur Instinkt, Talent, nein, Wissen! Das ist wie … wenn ihr Kröten wärt, Alma, Gustav, eure Gucki würde auf die Welt kommen und schon Noten lesen können. Versteht ihr? Hätt ich eine Tochter, würde sie schon von Geburt an alles über Kröten wissen …»

Mahler hörte ihm nur halb zu, nickte vorsichtshalber, es war ihm ja schon unmöglich, zu essen, wenn Fleisch in jener Form auf dem Tisch stand, wie es einst als Tier existiert hatte, das wusste Agnes, sie hütete sich, solcherlei Fleisch zu präsentieren. Aber jetzt, während er seine klare Suppe löffelte, sich Kröten vorzustellen, das war noch viel schlimmer. Zudem wusste er von Hammerschlag, der einmal bei Kammerer eingeladen gewesen war, dass dieser seine Wohnung am Neuen Markt mehr oder weniger in ein Terrarium verwandelt hatte. Wo alles Kleingetier schleimte und krabbelte und piepste. Die reinste Hölle.

Der Biologe drehte sich nun zu ihm hin, beinahe war es Mahler, als begutachtete er ihn. «Was machen Sie denn hier immer, lieber Mahler, in diesem Tal. Ich meine, ja, Toblach, das kennt man, aber haben Sie schon von Tobelbad gehört? Was da neuerdings los ist? Gustav Paalen, dieser Mäzen und Erfinder, hat das heruntergekommene Bad auf Vordermann gebracht. Glauben Sie mir, der hat da eine Menge Geld reingesteckt, das wird das neue Montecatini ...»

Mahler räusperte sich, den Blick auf die Teller vor ihm gerichtet, auf denen die Speisen sich türmten. «Ja, ja, davon habe ich gehört. Aber wenn ich die Wiener hier bräuchte, die sich neuerdings in diesem Tobelbad tummeln, mein lieber Kammerer, dann wäre ich in Wien geblieben», log er. «Mir reicht hier mein liebes Almschilein», log er weiter und warf ihr einen verliebten Blick zu. Sie erwiderte ihn interessanterweise, was ihm Mut gab. «Eine Künstlerseele braucht Abstand. Naturnähe. Wildheit. Aber das können Sie, Kammerer, nicht verstehen, Sie, der Sie versucht haben, sich mit ein paar Kröten im Wohnzimmer mitten in Wien ein Stück Laborwildnis zu schaffen. Schlafen die eigentlich auch bei Ihnen im Bettchen, die glitschigen Viecher?»

Alles war still geworden für einen Augenblick, kein Geschirrgeklimper. Kein Geschmatze. Gedämpfter Atem.

«Mein lieber Gustav, ich erlaube mir, Ihre geschmacklose Anspielung zu überhören, und verstehe durchaus, was Sie über die Künstlerseele sagen, ich habe ja selbst eine solche, die heftig in mir pocht ...» Der Mann klopfte sich mit der Faust gegen die Brust, schaute zur Decke, seufzte. Mahler war bekannt, dass

Kammerer unlängst einige Kompositionsversuche unternommen hatte. Natürlich erfolglose. Wer sich mit Kröten abgab, konnte kein Musiker sein. «... aber was für Inspirationen wollen Sie denn hier sammeln», fuhr der Mann unbeirrt fort, «hier hinter allen Bergen? Ich würde von Ihnen erwarten, Mahler, dass die neue Symphonie ... Ihre neue Symphonie ... welche schreiben Sie denn jetzt? Die *Achte*, die *Neunte*? Ich habe da etwas den Überblick verloren ...»

Das Gelächter, Geschmatze, Geklimpere setzte wieder ein. Auch Alma lächelte unverschämterweise.

Kammerer hob das Glas, prostete Mahler zu, der Rotwein schwappte über, auf die weiße Tischdecke, auf die normalerweise verzichtet wurde im Trenkerhof, nur heute war sie aufgedeckt, weil Agnes wohl dachte, da käme einer, der es wert war, gedeckt zu speisen. Von wegen. Mahler setzte neu an. «Wir führen uns hier vollends wohl, Almschi, Mutter Anna, die kleine Gucki, die hier vergessen sollte. Vor allem vergessen.» Er nannte bewusst den Namen der Kleinen, er spielte bewusst auf den Schicksalsschlag an, er wusste, das ziemte sich nicht, doch er hoffte damit inständig, die Diskussion zu beenden.

«Also ich vermisse Wien schon», hörte er die Stimme seiner Frau, es war wie ein Stich in den Rücken. «Ich trage Wien immer in meinem Herzen, wie könnt es anders sein, gell, Kammerer, das Schönste hier ist doch, zu merken, wie man Wien vermisst, das hat auch sein Gutes.»

Mahler lugte zum Gast, der sich das Brot noch einmal vollstrich mit der scheußlichen Butter, biss, kaute, anscheinend über keinen weiteren Kommentar nachdachte. Sich zufriedengab, mit dieser letzten, von Alma getätigten Aussage zu seinen Gunsten. Wohl zufrieden war, was Mahler nun wiederum doch nicht passte. Er war hier schließlich der Gastgeber. Er entschied, wenn ein Gespräch beendet, ein Disput geschlichtet war. «Sagen Sie, Kammerer, in New York waren Sie aber noch nie, gell?» Ohne eine Antwort abzuwarten, fuhr er fort. «Dachte ich mir schon.» Er schaute siegessicher zuerst zu Kammerer, dann zu Alma. «Ich meine, muss man nicht gewesen sein, es ist nur, wie soll ich Ihnen das vermitteln. Wien ... nun ja, Wien ...»

Er musste eigentlich gar nicht weiterreden. Er wusste bereits jetzt schon, dass er den finalen Degenhieb gesetzt hatte. Wenn einer mit Wien prahlte, musste man mit New York kommen. Dann hatte man ihn. Trotzdem. Jetzt wollte er nicht aufhören. «New York, wie lange waren wir jetzt da, Almschi ...» Er sah, dass sie ihn böse anschaute. Es war ihm egal. «Lange genug jedenfalls, um die Stadt bestens zu kennen. New York, das pulsiert, das ist Wien hoch zehn, da mittendrin zu stehen, der *Central Park*, die Häuserschluchten, die vielen, vielen Menschen. Die Kultur! Die Empfänge, die Bars, die, ach ...»

Er seufzte. Ja, das konnte er schon auch, wenn er denn wollte. Und nun wollte er unbedingt. «... die Underground-Bars.» Er lehnte sich vor, streckte den Arm zu Alma hinüber, ergriff ihre Hand, die sie zu einer Faust geballt hatte, drückte sie, tätschelte sie. Noch mal ein Seufzer. «Das kostet Energie, ja, natürlich, es gibt einem aber auch so viel, Kammerer. Wissen Sie, doch ja natürlich macht das müde, da braucht man Ruhe danach, Entspannung von den Leuten, da ist so ein Ort wie dieser hier gerade recht, einfache Leute, einfaches, aber gutes Essen. Brot, Suppe, Äpfel, Butter, vor allem, viel von dieser verzückenden Butter. Und Ruhe. Ruhe, Ruhe, Ruhe.»

Das Gesicht des Biologen errötete, dann wurde es grün. Mahler fragte sich kurz, ob die Butter jetzt schon wirkte. Das wäre Rekord, normalerweise dauerte es ein paar Stunden. Er grinste, wusste, sein Grinsen konnte, wenn er denn mal grinste, teuflisch sein, diesmal war es das ganz bestimmt.

Alle Last fiel von Mahler ab, aller Ärger der vergangenen Tage, die geldgeilen Bauern, die ihn vor zwei Wochen wieder einmal zur Weißglut gebracht hatten, die er immer wieder von Neuem ermahnen musste, leiser zu singen, die sich doch erdreistet hatten, einen finanziellen Nachschlag zu verlangen. Die behauptet hatten, die Fünfzig-Kronen-Abmachung habe nur für den vergangenen Sommer gegolten, nicht für den heurigen. Außerdem verlangten sie nun eine Augustzulage. In so einem besonders heißen August schweige es sich nicht so leicht wie im unlängst recht kühlen Juli, da müssten sie nun gegen die Hitze ansingen, sonst würde man es nicht packen auf dem Feld, solle der Herr Kompositeur aus Wien ruhig mal einen halben Tag lang mitarbeiten, dann würde er schon sehen, dass es ohne gemeinsames Singen nicht gehe. Unter diesen Umständen fordere das Schweigen neue Preise. Fünfundsechzig pro Woche.

Das Postauto, das vermaledeite, zu dem sich in diesem Jahr nun tagtäglich auch noch einige Touristenautos gesellten, brauste immer noch morgens am Häusl vorbei. Das war aber nicht mehr das Schlimmste. Das Schlimmste war das Fahrschulauto, das seit einer Woche mehrmals täglich mit zwanzig Pferdestärken, so schätzte Mahler ohne jede Ahnung, den Weg entlangfuhr. Vor zwei Wochen hatte die erste Fahrschule von Toblach feierlich eröffnet, er, Mahler, war sogar eingeladen worden zu den Feierlichkeiten. Er hatte wegen Krankheit abgesagt und war dann tatsächlich erkrankt. Drei Tage hohes Fieber. Weitere drei Tage kein Komponieren.

Doch das war nun alles vorbei. All dieser Irrsinn, diese Schmach würden ihn in den kommenden Tagen, vielleicht gar eine ganze Woche lang, nicht mehr stören. Kammerers Gesicht, das Erröten, das Ergrünen, hatte das alles weggewischt. Als wäre es nie da gewesen. Sieg! Mahler spürte das Feuer in sich brennen, ja, solche Siegesmomente konnten Wunder bewirken, ihn durch die Komposition einer ganzen Symphonie tragen. Eines Satzes zumindest.

Die Stille am Tisch dauerte an, sie war bedrückend, nur Almschi räusperte sich in kurzen Abständen, Mahler griff nun nach dem angebrannten, kalten Schweinskotelett, das da gesalzen und gewürzt vor ihm lag. Ja, das würde er nun essen, beschloss er. Das Leben war ein Abenteuer. Er hörte sein eigenes Schmatzen und Kauen, dieses Fleisch, ja, es schmeckte ihm sogar, er würde Agnes verkünden, wie sehr es ihm geschmeckt hatte. Schluss mit der Krankenkost! Er fühlte sich gesund, lebendig, wie lange nicht mehr, er hörte Agnes' Zither, erst dachte er, sein Kopf spielte ihm einen Streich, dann realisierte er, dass die Melodie aus der Küche erklang, das war tatsächlich Agnes, die da leise spielte. Eine ihm unbekannte Melodie, die er sofort ins Herz schloss. Er spürte seine warmen Wangen, er spürte, dass alles gut werden würde. Sein Herz klopfte wild. Das Leben war schön. Er vernahm Kammerers Stimme wie aus weiter Ferne, wie aus einer anderen Welt.

Sie packte ihn, zerrte ihn zurück. Schob ihn an den Abgrund, stürzte ihn hinab.

«In New York haben Sie doch auch Toscanini kennengelernt, Gustav, nicht? Was für ein Mann! Ein Genie, oder? Ich habe erst letztens wieder ein großes Porträt über ihn in der Zeitung gelesen. Was der aus Wagner rausholt, aus dem *Tannhäuser*! Gewaltig! Sagen Sie, wie ist der denn so, ich meine, privat?»

Toscanini! Hardimitzn! Mahler spürte, wie sich sein Gedärm zusammenzog, heiß und kalt wurde ihm. Er griff nach dem Weinglas, das ihm Kammerer wohl eingefüllt hatte, obwohl der ganz genau wusste, dass er selten trank, dass er vorhin bereits Agnes gebeten hatte, ihm keinen Wein zu reichen. Wenn er trank, trank er viel. Er leerte das Glas mit mehreren Schlucken, so wie nur Bauern Weingläser leerten. Toscanini! Er hatte einmal

Puccini getroffen, den aufgeblasenen Trottel. Aber Toscanini war noch schlimmer. Vermaledeiter! Selbst hier, im hintersten Pustertal, holte *der* ihn ein. War es denn nie vorbei?

5

Tobelbad, 1. Juni 1910

Das war es also, das Wildbadsanatorium von Tobelbad. Sie fühlte sich leer, schwach, aufgedunsen, krank. Sie war doch viel zu jung, um krank zu sein. Um leer zu sein. Gustav blickte drein, als ob er sofort wieder wegwollte. War ja klar. Schließlich hatte nicht *er* sich diesen Ort für sie ausgesucht. Ein Ort, den nicht er für sie aussuchte, konnte nicht gut für sie sein. Doch dieser Ort *war* gut für sie. Ganz bestimmt. Nicht umsonst redete ganz Wien seit über einem Jahr davon.

Tobelbad. Da müsse man nun hin, dort könne die Seele baumeln. Wo ganz Wien hinwollte, da musste auch sie sein. Insbesondere seitdem sie, nun, da Tobelbad *en vogue* war, von ihren Kaffeehausbekanntschaften bereits manches Mal veräppelt worden war. Sie und Gustav, so wurde geflüstert, getuschelt, geschmunzelt, hätten wohl aus Versehen Toblach in Südtirol mit Tobelbad in der Steiermark, südlich von Graz, verwechselt. Gekreische, Gelächter, Gepolter. Sie liebte es zu lachen, sie liebte es, Witze zu machen, aber über so etwas scherzte man nicht.

Er hatte ihr versprochen mitzukommen, mit ihr und Gucki und der Frau Mama, die beiden waren bereits in den Gemächern, sich erholen von den Reisestrapazen. Er war wohl doch neugierig, wer aus Wien sich hier alles rumtrieb, er hatte aber gleichwohl schon vor der Abreise beschlossen, Tobelbad nicht gut zu finden. Ein langer Kiesweg hatte von den letzten Häusern des unscheinbaren Ortes zum Gemäuer des Bades geführt. Schwefel lag in der Luft, es roch nach faulen Eiern, Alma würgte zu Anfang, achtete penibel darauf, dass Gustav das Würgen nicht bemerkte.

«So, so», sagte er wirsch, als sie das Gebäude betraten, sich an die Rezeption wandten. Die Portiere kümmerten sich um ihre Reisekoffer. «Hier willst nun also deine Tage verbringen. Du wirst für den Rest des Sommers nach faulen Eiern riechen, liebes Almschili.» Er grinste den jungen Mann hinter dem Rezeptionstisch an, der junge Mann grinste freundlich zurück.

«Tausendmal besser, dieser Geruch, als die ranzige Butter am Trenkerhof», raunzte Alma zurück.

Am Abend schritten sie durch den Speisesalon, sie beschlossen, sich noch an die Bar zu setzen, bevor es zum Dinner ging. Tobelbad! Ach, endlich, Tobelbad. Hier wurde die Naturheilkunde des Dr. Johann Heinrich Lahmann ehrwürdig zelebriert. Vor fünf Jahren war der Herr Doktor verstorben. Gott hab ihn selig. Doch seine Wunderkraft, seine Wunderidee würde hier ewig leben, hieß es in Wien. Freud? Psychoanalyse? Pah! Ernährung, das war der letzte Schrei. Anders essen, weniger essen, entschlacken, so, dessen war sich Alma gewiss, würde sie ihr altes, frivoles Leben zurückbekommen, zur neuen, starken, gesunden Alma werden. Und wenn nicht? Auch egal. In Tobelbad musste man gewesen sein, so oder so, diesen Sommer.

Besser noch wäre es letzten Sommer gewesen, da wäre sie die absoluteste Spitze der Avantgarde gewesen, nun lief sie ein kleines bisschen hinterher, aber wirklich nur ein sehr kleines bisschen, sie gehörte immer noch zu den Ersteren, viele würden erst nächsten oder übernächsten Sommer kommen, da würde sie schon längst hier gewesen sein und davon erzählen, dass es ja die Sommer davor noch besser gewesen war.

Sie schaute sich im Saal um, konnte Paalen nicht entdecken, sie konnte außerdem kein einziges der ihr bekannten Wiener Gesichter entdecken, was sie sogleich etwas beunruhigte. Dann sah sie Paalen doch. Ah, ja, zumindest ihn! Gustav Robert Paa-

len, den Mäzen, den Kunstsammler, den Erfinder der Thermos-
kanne, des Staubsaugerapparats. Sie verstand zwar nicht, wozu
solche Dinge von Nutzen sein sollten, so eine Kanne, so ein
Saugapparat, aber bitte. Paalen war es, der diesem Ort, nun,
nach Doktor Lahmanns Tod, neues Leben eingehaucht hatte.
Und was für eins! Jemanden, der einen Flecken Erde zum Strahlen brachte, zu einem Pilgerort machte, wohin halb Wien sich
sehnte, musste sie kennenlernen.

Paalen stand da inmitten des Saals, eine Menschentraube
hatte sich um ihn gebildet. Frauen vor allem. Der Mann war
nicht besonders groß gewachsen, nicht besonders dünn, aber
auch nicht dick. Das Erste, das bei ihm sofort auffiel, waren
seine Augen, die sich hinter beinahe fernöstlichen Hautschlit-
zen verbargen. Und der gepflegte, dünne Oberlippenbart. Er
trug Frack und ein eierschalenweißes Pochette. Eine Erschei-
nung, die Eitelkeit ausdrückte. Er sah aus, wie Alma sich einen
Vampir vorstellte. Wunderbar, dachte sie sich, die eitlen waren
ihr die einfachsten. Besonders jene, die sie zwar interessierten,
ihr aber nicht den Kopf verdrehten. Paalen, das spürte sie sofort,
strahlte etwas Beschützendes aus. Nichts Erregendes. Alles Er-
regende würde ihr nur schon wieder das Leben verkomplizie-
ren. Sie aufwühlen, alles in ihr tanzen lassen. Und dabei wollte
sie doch Ruhe, Abstand, Entspannung, um die bevorstehende
Verjüngungskur optimal wirken zu lassen. Abstand, vor allem
von Gustav. Sie war sich sicher, jeder Tag ohne ihn würde, zumindest für eine Zeit lang, ihre beste Verjüngungskür sein. Wie
sie sich darauf freute!

Sie suchte den Blickkontakt, fand ihn, Paalen schaute zwischen zwei Frauen hindurch, Alma ging ein paar Schritte auf
den Mäzen zu, ohne den Blickkontakt zu unterbrechen, sie bemerkte, dass er den Frauen, die auf ihn einredeten, nicht mehr
zuhörte. Auch er ging einen Schritt nach vorne, wie sie es er-

wartet hatte. Es beglückte sie, dass es immer noch funktionierte. Da war so eine heimliche Magie.

Die anderen Frauen traten einen Schritt zur Seite, drehten sich, wie in einer von unsichtbarer Hand geleiteten Choreografie, ihr zu, musterten sie kurz, schauten dann demütig zu Boden, erkannten, dass sie gegen sie keine Chance hatten.

«Paalen, Herr Paalen, ich bin so froh, dass Sie ...» Sie bemerkte, dass er nachdachte, dass er sie gerne mit Namen begrüßen würde, aber wohl überhaupt keine Ahnung hatte, wer sie war. «Mahler, Alma Mahler, darf ich Sie ... möchten Sie ... darf ich Ihnen meinen Mann vorstellen. Gustav, komm!» Sie drehte sich zu Gustav um, auch er trat nun nach vorne.

Paalen breitete die Arme aus. Offenbar war er nun im Bilde. «Herr Mahler, welche Ehre, Sie in unserem bescheidenen Hause ... und dass Sie uns Ihre geliebte Alma anvertrauen, lieber Gustav Mahler, seien Sie sich gewiss, dass Sie bei uns in guten Händen ist, wir werden sie Ihnen noch hübscher, noch lebensfreudiger wiederbringen. Und dabei ist sie ...», er schaute an ihr herab und hinauf und wieder hinab, wie an einer Schaufensterpuppe, «ja bereits so wunderschön und so feurig und so, so jung. Was wollen Sie nur bei uns, liebste Alma!» Paalens schmale Lippen formten sich zu Schlitzen, wie die Augen. Er klopfte Mahler zart auf die Schulter.

Alma kicherte. Sie schaute zu ihrem Gemahl. Er war ruhig, doch sie wusste, in ihm brodelte es.

«Kommen Sie», sagte Paalen, und Alma spürte seine Hand, die sich auf ihren Oberarm legte. «Lassen Sie uns anstoßen, solange wir noch können.»

Gustav starrte Paalen an, der Blick verriet, dass er nicht verstand, worauf der Mann anspielte.

«Ab morgen ist es vorbei mit dem Angestoße, nicht wahr, liebe Frau Alma ...» Der Mäzen stieß ihr leicht in die Rippen.

Gustav runzelte die Augenbrauen.

Nun realisierte wohl auch Paalen, dass sich der berühmte Komponist nur sehr wenig, wenn nicht gar überhaupt nicht mit Sinn und Zweck des hiesigen Aufenthalts seiner Frau beschäftigt hatte. «Ab morgen sind strenge Regeln angesagt», fuhr er also erklärend fort und hob mahnend den Zeigefinger. «Wir legen die schönen Reformkleider ab, nicht wahr, Alma?»

Sie nickte.

«Wir tragen alle Baumwolle. Tag und Nacht. Baumwolle, so hat es uns der Herr Doktor Lahmann, Gott hab ihn selig, gelehrt, ist das einzig Gute für unseren Körper. Wir ertüchtigen uns, morgens Gymnastik, abends Gymnastik, Heilbäder, frische Luft, ständig frische Luft, gute Kost, keine Säure, Säue frisst uns innerlich auf. Ich selbst mache das zweimal im Jahr, liebe Alma, lieber Gustav, je eine Woche, ich fühle mich stets prächtig nach meinen Aufenthalten hier in Tobelbad.»

Alma nickte. «Säure frisst uns innerlich auf, Gustav», pflichtete sie dem Mann bei.

Gustav nickte wie automatisch.

«Auch Medikamente lehnen wir ab, nehmen wir Medikamente, Alma?», fragte Paalen.

Alma zählte ein paar Medikamente auf, ein paar vergaß sie wohl.

«Schluss damit, Alma, ab morgen. Medikamente sind unser Tod. Bewegung und Luft, das soll unsere Medizin sein.»

Sie nickt einsichtig.

«Wir essen Salat, Gemüse, Obst, Nüsse, Vollkornbrot, wir trinken Milch, ausschließlich Milch. Wir härten uns ab in der freien Natur, machen Gymnastik in der Kälte des Morgens, wir Männer sägen Holz, das, liebe Alma, bleibt euch Damen erspart.»

Alma sah im Augenwinkel, wie Gustavs Augen groß und

größer wurden, wie er plötzlich an Paalens Lippen hing. «Alma, Almschili, Almschilitzi, Almschilitzlilitzilitzi ...», stotterte er.

Die Drinks kamen, der Gastgeber hatte für alle ungefragt Champagner bestellt.

«Ich ... ich wusste gar nicht, das ist doch ... so schön, Almschlilizilitzili ... ich ... ich ... Himmelherrgottkreuztausenddonnerundhagelsappermentnocheinmal! Ich bereue ja beinahe, nicht selbst ... ich bin ja dran und drauf, hier vielleicht auch ... also ich meine kurzfristig ... Luft, Gymnastik, gesunde Kost, das wäre doch ganz wunderbar.»

Sie bemerkte, wie ihr Gesicht erkaltete, wie alles Blut aus den Wangen schwand. Sie hörte Paalens Worte: «Also ich kann gerne, Herr Mahler, es wäre uns natürlich eine Ehre, ich kann gleich mal ...»

Gustav packte Alma am Arm. Drückte. So fest wie lange nicht mehr. «Das wäre doch ganz wunderbar, liebes Almschlilitizilitzi, wenn wir beide, nicht ...»

«G... ganz wunderbar», stotterte sie. Das Herz sackte ihr in die Hose. Es war wohl ihr Schicksal. Sie würde für immer an ihn gebunden sein, sie hatte ihn geheiratet, ja, sie hatte ihm Kinder geboren, ja, sie war viel zu lange bei ihm geblieben, eine Alma Mahler blieb doch nicht so lange, sie ahnte, dass sie nicht mehr wegkonnte. Noch nicht einmal für ein paar verdammte Tage! Dass das nun ihr Schicksal sein sollte, Gemüsekost, frühmorgens, frierend Gymnastik, mit ihm!

Ihr ganzer Plan schien sich in Rauch aufzulösen.

«Ah, wen sehe ich da, den muss ich ...» Sie hörte Paalens Schritte wie aus weiter Ferne, wie aus einem fremden Leben, in das sie hatte eintauchen wollen und das nun im Nebel verschwand. Sie befürchtete aus diesem Nebel nie wiederaufzutauchen zu können. Der Nebel wurde dichter, sie sah nichts, sie war schon oft in ihrem Leben in Ohnmacht gefallen, wie es sich für ein Mädchen gehörte, doch das war stets anders gewesen, es ging schneller, erst war alles klar, dann kurz alles schwummerig, dann alles schwarz, dann alles weg. Und dann wachte sie auf, normalerweise, auf jemandes Schoß, auf Klimts, Zemlinskys, Gustavs, Papa Molls, jemand hielt ihre Hand, Mama, Miss Turner, eine Freundin. Ein nasses Tuch auf der Stirn, jemand, der ein Wasser reichte. Diesmal war es anders. Sie hielt die Hand am Mund, sah das Glas, den Champagner darin, sie trank, doch es fühlte sich an, als würde sie nur den Nebel trinken.

Neben sich nahm sie Konturen wahr, sie vermutete, es war Gustav, doch sie konnte es nur ahnen. Sie versuchte zu sprechen, doch es war ihr, als wären ihr Mund, ihre Zunge aus Gummi. Dann traten aus dem Nebel zwei Gestalten hervor, auf sie zu, ganz plötzlich klarte alles wieder auf. Sie erkannte Paalen. Auch einen weiteren Mann. Jung, nicht besonders schön. Und doch erschien er ihr wie ein Prinz. Ein Ausweg aus dem Nebellabyrinth. Sie betrachtete den Mann, der ihr nun gegenüberstand, der kleiner als sie war, zu ihr hochblickte. Interessiert, wie ein Botaniker, so schien er ihr, der eine seltene Blume betrachtete. Sie musterte den Mann ebenso. Von unten nach oben. Alles erschien ihr wie in Zeitlupe. Etwas zu kurze Beine, die in etwas zu engen schwarzen Hosen steckten. Ein robuster Oberkörper, der in einem etwas zu engen weißen Hemd steckte, an der linken Brust ein Fleck, sie tippte auf verschütteten Champagner. Die muskulösen Arme, auch etwas zu kurz, endeten in aufgeschwollenen Händen mit wurstigen Fingern, die Lippen waren etwas schwulstig, der Bartansatz mehr Flaum. Sie vermutete, der Mann war noch jünger, als er aussah, sein Gesicht wirkte wie Knete, an welcher der liebe Gott noch nicht zu Ende geknetet hatte. Das schwarze Haar war nach hinten gelegt, beinahe schien es, der Mann sei in einen Öltopf gefallen.

Almas Herz schlug heftig, so heftig, wie es seitdem sie ein junges Mädchen gewesen war nicht mehr geschlagen hatte. Sie wusste nicht, wie ihr geschah, sie wusste nicht, dass ihr Herz noch so schlagen konnte. Aber sie wusste ganz genau, was mit ihr passierte. Es war einerseits so unerklärlich. Es war andererseits so wunderbar.

Sie vernahm eine Stimme. Es war die Stimme Paalens, die einen Satz beendete, dessen Anfang Alma nicht mitbekommen hatte. «... er verweilt diesen Sommer zum ersten Mal bei uns, seit zweieinhalb Wochen schon, er will gar nicht mehr zurück nach Berlin, nicht wahr?»

Der kleine Mann nickte lachend.

«Er hat schon überlegt, sich seine Unterlagen aus dem Studio schicken zu lassen, um hier weiterzuarbeiten, aber dann habe ich ihm gesagt, mein lieber Gropius, mein lieber Herr Architekt, das kommt gar nicht infrage, so funktioniert das nicht bei uns, so nicht!» Erneut hob Paalen spielerisch den Zeigefinger, bewegte ihn hin und her. «Keine Arbeit hier bei uns, nur Gymnastik, Gymnastik, Gymnastik und gesunde Kost und in sich gehen, zu sich kommen, Frieden mit der Welt finden.»

Plötzlich war der Nebel weg, so als wäre er nie da gewesen. Alles war wie vor wenigen Sekunden, oder hatte die Ohnmacht in Weiß länger gedauert? Alma wusste es nicht.

Alles war nun wieder klar zu sehen. Der Speisesaal, die Kronleuchter, die Bar, Gustav neben ihr, die beiden Männer vor ihr. Sie war etwas unsicher, wusste nicht recht, was die drei gesprochen hatten, während sie im Nebel umhergewandert war.

«Keine Arbeit?», murmelte Gustav. «Nein, das wäre nichts für mich.» Er schüttelte heftig den Kopf, dann begann er, mit den Füßen zu scharren, sie kannte ihn gut genug, um zu wissen, dass ihm alleine der Gedanke daran, irgendwo festzusitzen, ohne weiter an seinen Symphonien arbeiten zu können, kör-

perliche Schmerzen bereitete. Das Stampfen vorhin war vor-
freudige Aufregung gewesen. Das Scharren jetzt war nervöse
Abneigung. Seine Zähne knirschten, eine Hand versteckte er
hinter sich, zog dann am Hosensaum.

Nein, er würde sich ganz sicher nicht mehr kurzfristig überlegen, doch hier bei ihr zu bleiben. Er würde gleich wieder abreisen, keine Stunde länger bleiben als nötig, es war ihm ein Graus,
nur daran zu denken, er würde froh sein, sie hier zu wissen,
damit er allein sein konnte. Mit seinen Symphonien, mit seinen
Dämonen. Sie drehte sich zu ihm, erschrak etwas, da er sich
gleichzeitig zu ihr gedreht hatte, kurz standen sie sich gegenüber, kurz nahm sie wieder Nebel um sich wahr, als wären nur
sie zwei zugegen, wie peinlich berührt sahen sie sich in die Augen. Wahn glomm in seinen Augen, Begierde. Doch diese galt
schon lange nicht mehr ihr, das spürte sie. Sie galt dem Werk.
Seinem Nachlass. Dem unsterblichen Mahler. Sie spürte, dies
waren der Wahn und die Begierde eines Sterbenden, der sich
darum sorgte, was wohl von ihm bleiben würde.

Er senkte den Blick, seine Augen zitterten, seine Hände zitterten, seine Lippen ebenso. Sie sah wieder zu den anderen beiden, zu Paalen, dann zu diesem Gropius, dessen Anwesenheit ihr
Herz schneller hatte schlagen lassen, immer noch schlug es wie
verrückt. Die beiden Herren schienen sie beide, sie und Gustav,
zu beobachten, starr wie Wachsfiguren, die kurz stillzustehen
hatten, während sie ihre Welt ordnete, wissende Wachsfiguren,
die bereits in ihre Zukunft blickten.

«Gropius, nicht wahr, Herr Gropius ...»

«Walter Gropius, Frau Mahler, ja.» Der kleine Mann nickte,
während er sprach, er sah sie immer noch an, mit beinahe stau-
nend großen Augen. Paalen musste sie beide also, während sie
im Nebel war, in den Sekunden, Minuten, wie viel Zeit auch vergangen sein mochte, einander vorgestellt haben.

«Walter Gropius, Architekt aus Berlin», rekapitulierte sie das Wenige, das durch den Nebel zu ihr gedrungen war.

Gropius nickte. Ohne den Blick von ihr zu wenden. «Ja, Frau Alma Mahler.»

Sie kicherte.

Sein Blick sprang über ihr Gesicht, der Mund blieb unbewegt, die Augen lachten.

Ihr Kichern ging in ein Glucksen über. Sie spürte, wie sich Wärme um ihr Herz ausbreitete, die Herzkammern schienen es regelrecht zu versprühen. Überallhin, in die Beine, die Zehen, die Arme, die Finger, den Kopf. Sie hatte so lange nicht mehr so gekichert, gegluckst, sie wusste gar nicht mehr, wie das war.

Der Baumeister errötete bis über beide Ohrenspitzen. Sein teigiges Bubengesicht blieb unbewegt, sein ganzer Körper wurde einige Sekunden lang zu einer Statue, und mit ihm erstarrte alles um ihn herum zu einem Stillleben, einem Aquarell.

Nur langsam, wie in Zeitlupe, begann sich alles wieder zu bewegen. Gropius' runder, junger Körper, seine flinken Äuglein, die Verwegenheit ausstrahlten, Feuer, Biss. Das Feuer dieser Augen sehnte sich dahin, wo sie und Gustav längst waren. Und sie wollten sie, sie verschlangen sie regelrecht.

Wie sehr sie das vermisst hatte. Sie würde sich noch ein paar Stunden zusammenreißen müssen, bis Gustav abgereist war, ein paar wenige Stunden noch. Dann war sie frei, für ein paar Wochen.

Sie griff nach Gustavs Hand, tastete drei-, viermal in die Luft, dann spürte sie seine raue Haut, seine behaarten Finger. Sie drückte seine Hand, so fest es ging, trat zwei Schritte auf die beiden Männer vor sich zu, zog Gustav hinter sich her. «Lass uns zu Tisch gehen, Gustav», sagte sie. «Liebster Paalen», sie nickte dem Mäzen zu. Paalen deutete, etwas altmodisch, aber durchaus passend zu seinem Wesen, eine leichte Verbeugung an. «Auf bald, Herr Architekt», hauchte sie Gropius zu, stolz, würdevoll an ihm vorbeischreitend. Wissend, dass er sich nichts mehr wünschte, als einen tiefen, lange Blick ihrerseits geschenkt zu bekommen.

Alma spürte in diesem Moment das Leben intensiver, als es auszuhalten war, so wie sie es mochte. Nichts war so intensiv wie die ersten Stunden einer neuen Leidenschaft, wenn die wilde, naive Wunschvorstellung das schrecklich kalte Wahre noch zu übertünchen vermochte, mit Nebelschwaden. Während die Ödnis der Welt kurz verschwand.

Sie drückte Gustavs Hand, ein letztes, inniges, festes Mal. Spürte seinen kalten Schweiß, seine Finger rutschten durch die ihren, seine Hand verschwand wieder hinter seinem Rücken. Ein Kellner eilte heran, als sie den Tisch erreichten, auf dem bereits die Kerzen flackerten, das Silberbesteck ruhte. Sie ließ sich auf den Stuhl sinken, den der Kellner ihr zurechtgeschoben hatte. Gustav stand noch, fummelte noch an seiner Hose herum, zuckte, scharrte, beäugte kritisch die Teller, die durch den Saal getragen wurden, auf denen sich gekochtes Gemüse, Auberginen, Zucchini, Maiskolben und weißer Reis türmten.

6

Toblach, Anfang Juli 1910

Er riss die Lider auf, sah nichts als Schwarz, dann, langsam, nahmen seine Augen Konturen wahr. Die Sonnenstrahlen, die an diesem sonst so verregneten Julivormittag durch das dunkle Wasser stachen, Staubpartikel tanzten im Nass, glitschiges Moos haftete am nassen Holz des Bottichs, die Stille brummte ihm in den Ohren. Er hatte, wie immer, anfangs gezählt, viel zu schnell wohl, er war bis dreißig gekommen, einunddreißig, zweiunddreißig ... dann hatten die Gedanken das Zählen verdrängt. Jene Gedanken, die ihm schon zuvor, als er noch am Klavier saß, die Konzentration geraubt hatten. Es hatte wieder nicht sein sollen, heute, wie auch schon in den vergangenen Tagen. Er war nicht weitergekommen, nicht mit finalen Korrekturen an der *Neunten*, nicht mit der verflixten *Zehnten*, es war nichts zu machen.

In aller Früh hatte er seine Wanderung gemacht, den Kopf noch leer, guter Dinge, doch schon als er vom Bergrücken den Weg über die Wiesen in Richtung Toblach eingeschlagen hatte, hatte ihn der Alltag erfasst. Sie. Die Gedanken an sie. Seit Tagen, Wochen hatte sie ihm nicht aus Tobelbad geschrieben. Verbarg sie ihm etwas? Er hatte ihr bereits vier Mal geschrieben. Keine Antwort. Noch einmal konnte er nicht schreiben, er hatte sich eh schon zum Affen gemacht. Er hielt es nicht aus, wenn sie bei ihm war, doch so war es noch viel schlimmer.

Den mal forschen, mal weinerlichen Ton seiner Briefe hatte er in dem Moment bereut, als sie aufgegeben waren, aber er hatte nicht anders gekonnt, es war, als würde alles aus seinem inneren Ich herausquellen. Keine Würde, kein Stolz hatten verhindern können, sie abzuschicken. Er war nie ein stolzer Mensch gewesen, Stolz war nichts als ein gefällter Baumstamm auf dem Weg zum Ziel.

Das Dröhnen der Stille unter Wasser wurde unerträglich, das dumpfe Schwappen an der Oberfläche des Bottichs schwappte in ihm, er presste die Lippen zusammen, konnte nur ahnen, wie lange er nun schon untergetaucht war. Es war ein Dilemma. So oder so. Schrieb sie ihm, lenkte ihn das ab. Weil er jeden Satz einzeln studierte, sich fragte, was da stand, wirklich stand, was die Worte eigentlich sagen wollten, was sich hinter ihnen versteckte. Da gab es doch noch andere Ebenen, so viele Ebenen. All das machte weiteres Arbeiten unmöglich. Doch schrieb sie ihm nicht, war alles noch viel schlimmer. Von Tag zu Tag zuerst, von Stunde zu Stunde bald. Da war ihm dann nicht nur das Arbeiten ein Graus, da kam das ganze Leben ins Wanken.

Den letzten Brief hatte er vor zwei Wochen erhalten. Kurz, aber liebevoll. Perfekt eigentlich. Scheinbar nichts zwischen den Zeilen. Das hatte ihm für kurze Zeit Kraft gegeben, Zuversicht. Er hatte ihr zuerst knapp und kurz zurückgeschrieben, hatte sich dann in die Arbeit gestürzt, war gut vorangekommen, frühes Aufstehen, Spaziergang, Arbeit, abtauchen in den Bottich, mittags leichte Kost, Arbeiten, abends leichte Kost, Arbeiten, guter Schlaf. An eine solch produktive Phase konnte er sich kaum erinnern.

Übermut hatte ihn überkommen, guter Übermut und Kraft. Unverwundbar fühlte er sich bald, wagnergleich, so würde er nicht nur eine *Zehnte* Schreiben, vollenden, auch eine *Elfte*, eine *Zwölfte*. Mahler, der Mann, der zwanzig Symphonien schrieb, mehr als alle anderen. Ergreifender als alle anderen.

Dann, erst unbemerkt, wie immer, hatte sich alles langsam wieder eingeschlichen. Vier Tage. Kein Lebenszeichen von Alma. Fünf Tage. Immer noch nichts. Warum antwortete sie nicht? Er schrieb und schrieb, schickte ab. Was machte sie wohl? Er hatte Ablenkung gesucht, Inspiration, bei den Menschen, inmitten der Menschen. Er war am späteren Nachmittag erneut ins Dorf gelaufen, nach Toblach spaziert, er war voller Mut losgegangen, der Mut hatte sich beim Laufen, scharrend, schnaubend über die Wiesen langsam verabschiedet. Trotzdem hatte er es durchgezogen.

Die Wirtin des *Hirschen* hatte ihn freundlich gegrüßt, als er ins leere Gasthaus getreten war, sie schenkte ihm ein Lächeln, er versuchte, es zu erwidern, aber das gelang ihm nur selten. Vor allem, wenn es gelingen sollte, wenn er tatsächlich wollte, gelang es nicht. Es ging meist nur, wenn es von alleine kam, ihn überwältigte, aus ihm herausbrach, dann lachte er gackernd wie eine Henne, sodass alle Umstehenden erschraken. Das war ihm dann meist peinlich. Denn einer wie er lachte nicht, er konnte es einfach nicht, nur wissend schmunzeln, darin war er Meister. Aber meist nur, wenn er am Dirigentenpult stand, wenn die Musik schwebte, wenn ihn dieses Gefühl überkam, dass die Melodie, Beethoven, Wagner, seine eigene *Fünfte*, was immer er auch dirigierte, Flügel bekam, sich von ihm löste, über ihm und den Musikern tanzte.

Ja, dann schmunzelte er, alles an ihm schmunzelte, dann drehte er sich kurz zum Publikum um, fühlte sich sicher, bestimmt könnte er dann auch den Taktstock senken, so stark war die Musik, dass auch das Orchester die Instrumente beiseitelegen könnte, dann würde die Musik ganz selbstständig weiter ertönen, dann war alles göttlich, er, die Musik, das Schmunzeln, dann war er eins mit den Menschen, mit der Welt, mit sich selbst.

Er bestellte einen ungezuckerten, nicht zu würzigen Tee. Die Wirtin schaute zufrieden, schritt ins Zimmer hinterm Tresen, kam bald darauf mit Teegeschirr zurück. Mahler bemerkte, dass es ihm gefiel hier im Gasthaus. Er alleine, nur mit dieser Wirtin, es fühlte sich gut und richtig an, es schmerzte ihn, dass er dies nicht öfters schon gewagt hatte, alleine ins Wirtshaus gehen, er dachte tatsächlich darüber nach, sich nach dem Tee ein Glas Wein zu bestellen. Es zu genießen – ja, genießen! –, das nahm er sich fest vor, danach würde er vielleicht sogar noch ein zweites nehmen, er würde, ja, das traute er sich jetzt zu, die Wirtin in ein Gespräch verwickeln, über irgendetwas, worüber Menschen in Gasthäusern so redeten.

Sofort rasten seine Gedanken, er überlegte, worüber er mit der Frau wohl reden konnte. Ihm wurde wie so oft klar, dass er nicht wusste, wie man so ein Gespräch aus dem Nichts begann. Ein Ding der Unmöglichkeit.

Fieberhaft überlegte er weiter, scherte gedanklich immer wieder zur Kunst aus, zur Musik, überlegte kurz, der Wirtin mit New York zu kommen, schließlich hatte er tags zuvor im *Boten*, der ihm täglich mit der Post in den Trenkerhof gebracht wurde, gelesen, dass es Unruhen in der Stadt gab. Dass es Festnahmen gab, Tote. Er wünschte sich, Toscanini wäre unter den Toten. Gleich schämte er sich für den Wunsch, der ihn für den Bruchteil einer Sekunde überkommen hatte. Er rechnete sich schnell aus, wie unwahrscheinlich es war, dass es ausgerechnet Toscanini … Zwei Tote. Knapp fünf Millionen New Yorker. Höchst unwahrscheinlich. Jetzt hatte er einen Knoten im Kopf, wusste er gar nicht mehr, ob ihn diese höchste Unwahrscheinlichkeit freuen sollte oder nicht. Wurscht.

Die Wirtin wusch Gläser, ihm war, als schaute sie etwas angewidert. Vielleicht enttäuscht? Von ihm? Weil man das nicht tat, sich schweigend in ihren *Goldenen Hirschen* setzen? Er spürte, wie die Panik in ihm zu kribbeln begann, die Angst, die Platzangst, da fiel ihm ein, dass bald hier in Toblach ja ein großes Wiesenfest stattfinden sollte, ja, das war doch ein gutes Gesprächsthema. Trenker redete von nichts anderem. Er würde sie jetzt fragen, ob sie sich auf das Fest freute. Er nahm einen tiefen Schluck, setzte den Tee ab, klimpernd, er schaute auf, wischte sich mit dem Ärmel den Mund ab. «Frau Wirtin, Sie …»

«Sie sind der Herr Mahler, der Musiker, gell?»

Seine Gedanken setzten aus, kamen nur langsam wieder in Bewegung, entschieden, dass er ihr antworten musste, statt seine eigene Frage zu beenden. Er nickte, sie strahlte, er nickte noch einmal heftiger.

«Ich hab schon viel von Ihnen gehört», sprach sie weiter.

Halb überrascht, halb verwirrt schaute er die Wirtin an.

«Ich habe schon ein paarmal in der Zeitung von Ihnen gelesen, Herr Mahler. Und Sie sind mir ja auch schon früher aufgefallen. In den vergangenen Sommern. Sie sind ja nicht oft hier, bei uns im Dorf, bei mir im Gasthaus schon gar nicht, aber wenn Sie hier sind, dann fallen Sie mir auf. Die Stillen, wissen Sie, die fallen auf in so einem lauten Gasthaus, die Lauten, die sehe und höre ich nicht.»

Mahler sah, wie sich ihre Lippen bewegten, er spürte, wie jede Bewegung ihn glücklicher machte. Damit hatte er nun wirklich nicht gerechnet. Nein, dass hier in diesem Gasthaus, wo noch alles nach den Ausdünstungen der vergangenen Nacht roch, nach dem kalten Rauch der Pfeifen, nach schalem Bier, nach Männerschweiß, nach beißendem Putzwasser. Er atmete tief ein. Diese Geruchswelt ekelte ihn an und faszinierte ihn zugleich, weil sie die Welt der Menschen widerspiegelte. Nein, nein, welch Überraschung. Von so einer Wirtin hier hätte er nicht erwartet, dass sie ihn kannte, dass sie solch weise Gedanken auszusprechen fähig war.

Sofort bereute er seinen eigenen Gedanken. Nein, er wollte kein Mensch des Vorurteils sein, aber doch war es so, dass diese feinen Worte an einem solchen Ort des Lärms ihn rührten, es war ihm beinahe, als müsste er die Tränen zurückhalten. Lange hatte er sich nicht mehr so glücklich gefühlt. Er war ihr aufgefallen. Einer einfachen Dorfgasthauswirtin. Sie kannte ihn, auch wenn er vermutete, doch das wollte er nicht näher erfragen, dass sie keine seiner Symphonien je gehört hatte. Wie sollte sie auch? In diesem Tal wurde ja ausschließlich Polka- und Walzergedudel gespielt.

Vor zwei Sommern war er einmal zu einem Konzert in der Dorfkapelle am Hauptplatz geladen worden. Erwartungsvoll war er damals mit Alma der Einladung gefolgt, in der Annahme, er würde als Ehrengast ganz vorne beim Bürgermeister sitzen, in der Annahme, der Herr Kapellmeister würde ihm seine Ehre erweisen, ihn womöglich sogar bitten, ein Stück zu dirigieren, was er natürlich abgelehnt hätte, wäre ja noch schöner gewesen. Aber er wurde gar nicht erst gefragt. Zu nichts gebeten.

Als sie den Hauptplatz früh genug, um ja wahrgenommen zu werden, erreicht hatten, hatte man sie nur blöd da rumstehen lassen. Freie Platzwahl, Herrgott, wo gab es das denn? Einen Gustav Mahler ließ man doch nicht in die Verlegenheit kommen, sich selbst den Platz suchen zu müssen. Nur ein Krügchen Wein in die Hand gedrückt hatte ihm der Herr Bürgermeister und ein bisschen etwas vom Wetter, von der bevorstehenden Ernte und von der Dorfpolitik gefaselt.

Das Konzert selbst war das schlimmste gewesen, was Mahler je hatte hören müssen, schlimmer als Toscanini, ganz bestimmt. Das einzige Glück im Unglück war, dass der Südwind, der durch die Berge von Venedig heraufdrang, das Geblase und Geklimper der Stümperkapelle vollends an ihnen vorbeigepustet hatte, sodass die verblasenen und verdrehten und irgendwann vom Wind in alle Richtungen zerstreuten Polkas und Märsche und natürlich der obligatorische Strauss'sche Dreivierteltaktschmarrn so eigenartig klang, dass es fast schon wieder an den von Mahler insgeheim, auch wenn er es nie zugeben würde, geschätzten jungen Kollegen Alban Berg erinnerte. Natürlich kannten diese Bauern Alban Berg nicht. Sie kannten ja noch nicht einmal ihn, Mahler. Sie waren gefangen in Polka, Marsch und Walzergerülpse.

Er trank den Tee aus, bestellte ein Glas Wein, beobachtete die Wirtin, die Einzige, die ihn also doch kannte, wie sie einschenkte, wie sie dann ein neues Weinfass an einen der Zapfhähne steckte. Er hatte sein ganzes Leben noch kein Fass angezapft. Er hatte sowieso stets versucht, sich mit möglichst wenig Nebensächlichem zu beschäftigen, was ja auch andere für ihn machen konnten. Ihn begleitete nämlich seit jeher die Angst, je mehr er sich mit Trivialem beschäftigte, desto knapper könnte der Platz im Hirn für das Komponieren sein. Ihn peinigte die Vorstellung, irgendwann gäbe es keinen Platz mehr im Hirn. Dann wäre es aus mit den neuen Symphonien, dann würde es sich mit der *Zehnten* nicht mehr ausgehen, weil sein Hirn unnützerweise blockiert war mit anderem, unnützem Wissen.

Als er sich umschaute, kam ihm das hier nun schon doch etwas gespenstisch vor. Das leere Gasthaus. Die Leere, die ihn anbrüllte. Er hatte wohl etwas zu ängstlich dreingeblickt, die Wirtin lächelte, warf ihm einen mütterlichen Blick zu.

«Haben Sie keine Angst, Herr Mahler.»

Nun zuckte er tatsächlich erschrocken zusammen. Woher ...

«Wissen Sie, noch mehr Angst als Sie vor uns haben wir vor Ihnen.» Sie lächelte immer noch, jetzt noch fürsorglicher. «Im Gasthaus hier schreien wir, wir brüllen und streiten. Später am Abend wird es voll, dann geht's rund. Aber eigentlich, da draußen im echten Leben, sind wir hier im Tal schweigsame Leute, wir sagen nur, was gesagt werden muss ...»

Gegen das Schweigen hatte Mahler nichts einzuwenden. Er fand sowieso, es wurde viel zu viel geredet. Besonders in Wien.

Und in New York erst. Wobei New York den Vorteil hatte, dass sein holpriges Englisch ihn vieles nicht verstehen ließ. Auch hier, in Toblach, sprachen die Leute einen hölzernen Dialekt, der manchmal kaum zu dechiffrieren war. Dann ging's.

«Die Leute hier sind genügsam. Kommt ein Fremder, gibt es etwas Neues, wittern sie Gefahr. Wir sind ängstliche Menschen, hier zwischen den Bergen, auch wenn die meisten das nie zugeben würden, vielleicht sind es tatsächlich die Berge, die uns so gemacht haben.»

Mahler lauschte nun gespannt, er hatte die Leute hier in Toblach meist aus der sicheren Ferne beobachtet, war jedoch nie schlau aus ihnen geworden. Er bewunderte ihren scheinbaren Einklang mit der Natur, ihre stoische Ruhe, er hatte das immer als gottgegeben hingenommen.

«Wir haben Angst, Angst vor dem Neuen. Angst vor Leuten wie Ihnen und Ihrer schönen Frau Gemahlin. Angst vor der Freiheit, Angst davor, dass die Berge beiseitetreten könnten, sodass die Welt über uns hereinfallen könnte, uns unsere überschaubare Genügsamkeit rauben könnte. Wir brauchen euch Fremde, auch euch bekannte Leute aus Wien – aber ...», sie sprach nun lauter, bestimmter, beinahe war Mahler nun ein klein bisschen eingeschüchtert, «... aber gleichzeitig fürchten wir sie ... wir fürchten euch, wir fürchten alles. Wir fürchten, dass zu viele kommen, so wie es früher einmal war, dann wieder, dass zu wenig kommen. Wir fürchten, dass die, die heute kommen, morgen woanders hingehen könnten. Nicht mehr zu uns in die Berge. Lieber ans Meer. Oder sonst wohin.»

Mahler verstand sie. Diese Frau. Diese Talbewohner. Er fürchtete sich auch vor allem. Da gab es nichts drum herum zu reden. Furcht war einer seiner Antriebe. Aber auch eines seiner größten Hemmnisse. Es war kompliziert. Mehr Gäste? Die wollte er hier, an seinem lieb gewonnenen Sommerfrischeort, nicht haben. Zumindest nicht jetzt, sofort. Später vielleicht, irgendwann, ja, da sollten sie ruhig kommen. Wenn er einmal tot sein würde, während seine Symphonien unsterblich weiterlebten, dann sollte dieses Stückchen Erde, Toblach, Altschluderbach, zum Pilgerort werden. Dann sollten sie in Scharen hierhin ziehen, in diesem Gasthaus Wein trinken, hier, wo eine Plakette befestigt sein würde, auf der stand, dass er, Mahler, seinen Wein auch stets hier getrunken habe.

Die Tür hatte gequietscht, er sah drei Gestalten eintreten, ah, da waren sie wohl schon, die ersten Mahler-Pilger, dabei war er ja noch nicht einmal tot, nur unendlich müde, die Gestalten kamen näher, zwei Herren, eine Dame. Die Herren lupften die Hüte. Mahler erkannte den einen, es war der Franz Löffler, sein Bergführer. Er nickte ihm freundlich zu, Löffler nickte freundlich zurück. Die drei setzten sich an einen der Tische am Fenster.

Mahler schmunzelte in sich hinein. Der Mann und die Frau, wohl tatsächlich ein Touristenpaar, die hatten ja keine Ahnung. Die würde der Franz, der Falott, nun bestimmt gehörig über den Tisch ziehen. Der Löffler nämlich hatte ihm bei der letzten gemeinsamen Gipfelpartie verraten, wie er mit unerfahrenen Bergfreunden sein Geschäft machte. Nicht mit Leuten wie ihm, so einer wie er, Mahler, war ja nicht hinters Licht zu führen. Nein, nein, aber mit naiven Flachländlern, ganz ehrlich, die verdienten es ja nicht anders. Mahler hatte zustimmend genickt. Nein, die verdienten es nicht anders.

Und der Löffler hatte erzählt, während sie dem Birkenkofel entgegenkraxelten, dass er diese Naivlinge auf einfache Bergchen lotste, ihnen aber trotzdem die Gefahrenzulage der gefährlichsten Gipfel aufschlug, dass er, je weiter der Gast aus dem Flachland kam, das Tageshonorar erhöhte. Einer aus München zahlte dreihundert, einer aus Hamburg gar bis zu fünfhundert Kronen.

Franz, der Fuchs, dachte Mahler und nahm noch einen Schluck Wein. Auf die Idee, so hatte ihm der Franz des Weiteren erzählt, habe ihn eine junge, fesche Wienerin gebracht, mit der er für ein kleines *Gschpusi* angebandelt habe. Ja, *Gschpusi*, hatte er gesagt. «So sagt ihr doch, ihr Wiener, Gschpusi, oder?», hatte er gesagt, und Mahler auf dem Gipfel heftigst lachend heftigst auf die Schultern geklopft. Mahler hatte noch nie das Wort *Gschpusi* gesagt, aber keuchend und glücklich genickt. Nur dass Alma schon seit einigen Gipfeln nicht mehr mitkam, war ihm ein Wermutstropfen gewesen an jenem schönen Bergtag.

Gleich würde es wohl losgehen hier drin. Gleich würde sich das Gasthaus füllen, mit Bauern und Dorfbewohnern, mit ein paar alteingesessenen Sommerfrischlern, mit den wenigen neuen Touristen, mit Flachländlern, gleich würde es laut werden, viel zu laut. Der Lärm, er machte Mahler so sehr zu schaffen, die vielen Stimmen, die vielen Geräusche. Es war der Lärm, der ständige Lärm, der ihn nicht weiterkommen ließ. Letzten Sommer noch hatte Mahler gedacht, gehofft, alles würde sich legen, fügen, irgendwann. Still, ganz still, war es ja nie, das meinte er auch nicht. Da wurde man ja wiederum auch ganz verrückt. Nein, nein, er hatte einfach gehofft, die Geräusche der Autos, das Lärmen der Menschen würden sich einfügen in den Klang der Idylle. Sie würden sich einfügen in das Rascheln des Waldes, das Klopfen der Spechte, das Zwitschern der Vögel, das Rauschen des Windes, der Mensch, er selbst, Mahler, würde die Geräusche der Technik irgendwann als Teil der Natur wahrnehmen.

Doch all das war nicht passiert. Die Autos blieben Autos, Fremdkörper, Fremdgeräusche, sie vereinten den Menschen keinesfalls mit der Natur, kein Kreis schloss sich, es wäre zu schön gewesen. Und dann kamen letztens auch noch die Handwerker an den Trenkerhof, es standen einige Ausbesserungsarbeiten an. Durchs Dach tropfte es in die Dachkammern. Fünf Kronen hatte er den Handwerkern geboten, damit sie leiser hämmerten, denn das Hämmern war bis ins Häusl hinüber zu hören. Auf ihre Forderung – zehn pro Kopf! – wollte er nicht eingehen. Sie ließen nicht weiter mit sich reden. Und hämmerten natürlich noch lauter.

«Eigentlich sind wir Schweiger, Herr Mahler», da war wieder die weise Stimme der Wirtin, «nur im Gasthaus sind wir Schreier. Nur hier bei mir, nach ein paar Bier, nach ein paar Gläschen Wein, da reden und reden wir und politisieren und schreien allen Ärger, alle Angst aus uns heraus. So sind wir, wir Tiroler, Herr Mahler, haben Sie Nachsicht mit uns, wir können nicht anders.» Sie lehnte sich auf die klebrige Theke.

«Vielleicht brauch ich das, Wirtin», er hörte sich selbst reden, «genau das. Das echte Leben, das Wirtshausleben. Wissen Sie, das Komponieren stockt, es stockt so sehr, ich komme nicht weiter, ich brauche Inspiration …» Ja, vielleicht brauchte es gar keine Ruhe, sondern Lärm, noch viel mehr Lärm. Wenn es lärmte, überall lärmte, dann war kein einzelnes Klopfen, kein Bauernsingen, kein Motorenknarren zu hören, vielleicht sollte er sich hier ins Gasthaus setzen, jeden Abend, mit Notenpapier und schweigen, hören, komponieren …

Die Wirtin neigte sich zu ihm vor. «Kommen Sie nur immer zu mir ins Gasthaus, hier erleben Sie genug, hier gibt's Inspiration. Und wie! Und bald ist ja das Wiesenfest, da kommen Sie doch auch, oder? Da müssen Sie kommen. Da sehen Sie, wie wir Toblacher, wir Pusterer wirklich sind, da wird noch mehr getrunken als hier bei mir, noch mehr gerauft, vor allem mit den Männern aus der Stadt, aus Bruneck, raufen wir immer wieder, weil die Brunecker, die meinen, sie seien etwas Besseres, die meinen, die seien so wie die Wiener, dabei sind die ja viel feinere Leute, die Wiener. Ich meine, ich bin …»

Sie trug einen Krug Wein zum Bergführer und dem Touristenpaar, kam zurück, wischte über den Tresen, sprach exakt da weiter, wo sie aufgehört hatte. Wirtinnenkunst, überlegte Mahler. «... nur eine einfache Dorfwirtin, Mahler, ich bin noch nie weggekommen aus Toblach, nur nach Bruneck musste ich manchmal, aber hinter die Berge habe ich noch nie geblickt. Ich bin froh, dass Leute wie Sie hier zu uns kommen, weil Sie ein Stück der Welt zu uns bringen, vor der wir uns so fürchten, die mich aber schon interessiert. Kommen Sie zum Wiesenfest! Da werden alle sein, die Einheimischen, die Gäste, und mir ist zu Ohren gekommen, dass sogar ein König vom anderen Ende der Welt auf eine Stippvisite vorbeikommen will, der Häuptling der Wilden in Neuseeland. Der König der *Maori*, ja, M-a-o-r-i, das hat man mir gesagt, so heißen diese Wilden, die in Neuseeland leben, auf zwei Inseln ganz unten, am Ende der Welt, wo danach nur noch der Südpol kommt. Dieser Häuptling, der sei auf einer Weltreise, mit seiner bezaubernden Prinzessin, bildschön soll die sein, die schönste Frau der Welt, sie würden von München nach Venedig reisen, das hat mir zumindest mein Cousin zweiten Grades gesagt, und der muss es ja wissen, denn der arbeitet bei einer Zeitung, nicht bei unserem *Boten* hier ...»

Sie zeigte auf die zerfledderte Zeitung am Rande des Tresens. «Sondern bei einem renommierten Blatt aus Wien ... Mein Cousin ...» Weiter kam sie nicht. Die Tür quietschte wieder widerlich, eine Truppe Mannsbilder trat herein und an die Theke.

«Gertraud, Wirtin, geh, bring uns zwei Kalbsköpfe und einen Krug Wein, hungrig sind wir!»

Sie ließ sich nicht ablenken, schrie in den Gastraum hinein, ohne ihren Blick von Mahler zu wenden. «Dann seid ruhig weiter ein bisschen hungrig und durstig, ihr ungebildeten Mannsbilder. Seht ihr nicht, dass ich mich gerade unterhalte?» Die Männer sagten nichts mehr, sie sprach seelenruhig weiter. Für einen Augenblick wünschte sich Mahler so sehr, auch so zu sein wie diese Frau. So stark, so selbstbewusst, dann verwarf er den Wunsch wieder. Er wusste, dass nur seine Zartheit, das versteckte Fehlen von Selbstbewusstsein, ihn diese magische Musik erschaffen ließ. Selbstbewusst und Künstler zugleich, das ging nicht, dann kam höchstens so ein Stuss heraus wie das, was Toscanini von sich gab. Zartheit. Schwäche. Das war sein Schicksal, des wahren Künstlers Schicksal, stark und Genie zugleich, das gab es nicht.

Gertrauds Stimme holte ihn wieder aus den Gedanken, zurück ins Gasthaus. «Aber vielleicht hat er sich auch nur verlesen, der alte Hansjörg, vielleicht kommt dieser König der Wilden gar nicht zu uns nach Toblach. Sondern nach Tobelbad. Kennen Sie Tobelbad, Mahler?»

Ihm war schon aufgefallen, dass sie zwischenzeitlich, ganz beiläufig, das *Herr* weggelassen hatte. Er versuchte ihr aufmerksam zu folgen. Doch hintergründig nagte die Frage in ihm, was das wohl bedeuten mochte.

«Das liegt gleich da drüben bei Graz, wo ich auch erst zweimal war in meinem Leben, als ganz junges Mädchen. In Tobelbad, da sollen jetzt die feinen Leute aus Wien, München und Hamburg hingehen, die kranken Weiber und Männer, um wieder jung zu werden. Mit vegetarischer Kost. Haben Sie davon schon einmal gehört? Kein Fleisch! Nie! Nur Gemüse! Verstehen tu ich das nicht. Wie soll das gehen? Ich sag Ihnen etwas, Mahler, mein Kalbskopf, der hilft gegen alles. Fieber, Gliederschmerzen, Blasenentzündung, sogar gegen Schwermut.» Nun wendete sie sich zum Männertisch hinüber, die Männer blickten auf, brav wie Schulbuben. «Noch mehr Wein?» Die Männer nickten.

Das Wiesenfest also. Irgendein König aus der Südsee wollte es besuchen? Potzblitz, das war ja was. Dass dieser *Maori*-Häuptling, von dem er noch nie gehört hatte, Toblach mit Tobelbad

verwechseln sollte, das klang ihm dann doch etwas zu abenteu-
erlich. Er wusste, dass mancher von Almas Kaffeehausfreunden
sich über ihn, Mahler, lustig machte, es wurde gescherzt, er habe
wohl die beiden Orte Toblach und Tobelbad durcheinander-
gebracht, er würde nun in Toblach sitzen, während die Wiener
Avantgarde in Tobelbad weilte. Als ob es in Wien noch eine
Avantgarde gebe, schimpfte er in Gedanken.

Sollte sich der Wiener Durchschnitt samt seiner Alma, verfluchte Alma, ruhig in Tobelbad versammeln, weil der Wiener
Durchschnitt glaubte, in Tobelbad, bei so einem komischen
Vegetarier-Treffen würde man sehen und gesehen werden. Pah!
Pah! Indessen war die wirkliche, die allerhöchste, die allerexklu-
sivste Weltprominenz in Toblach zugegen. Bei einem Wiesenfest, auf dem Mahler und der Südseehäuptling sich gemeinsam
die Ehre gaben.

Mahler und der Herrscher über alle Südseemeere beim Wiesenfest in Toblach. Warum? Ja, das würden sie sich verärgert in
Tobelbad fragen. Ja, warum? Weil sie keinen Rummel brauchten.
Weil sie in Ruhe zusammenkommen wollten. Weil sie hier von
diesen vornehmen Alpenbewohnern, von diesen Pustertalern,
nicht belästigt wurden, während sie sich in dieser wunderschö-
nen Dolomitenkulisse austauschten. Über Politik. Die Weltlage!
New York. Das Ende der Welt. Über Wagner. Die ganz große
Kunst. Ob dieser Maori wohl Wagner kannte? Wenn nicht,
dann würde Mahler, so entschloss er sich jetzt, diesen Häuptling
zu sich ins Komponierstüberl einladen, ihm den *Tannhäuser* auf
dem Klavier vorspielen. Was für ein göttlicher Moment musste
das für diesen Mann sein. Wagner, ganz unschuldig, zum ersten
Mal im Leben hören.

Wagner, das Häusl. Das Klavier! Alma! Nun fiel Mahler erst
wieder ein, warum es ihn in dieses Gasthaus in Toblach gezogen
hatte. Die Komponierblockade. Almas Schweigen. Weil ihn das

alles verrückt machte, ihm die Konzentration raubte, weil der Besuch des Gasthauses ihn ablenken sollte, ihm Abwechslung bereiten sollte. Alma, ach, geliebte, verfluchte Alma, wenn sie nur endlich schriebe, käme, da wäre. Er würde nun gleich nach Hause eilen, sich ins Stübchen setzen, er würde ihr schreiben, dass sie auf das Wiesenfest mussten, dass auch ein König aus der Südsee anwesend sein würde, dass sie ihr bestes Kleid ... ach was! Dass er ihr im Bekleidungsgeschäft unten am *Grand Hotel* ein neues, feines Reformkleid kaufen würde. Ein Wiesenfest mit einem Häuptling aus Neuseeland, das wäre genau nach ihrem Geschmack. Da gäb's was zu erzählen! In zwei Tagen war sie hier. Ganz gewiss.

Als er aufstand, bemerkte er Getümmel, wieder Bewegung, am Eingang des Gasthauses, weitere Besucher drängten ins Innere, sie trugen den Lärm der Straße mit herein, er kramte einige Münzen aus seiner Manteltasche hervor, lehnte sich zur Wirtin vor, sein Kopf ganz nah an ihrem. Sie roch nach nichts, er roch nur den Geruch der Küche, aus dem Schweinesaft herausdrang, Zwiebelfett, es wunderte ihn, dass es ihn nicht ekelte. Kurz verharrten sie beide ganz still. Kurz war ihm, als würde die ganze Welt still verharren, er hörte allen Lärm nur gedämpft, sah die Bewegungen um sie wie durch einen Schleier. Die Bauern, die sich begrüßten, sich auf die krächzenden Holzstühle warfen, sich umdrehten, mit den Augen nach Gertraud suchend, Salzburger Spielkarten aus den Hosentaschen ziehend, auf den Tisch werfend, sich die Hände reibend.

Er sah die Härchen an ihrer Wange, zarter, feiner, durchsichtiger Flaum. Er sah das apfelblasse Rot ihrer Wangen, den geruchlosen Schweißtropfen, der an ihrem Hals klebte. Erst wollte er ihr nun ein paar Takte des *Lieds von der Erde* vorsummen, leise, fast flüsternd, zart. Das hatte er sich vorgenommen, als er in der Tasche nach den Münzen kramte.

Doch, nun plötzlich, in der Sekunde, war ihm eine andere, eigenartige, neue Melodie in den Sinn gekommen, das Magische war passiert, das, wofür es zu leben lohnte, er hatte ganz nebenbei komponiert, ohne es zu wollen, nicht am Klavier, nicht vor den Notenblättern sitzend, nicht akademisch, sondern mitten im Leben, im Tun, er wusste, dass das die besten Melodien waren, immer sein würden.

Mahler summte und summte, er spürte, wie sich ihre Wangen bewegten, wie die Lippen der Wirtin sich zu einem zufriedenen Lächeln formten, er summte das Gleiche noch mal, ein klein bisschen Panik kam auf, die Panik, dass er die Melodie bis oben zum Trenkerhof wieder vergessen haben könnte. Doch dann verschwand die Panik urplötzlich wieder, das war ihm noch nie passiert. Er spürte, dass es ihm egal wäre, wenn alles vergessen war, wie schön das eigentlich wäre, diese Melodie nur für jetzt, nur für hier, nur für diese Wirtin, für Gertraud erfunden zu haben, sie nur ihr einmal vorgesummt zu haben. Nur dieses einzige Mal. Sie dann zu vergessen, sie nie, nie wieder zu hören, sie nicht mehr in sich zu tragen, ihr die Freiheit geschenkt zu haben.

7

Toblach, Mitte Juli 1910

Er hatte ganz sicher mitbekommen, dass sie am späten Vormittag angekommen waren. Alle waren sie aus dem Trenkerhaus herausgetreten, um sie zu begrüßen. Sebastian, dessen Frau, selbst Agnes, bei der sie sich zu vermuten traute, dass sie sich tatsächlich über ihre Rückkehr freute. Auch auf das Wiedersehen mit der Frau Mama. Und auf Gucki.

Alma wusste, dass den beiden Trenkers der Gustav alleine lieber war. Verstand sie auch. Er war nicht da, obwohl er da war. Er schlich morgens wie ein Schatten ums Haus, tauchte mittags kurz wortlos erneut auf, verschwand bald wieder. So einer war leicht zu ertragen. Sie natürlich nicht. So sollte es auch sein. Ach, was hatte sie Tobelbad genossen, die letzten Tage, die letzten Nächte, Energie für noch weitere zehn Leben. Walter! Welch schöne, heftige, närrische Liebelei, ganz so, wie sie es sich als Mädchen immer gewünscht hatte, wovon sie immer nur geträumt hatte, nicht wissend, dass man sich so etwas auch erfüllen konnte. Und Gustav? Als sie nach der frisch gemolkenen Willkommensmilch in der Stube der Trenkers zum Komponierhäuschen hinunterging, an die Tür klopfte und trotz des ausbleibenden *Hereins* eintrat, da schaute er immer noch nicht zu ihr hoch. Er starrte weiter auf seine Hände, die auf der Klaviatur lagen, als schliefen sie. Er spielte nicht. Er sagte nichts. Lange nicht.

Dann: «Warum hast du nicht geschrieben, Almschi?»

Sie trat zwei Schritte an ihn heran. Er hob die Hand, drehte den Kopf weg, beinahe so, als schmerzte ihn ihr Näherkommen. «Ich habe gelitten, Schmerzen, körperliche, seelische, ich konnte nicht weiterarbeiten, war gefangen …»

Das würde jetzt lange so gehen, er würde jetzt alles wiederholen, im kläglichen, weinerlichen Ton, alles, was er ihr auch schon geschrieben hatte. Zumindest in seinen ersten Briefen, diesen Jammerbriefen, hatte er das geschrieben. Die letzten, ach, es waren so viele, hatte sie nicht mehr geöffnet, hatte sie in Tobelbad zurückgelassen. Sie hatte wahrlich Besseres zu tun gehabt.

Sie ließ ihn weiterjammern, umhüllte sich mit ihren eigenen Gedanken, überlegte, was sie sagen würde, wenn er fertig war.

«... ein paar wenige Zeilen, ein kurzes Lebenszeichen, ich habe dir, wie immer, alle meine Erlebnisse ausgebreitet, die Höhen, ich war auf einem neuen Gipfel, dem Mondkofel, mit dem Löffler ...»

Ach, der Franz, dachte sie, als Gustavs Gerede doch wieder zu ihr durchdrang. Sie wusste, dass der Bergführer inzwischen dazu übergegangen war, ihm kaltblütig falsche Gipfel vorzugaukeln, also solche, die es überhaupt gar nicht gab. Gustav glaubte dem inzwischen alles. Jeder Hügel ein Dreitausender!

Pfui, der Franz. Er hatte ihr einmal bei einem einsamen Spaziergang nach Toblach aufgelauert. War plötzlich auf den Wiesen wie aus dem Nichts aufgetaucht. Er hatte ihr sein heißes Begehren gestanden, sie angefleht, doch einen kleinen Umweg über den Wald zu nehmen. Als sie ablehnte, hatte er einfach seine Lippen auf die ihren gedrückt. Sie war zurückgewichen. Hatte ihm eine Watsche verpasst. Erst hatte er zornig geschaut, da dachte sie, es würde passieren, er würde sie ins hohe Gras zerren. Dann hatte er nur verschämt zu Boden geschaut, sich umgedreht, war davongelaufen. Der Schuft, der feige. Die Augen hätte sie ihm ausgekratzt, wenn er es gewagt hätte.

«... der Lärm, die Unverschämtheit der singenden Bauern, die vielen Autos ... ist es einzig das Wiesenfest, der angekündigte Besuch des Königs aus der Südsee, der dich zuletzt überzeugen konnte, jetzt doch endlich nach Toblach zu kommen? Bist du am Ende gar nicht meinetwegen zurückgekehrt, sondern nur weil dieser Häuptling der Maori ... sag, Almaschlitzi! Sag!»

Sie verstand gar nicht, wovon er sprach, von welchem Sommerfest, von welchem König, von welchem Häuptling. Gustav war verstummt, Alma ließ einige Sekunden verstreichen. «Gucki», sagte sie dann, «sie wartet oben im Zimmer auf dich, weint, traut sich nicht runter, sie fragt sich, warum du nicht hochkommst ...»

Er schlug mit der flachen Hand auf das Klavier, dass es schepperte. «Ich kann jetzt nicht, Almschi, ich ...»

«Schluss mit Almschi, Gustav! Schluss mit Almschilitzi, Schluss damit!»

Er zuckte zusammen, sein Rücken krümmte sich noch mehr, mit dem Kinn berührte er beinahe die Klaviatur. Sein Gesicht verzerrte sich zu einer Grimasse, er sah aus wie ein Greis, eine Schreckensgestalt, beinahe tat er ihr gleich schon wieder leid. Langsam öffnete er seine schmalen, dunklen, beinahe schwarzen Lippen, er krächzte mehr, als dass er sprach. «Almschi ... äh, Alma, meine Alma, schau, ich habe dir ein Lied, ich ...»

Nun schrie sie. «Ich pfeif auf deine Lieder, Gustav, kein Mensch braucht deine Lieder, zur Hölle mit deinen Liedern.»

Wie in Zeitlupe sah sie, wie sein Kopf auf die Klaviatur sank, ein voller Mollton erklang, er hallte durch den Raum, ihr war, als hallte es über die Wiesen, in den Wald hinein, einmal um die Welt. Als sie zum kleinen, speckig verschmierten Fenster hinausschaute, war ihr, als würden die Bauern auf den Wiesen stillstehen, als hätten sie die Arbeit unterbrochen, um zur Hütte zu schauen. Vorne am Waldrand stand ein Rehkitz, ganz ruhig, den Kopf in die Höhe gereckt, es sah schön aus, neugierig.

Nun hörte sie den Ton nicht mehr, der so ungewollt und deshalb so göttlich gewesen war, sie hörte nur Gustavs leises Wimmern und Schluchzen. Sie trat näher an ihn heran. Legte ihm die Hand auf die Schultern, er erhob sich, schlang die Arme um sie. «Alma, Alma …» Er ging in die Knie, legte sein verweintes Gesicht auf ihren Bauch. Sie stand still, wäre sie einen Schritt zurückgewichen, wäre er zu Boden gegangen.

Wieder schluchzte er. «Alma, Alma, Alma, Alma, Alma, Alma, Almalein, oh, meine Alma, lass uns heute Abend nach Toblach flanieren, lass uns ins Gasthaus gehen, lass uns fröhlich sein wie alle Menschen, lass uns …»

Sie streichelte ihm übers Haar, mehr mechanisch als liebevoll. Die Haare fühlten sich eher wie Borsten an, wie Stahlnägel, es war ihr lieber so, das leichte Stechen und Kratzen tat gut. Sie überlegte, in welchen der Koffer Miss Turner das Nähzeug mit den Nadeln gelegt haben mochte.

«Lass uns ins Gasthaus gehen, Alma, mein Leben …»

Sie streichelte und streichelte. «Ja, Gustav, ja, das tun wir.» Mit aller Kraft packte sie ihn an den Schultern und zog ihn hoch, sodass er wieder in Richtung des Klaviers schaute und schließlich schlapp auf den Hocker sank. Sie hielt ihn unter den Schultern, spürte die Feuchtigkeit seines Achselschweißes, sie hielt ihn eine Weile, wie einen Kartoffelsack, er wurde schwer und schwerer, erst nach Sekunden spürte sie, dass seine Muskeln sich bewegten, dass der Rücken sich aufrichtete, dass Leben und Kraft in diese scheinbar tote Masse zurückkehrten und sie ihn loslassen konnte. Erst nahm sie seinen rechten Arm, dann den linken, legte beide auf die Klaviatur, so vorsichtig, sanft, dass kein Laut erklang. Dann ging sie rückwärts ein paar Schritte in Richtung Tür. «Arbeite, Gustav, oh mein Gustav, komponiere, und wenn du fertig bist, heute Abend, dann gehen wir ins Gasthaus, zu den Menschen.» Sie drehte sich um und trat durch die Tür ins Freie.

Während Alma zum Trenkerhof hinaufging, beobachtete

sie die Bauern auf den Wiesen, sie arbeiteten wieder, gebückt, schweigend. Das Rehkitz am Waldrand war verschwunden. Zwischen den Stämmen und Kronen lag schon die Dämmerung, obwohl die Sonne noch hell über den schneebedeckten Gipfeln brannte.

DRITTER TEIL

1

Toblach, 29. Juli 1910

Sie traute sich nicht, den Blick von dem Brief in Gustavs Hand zu wenden. So als könnte sie, solange sie auf die Papiere starrte, die Zeit anhalten. Sie wusste nicht, was auf dem Blatt stand, so aus zwei Metern Ferne konnte sie nur einzelne Worte erahnen, doch sie wusste, was Walter ihr zuletzt geschrieben hatte. Wenn da nun Ähnliches stand, war alles vorbei.

Almas Hirn rannte und hämmerte. Was war da geschehen? Wie konnte dieser Brief in Gustavs Händen landen? Sie verstand es einfach nicht. Hatte sie ihn etwa, unachtsam, ins Körbchen …

Sie hatte sich dagegen gewehrt, dass er ihr schrieb. Eigentlich wollte sie, dass alles ein Ende nahm, bevor es so richtig, ernsthaft anfangen konnte. Nur, Walter war zu jung, um das zu verstehen. Er wollte mehr, sofort. Er hatte sie gedrängt, sie hatte sich drängen lassen. Ja, wir werden uns wiedersehen, Walterchen, ja, wir werden uns schreiben. Insgeheim hoffte sie doch auch auf ein Wiedersehen, irgendwann vielleicht.

Doch auf der Fahrt nach Toblach hatte sie beschlossen, bei Gustav zu bleiben. Sie wollte sein Schaffen weiter begleiten, miterschaffen, die *Zehnte* mitvollenden. Sie würde sein Leben später der Nachwelt erzählen, so wie sie es sich zurechtgelegt hatte.

Nur, als Walter ihr schließlich schrieb und schrieb und schrieb, da bewegten sie seine Zeilen zutiefst. Sie hatte zurückgeschrieben, leidenschaftlich, das schlechte Gewissen weit weggedrängt. Die fatale Gefahr ebenso, Gustav könne einen ihrer oder seiner Briefe in die Hände bekommen.

Nun war es eingetreten, das Fatale. Sie trat einen Schritt näher an Gustav heran, er zog die Blätter weg, zerriss sie, ließ die zerrissenen Stücke zu Boden rieseln.

«Ich …» Mehr brachte sie nicht heraus. Es war, als stünde sie neben sich. Als beobachtete sie ihre Lippen, die sich verselbstständigt hatten, während er sich umdrehte und in eine der Ecken des Komponierhäusls verschwand. Sie hörte nur noch Rascheln. Vermutlich war er zu Boden gesunken. Auch sie ging in die Knie, setzte sich hin, versenkte den Kopf in den Armen, spürte die Feuchtigkeit des Holzes über ihre Beine kriechen.

Kein Weg zurück. Was nun?

Wollte sie, dass alles wieder so war wie vor der Sekunde, als Gustav diesen Brief öffnete? Gott bewahre, nein. Wollte sie, dass diese schlimmen Tage nun schnell vergehen mochten, Gustav sie fallenließ, Walter ihr neuer Gefährte sein sollte? Gott, welch lächerlicher Gedanke. Wer war denn schon Walter? Ein Bub. Walter wollte das wohl, aber das konnte er sich abschminken. Und Gustav? Was er wollte, war ihr das größte Rätsel.

Sie schwiegen beide. Er wollte nicht reden, sie konnte es nicht. Was hätte sie sagen sollen?

Vielleicht würde sich alles von selbst erledigen. Walter würde nicht mehr schreiben, und wenn doch, würde sie nicht mehr antworten. Sie würde ihn vergessen, Gustav würde weiter schweigen, alle würden bemerken, dass irgendetwas nicht stimmte, Mutter, Miss Turner, die Dienstmädchen, Gucki, die Trenkers, doch was würden sie tun, niemand würde die Chuzpe besitzen, sie darauf anzusprechen. Auch niemand in Wien oder in New York. Sie würden beisammenbleiben und doch Getrennte sein, vielleicht war dies das, was das Leben jemandem übrigließ, der, wie sie, versucht hatte, es stets ganz zu leben.

Gustav hustete. Es klang dumpf und kehlig, nach Krankheit, nach Tod. Vielleicht, ja, so dachte sie, würde er jetzt tatsächlich mit dem Sterben beginnen, so wie sie es am Tag ihrer Rückkehr aus Tobelbad auf dem Weg in den *Goldenen Hirschen* gespürt hatte. Ihr schauderte erneut, genauso, wie ihr auf dem Weg ins Dorf geschaudert hatte.

Wieder hörte sie das Rascheln, sie sah, wie sich sein Schatten bewegte, offenbar legte er sich flach auf den Boden. Sie tat es ihm nicht gleich, blieb regungslos sitzen, auch wenn ihr bereits die Knochen schmerzten. Nein, es würde wohl keine Aussprache geben. Er war kein Freund der Aussprache, des Zankes, noch nicht einmal des Tratsches. Kein Wort würden sie über den Brief verlieren, und das Schweigen würde sich Tage hinziehen, Wochen, ja, vielleicht tatsächlich für immer.

Sie ertrug die Stille nicht, doch sie traute sich ebenso wenig, sie zu beenden. Sie glaubte, seinen Atem zu hören, sie glaubte, den Schatten seiner Brust sich heben und senken zu sehen. Selbst wagte sie kaum zu atmen, sog die Luft nur vorsichtig durch ihren halb geöffneten Mund. Bald hörte sie ein Klappern, erst dachte sie, es käme von draußen rein, dann wurde ihr bewusst, dass es Gustav war. Seine Zähne klapperten. Er fror wohl. Ob er schlief oder wach war, wusste sie nicht.

Was würde sie ihm entgegenschleudern, wenn sie den Mut aufbrächte, ihm alles, alles, zu sagen? Wenn er den Mut aufbrächte, alles, alles anzuhören. Wenn sie gemeinsam spazieren gingen, durch die Wälder, zum See, wenn nichts mehr, nichts, nichts, unausgesprochen bliebe. Wäre dann alles gut? Alles unverändert gleich? Oder alles zu Ende? Die Lider wurden schwer und schwerer, die Müdigkeit überkam sie so heftig, dass sie überlegte, entweder aufzustehen, hoch zum Trenkerhof zu gehen, oder sich nun doch auch hinzulegen. Aber sie war zu schwach, zu starr, um sich zu bewegen, als wäre sie gelähmt. Nur ihre Gedanken vermochten zu rasen. Sie rasten über die Jahre hinweg, in die Vergangenheit, in die weit zurückliegende und in die jüngste.

Sie rasten in ihre Kindheit, zu Schloss Plankenberg vor den Toren Wiens, wo sie aufgewachsen war, sie rasten zu Putzi, als sie noch lebte, herumsprang, lachte, weinte, atmete. Sie rasten in den vergangenen Tagen umher, sie rasten zu den Wochen in Tobelbad, wo sie so glücklich gewesen war, sie war dort bereits am Abend nach Gustavs Abreise wieder in ihre jungen, sorglosen Jahre zurückversetzt worden, es war wie ein Zauber gewesen, das Schöne, das Jugendliche, hatte sie plötzlich wieder erfasst. Alles um sie herum hatte getanzt, ein Traum.

Wie lange hatte sie diese alte, jugendliche Sehnsucht nicht mehr gespürt, eine Sehnsucht nach etwas … nun wusste sie genau, was es war, damals wusste sie es nicht. Sehnsucht nach Hingabe, nach Zärtlichkeit und Liebe. Sehnsucht nach einem Mann, der sie liebte, haltlos. Sie erinnerte sich daran, wie sie sich mit Walter im Bett gewälzt hatte, wie er um sie herumturnte, die Arme hoch zum Himmel gestreckt, jauchzend. Die vertrauten Gespräche, über alles. Ihr Flehen, kindlich, spielerisch, er möge sie erretten aus der Kälte. Sie sehnte sich zum Verrücktwerden nach irgendetwas, nach einem Fenster, heraus aus der eiskalten Gletscheratmosphäre, die sie zurück bei Gustav wieder erwartete.

Walter zeigte ein fast schon putziges Interesse an ihrem Gemahl, wobei es ihr manchmal beinahe vorkam, als interessierte er sich mehr für ihn als für sie. Wie Mahler denn so war? Wie er sich gab? Wie das denn sei, mit einem Mann von Weltruhm das Leben zu teilen? Wie sie das dann doch geliebt hatte, sein kindliches Nachfragen, kein Lebenshass, der über allen Wienern, auch über ihr und über Gustav, stets wie eine schwarze Wolke hing. Das schien es in Berlin nicht zu geben. Es war alles so angenehm unkompliziert. Walter war so entzückend diszipliniert. Preußisch. So liebenswert streberhaft. Stets sprach er davon, eigentlich zur Kavallerie zu wollen. Er schwärmte von der Schönheit der Pferde. Er rauchte, trank. Dass dies in Tobelbad nicht erlaubt war, war ihm einerlei. Er entwarf seine Zukunft. Fühlte sich in jeder Sekunde zu Höherem berufen. Schöne Jugend.

Während sie sich vereinten, sie hatte es genau beobachtet, zählte er flüsternd die Sekunden. Viel zu schnell, übrigens, gegen Ende hin. Danach sprang er stets aus dem Bett, machte ein wenig Gymnastik, hundert Liegestütze, hundert Hampelmänner, hundert Sekunden Kopfstand, danach duschen, danach Skizzen am Schreibtisch, neue Projekte, neue Ideen. «Weißt du, Alma», hatte er einmal frohlockt, «Oma Luise hat immer gesagt, die Momente des größten Glücks musst du beim Schopfe packen, wenn das Glück aus dir raussprießt, dann musst du es einfangen, zu Papier bringen, dem Leben die richtigen Richtungen geben.»

Er hatte ihr seine Zeichnungen gezeigt, sie hatte sie fad gefunden, langweilig, zu geordnet, beinahe militärisch akkurat, nichts Verspieltes, das würde nie etwas werden, dessen war sie sich sicher.

Seine Großzügigkeit indes hatte sie geliebt. Geld bedeutete ihm nichts, er hatte stets zu viel bezahlt – und war es nur für zwei Glas Champagner. Er hatte die Leute um sie herum mit eingeladen, es war so reizend, wie er einen Dandy mimte und doch zu verbissen, zu unsicher war, um einer zu sein. Er war sofort aufs Ganze gegangen, als sie ihn nach Gustavs Abreise zum ersten Mal wiedergesehen hatte. Mit Gucki. Doch das schien ihn nicht zu stören. Er sprach sie an, sie tat erst so, als würde sie sich nicht an ihn erinnern, an die kurze Begegnung an der Bar, dann, ebenso gespielt, fiel ihr alles wieder ein.

Er spielte mit. Beide wussten da längst, dass es passieren würde. Am Abend, nach dem Essen, als Gucki, Frau Mama, Miss Turner bereits im Bett waren, trafen sie sich wieder, erneut an der Bar. Er fragte sie frei heraus, ob sie für einen Spaziergang zu haben sei, sie küssten sich unten am Bächlein, dort, wo die Zwergkiefern des Gartens ihre Schatten über sie warfen. Dann kicherten sie sich in sein Gemach. Und fielen sofort übereinander her.

Kaum fertig, verlangte er von ihr, ihm doch bitte mitzuteilen, wie es, wie er, gewesen war. Während sie sich im Zimmer umsah, vermerkte er etwas auf einem Schreibblock. Ihre wohlwollende Antwort wohl.

Sie sprachen über so vieles, sie kam sich manchmal fast wie bei einer Beichte vor, obwohl sie sich kaum erinnerte, wann sie zuletzt gebeichtet hatte. Als Kind wohl. Doch selbst da war sie nie so ehrlich gewesen. Sie hatte ihm alles über sich erzählt, über Gustav. Sie hatte ihn gefragt, ob er denn Nietzsche liebte. Er liebte ihn nicht.

Walter machte sich auch aus Musik nicht viel. Einmal ertappte sie ihn, wie er zum Dreivierteltakt wippte, wie automatisch, als der aus dem Garten ertönte, wo eine Combo spielte. Es machte ihr nichts, es brachte sie zum Schmunzeln.

Nachts war Walter manchmal im Schrecken aufgewacht, hatte ihr von seinen Albträumen erzählt. Die Maturitätsprüfung! Dass er stets träumte, sie wiederholen zu müssen. Sie drückte ihn an sich. Schleckte seinen heißen Schweiß ab. Beinahe beruhigte es sie, dass er diese Träume hatte. Viel zu leicht erschien ihr sonst sein Leben. Unglaubwürdig leicht. Unheimlich leicht. In jedem, ja, das bestätigte sich auch bei Walter, loderte der Schmerz, in jedem steckte ein dunkler Abgrund.

In Gedanken las sie nun ein paar Passagen seine Briefe. Er hatte schwülstiges Zeug zu Papier gebracht. Er hatte ihr auch Zeichnungen mitgeschickt. Es sollte wohl Erotik sein, war aber viel zu eckig und kantig, nicht in sich verschlungene, sondern in sich verschachtelte Körperteile von Mann und Frau. Kreise, Rechtecke, Dreiecke, Zylinder.

Lust, dem Versuch der Ordnung des Lebens unterworfen.

Abschreckend und erregend zugleich.

Sie sah wieder zum Schatten, wo Gustav, wie sie vermutete, still atmete. «Gustav», flüsterte sie, «Gustav, warum liegst du auf dem Boden?»

«Damit ich näher bei der Erde bin.» Seine Stimme klang klar, als hätte er schon des Längeren über die Antwort nachgedacht, doch sie verstand nicht.

«Gustav …»

Er räusperte sich. «Lass uns zum See spazieren, Alma. Lass uns sprechen. Über alles, ja?»

2

Toblach, Anfang August 1910

Nach der Aussprache am See hatte er sich in seinem Selbst-
hass, seinem Selbstmitleid, seinem Weltschmerz doch eigentlich recht gut eingerichtet gehabt. Das konnte man nicht
anders sagen. Er hatte es in den vergangenen Tagen, er glaubte
es selbst nicht, es war wohl eine jener kleinen Gemeinheiten
Gottes, sogar geschafft, das Feuer jedes Mal beim ersten Versuch zu entfachen, so als wäre ihm das immer schon so gelungen, so als wäre er ein Meisterfeuermacher, ein Waldmensch,
ein Abenteurer.

In der Ecke hinter dem Klavier hatte er sich ein kleines Lager
errichtet, es war nicht der Rede wert gewesen, nur eine dünne
Decke auf dem Fußboden, er liebte es, auf dem Rücken zu liegen, die Härte des Holzbodens zu spüren. Er biss an den Fingernägeln herum, ach, wie er das vermisst hatte. Er hatte es einst
nur für sie aufgegeben, damals hatte er sich tagelang die Hände
verbunden, um die Lust zu überwinden, die Sucht auszutrick-
sen. Nun knabberte er wieder vergnüglich, es befriedigte ihn,
wenn die Nägel zwischen seinen Zähnen knackten, er genoss
den Schmerz, wenn die Haut riss, er liebte den Geschmack des
Blutes im Mund. Manchmal, wie zur Abwechslung, wenn es an
den Fingern nichts mehr zu knabbern gab, biss er sich ins Fleisch
der Innenseiten der Wangen. Bis das Blut ihm in die Kehle rann.

Er lag, biss, genoss. Die dünne Schafswolldecke war ganz
wunderbar, sie ließ kein bisschen Kälte in seinen Körper drin-
gen. Er liebte es, wenn der Ofen heiß und heißer wurde und
langsam, ganz zart erst nur, seine Zehen wärmte, dann seine
Beine, dann sein ganzes Ich.

Eine süße Gemeinheit Gottes kam selten alleine, das bemerkte er sehr bald. Er lag in der Ecke, schlief, starrte den Oberboden an, nahm wahr, wie draußen vor dem speckigen Fenster das Licht erschien, die Dunkelheit wiederkam, der Regen gegen die Scheibe klatschte, die Sonne Strahlen hereinwarf, in denen Staub tanzte. Er vernahm das Zwitschern der Vögel, das Brummen der Autos, es machte ihm nichts, und dass es ihm nichts machte, verwunderte ihn nicht einmal. Er hörte Kuhglocken, das Singen der Bauern auf dem Felde, die Rate war fällig gewesen, er hatte sie ihnen nicht gezahlt, er würde eh nicht mehr zum Komponieren kommen, er würde hier liegen bleiben, dahinsiechen, sterben. So war sein Plan. Doch es wollte nicht klappen.

Jetzt, wo ihn das Singen der Bauern nicht beim Komponieren störte, da er schlicht nicht komponierte, gefiel es ihm überraschenderweise. Er schloss die Augen, er genoss es, die paar schiefen Töne überhörend, er wiegte sich in der Vergangenheit. Das erste Mal am Dirigentenpult, der Applaus, der ihm, noch jugendlich, zu Kopfe stieg. Er wiegte sich in der Zukunft. Wenn er nun bald tot wäre. Er imaginierte sein Begräbnis. Es war höchste Zeit, das Testament ein klein wenig umzuschreiben. Diese Bauern, dieser Chor sollte singen, wenn er in Wien begraben würde. Oder sollte er sich hier begraben lassen?

Solcherlei Gedanken konnten ihn über Stunden beschäftigen, er hatte jetzt ja alle Zeit der Welt, das mit der *Zehnten* würde nun, nach allem, was geschehen war, ja eh nichts mehr werden. Das Sterben des Gustav Mahler. Das Begräbnis.

In Wien würden sie alle kommen, ganz sicher, die, die ihn mochten und die ihn verachteten. Die ganze Stadt würde trauern. In Schwarz gehüllt. Hier in Toblach würde alles still und leise vor sich gehen, Alma würde sich um alles kümmern, so viel Anstand besaß sie doch wohl noch.

Alma, kaum eine halbe Stunde schaffte er es, nicht an sie zu denken. Jetzt, wo sie weg war, so weit weg wie noch nie, obwohl sie nur oben in der Trenkerstube saß oder im Bett lag, wollte er sie ganz bei sich haben. Beim gemeinsamen Spaziergang am See war alles aus ihr herausgebrochen. Wie ein Wasserfall. Anfangs. Er hatte es geschafft, sie nicht zu unterbrechen, auch wenn er wollte, beinahe nach jedem Satz. Er hatte sich gehütet, es zu tun. Er hatte es mit Charme versucht, so wie er es auch anfangs, bei ihrem Kennenlernen, er erinnert sich vage, getan hatte. Er spiele ihre Lieder, log er am See, er habe sich ihre Kompositionen noch einmal sehr genau angesehen, sie angehört, log er weiter. Er habe sie unter einem Stapel Bücher gefunden. Unter Goethes *Italienischer Reise.*

«Was habe ich getan! Deine Sachen sind ja gut! Jetzt musst du sofort weiterarbeiten. Ein Heft suchen wir gleich aus. Es muss sofort gedruckt werden!», hatte er ihr schließlich versichert. Alma hatte daraufhin nichts mehr gesagt. Das war noch schlimmer gewesen, als ihm Böses zu erwidern.

Während ihres Spaziergangs am See, während ihrer Aussprache, war sie alles losgeworden, alles, was sie gestört hatte in den letzten Jahren, dann hatte sie wohl entschieden, wieder zu schweigen. Für immer?

Am frühen Morgen, an dem er beschloss, das Häuschen nun doch wieder zu verlassen, weil er einfach nicht starb, weil man wohl nicht so einfach starb, nur weil man es wünschte, an dem Tag, an dem er dann später am Vormittag gewahr wurde, dass das ganze Dorf über ihn redete, haftete keine Wolke an Toblachs Himmelszelt. Der Gesang der Bauern ging ihm nun zunehmend doch wieder auf die Nerven, das Brummen der Autos ebenso, er starb nicht, also leben, weiterleben, was soll's.

Der Morgen war kalt und klar, ihm fröstelte, doch er genoss es. Unerklärlicherweise verspürte er keine Schmerzen, was ihm

Kopfzerbrechen bereitete. Wie konnte das sein? Das Herz, der Hintern, nichts zuckte, nichts juckte, es war so schön, so friedlich um ihn herum, dass er beinahe dachte, er wäre schon im Jenseits, da zuckte und juckte wohl nichts mehr. Er wich ab von seiner früheren Routine, auch das kam ihm sonderbar vor, denn das hatte er bis dahin noch nie getan. Mochten diese Tage der Einsamkeit im Häusl, mochte die Schmach, mochte gar die Aussprache mit Alma, wenn auch ohne Ergebnis, Ballast von seinen Schultern genommen haben? Mochte ihm das alles tatsächlich nun so etwas wie einen Neuanfang bieten? Eine neue Chance? Neues Leben? Ging er tatsächlich nicht dem Tod entgegen, sondern neuem Leben, neuer Kraft?

Er wusste es nicht, er bemerkte nur, dass so vieles anders war. Er setzte sich auf die taunasse Wiese, die Schnürlsamthose aus dem Bekleidungsgeschäft in Toblach war ganz wunderbar, beinahe unglaublich, sie war wasserundurchlässig, er schloss die Augen, roch die Feuchtigkeit, genoss die sanften Sonnenstrahlen auf dem Gesicht, beobachtete, wie die Sonne den Morgentau zum Schmelzen brachte. Er sah ein Rehkitz drüben beim Wald, das kindlich verspielt umhertollte, dort, wo am Rande der Wiese, im Schatten der Bäume, eine eigenartige Pflanzenart mit zackenartigen Blättern in die Höhe spross, es sah beinahe aus wie eine Plantage, ein Feld. Er ließ sich fallen, versank im Gras, lag zwei Stunden da.

Normalerweise, in seinem alten Leben, war er um diese Zeit längst schon wieder aus dem Dorfe zurück, doch das alte, normale Leben gab es nicht mehr.

Er ging stracks wieder bergab, bog auf den Weg ein, der nach Toblach führte, den er so oft schon gegangen war, alleine, mit Alma, er wusste, dass er nun auf ein anderes Dorf treffen würde als bei seinen früheren morgendlichen Runden. Kein Dorf im Erwachen, ein Dorf im Vormittagsdurcheinander.

Es war ihm egal, er wollte, musste da jetzt durch. Er lief am Gasthaus vorbei, das erst in einer Stunde, um elf, öffnete, er sehnte sich nach dem Moment zurück, als er eines Nachmittags bei der Wirtin dort gesessen hatte, als er Gertraud eine Melodie ins Ohr gesungen hatte, tatsächlich, er konnte sich an die Melodie nicht mehr erinnern. Er fragte sich, ob sie sich erinnerte, ob sie sie manchmal vor sich hin summte. Er hatte in den vergangenen Tagen viel über das Prinzip des Gasthausbesuchs nachgedacht. Er war wohl einer jener Menschen, dachte er, die immer wieder einmal Gesellschaft brauchten, um in dieser allein zu sein.

Die Toblacher schritten über den Dorfplatz, alle fein herausgeputzt. Kurz überlegte er, ob denn vielleicht Sonntag wäre, er konnte sich die Frage nicht beantworten, er hatte in den vergangenen Tagen jegliches Zeitgefühl verloren. Er beobachtete das Geschehen, während er langsam dem Platze entgegenging. Jeder schien irgendwohin zu hetzen, er fand das leidlich übertrieben, er verstand nicht, warum denn jeder jederzeit irgendetwas zu tun hatte. Warum niemand innehielt. Würde die Welt zusammenbrechen, wenn, so überlegte er, beispielsweise die Hälfte von all denen, die gerade um ihn herumliefen, einfach eines Morgens nicht aufstehen würde? So wie er das die vergangenen Tage praktiziert hatte. War jeder Mensch so wichtig? War er denn wichtig? Oder vollends unwichtig, da sich die Welt in den vergangenen Tagen ja auch ohne ihn weitergedreht zu haben schien? Wie sehr würde denn die Welt eine andere sein, sich anders entwickeln, wenn er, Gustav Mahler, keine *Zehnte* mehr zu Papier bringen würde?

Er verdrängte den Gedanken und fragte sich, ob all die verdrängten Gedanken ihn irgendwann allesamt gemeinsam wieder heimsuchen würden. Was dann mit ihm geschehen würde. Würde dann die *Zehnte*, die endgültige, die unfassbare, in ihm explodieren, würde sie aus ihm herausquellen, würde er dann leer und kraftlos sterben? Glücklich?

Das Zittern überkam ihn, er presste die Finger aufeinander, kämpfte sich durch das Gedränge, alles irrte und wirrte um ihn herum, Autos lärmten, Pferde wieherten und ließen ihren Abort auf die Pflastersteine klatschen. Er flüchtete zur kleinen Schenke, in der er sonst immer, in seinem früheren Leben, ja, so wollte er es nun nennen, frühmorgens alleine gesessen hatte, schweigend, das eiskalte Brunnenwasser trinkend.

Erst beim Eintreten wurde ihm bewusst, dass auch die Schenke nun, Stunden später, eine völlig andere war als frühmorgens. Jetzt ging es da zu wie im Zirkus. Die wenigen Tische waren besetzt, alles wieherte, schlimmer als die Pferde draußen, alles ratschte, schrie, trank. Panik kroch in ihm hoch. Schon wollte er kehrtmachen, wieder hinausstürmen, da entdeckte er ganz hinten am Tresen ein Plätzchen, hinter einer großen Vase, er tappte dahin, setzte sich auf den Hocker, der sofort zu kippen drohte.

Als er das Gleichgewicht wiedererlangte, bemerkte er, dass er vergessen hatte, seinen dünnen Sommermantel auszuziehen, so saß man nicht, auch nicht am Tresen, auch nicht hier in Toblach, wo die Bauern sich um so etwas nicht scherten, aber er, Mahler, scherte sich darum. Contenance! Egal, wo er war. Er schaute sich nach Mantelhaken um, tastete unter der Thekenkante danach, ertastete einen, welches Glück, sonst hätte er noch einmal zur Eingangstür müssen, wo viele Jacken übereinander hingen, das wäre zu viel gewesen. Er schälte sich aus dem Mantel, hängte ihn an den Haken, es ärgerte ihn, dass der Saum den Boden berührte, der voller Krümel und Schmutz war. Aber da war jetzt nichts zu machen.

Nun schaute er erst mal hinter die Theke, entdeckte seinen Schenkenwirt nicht, nur ein junger Bub war da zugegen, nahm Bestellungen auf.

«Was darf's sein, der Herr?», schrie der junge Mann gegen den Lärm der Schenke an.

Das Geschrei überforderte Mahler, das ging alles viel zu schnell. Er bemühte sich, ebenso schnell zu antworten. Er sah den *Boten* links neben sich liegen, am liebsten hätte er einfach nur die Zeitung genommen, sich dahinter versteckt, ihm war nicht nach Trinken, nicht nach Essen. «Ein ... äh ... Krüglein Brunnenwasser, ja?» Er hoffte nur auf das Nicken des jungen Mannes, der Barmann nickte, Mahler verschwand hinter der Zeitung, studierte die Schlagzeilen.

Die Krise im Ottomanischen Reich, eine Notiz aus Südamerika, Innenpolitik, der Kampf ums Wiener Rathaus, er spürte ein Drücken von hinten, ein paar Männer aus dem Dorfe hatten sich hinter ihn gestellt, wohl weil sie weder an einem der Tische noch am Tresen Platz gefunden hatten. Eine missliche Lage, doch er konnte sich nun daraus nicht mehr befreien.

«Das Brunnenwasser, der Herr», hörte er die Stimme des Barmanns. Mahler senkte den *Boten*, bemerkte zu spät, dass das obere rechte Gazettenohr bereits im randvoll gefüllten Becher badete. Er zog die Zeitung schnell nach links, bemerkte zu spät, dass das linke obere Ohr nun über eine brennende Kerze hing, sofort brannte nun auch die Zeitungsseite. Er fiel beinahe vom Stuhl, einer der Männer hinter ihm fing ihn gerade noch auf, ein anderer zog ihm den *Boten* aus der Hand, warf das brennende Papier auf den Boden, mehrere Männer waren von ihren Tischen aufgesprungen, stampften darauf herum. Gejohle, Gejauchze. Endlich etwas los im Dorf!

Nur langsam kehrte wieder Ruhe ein. Dann war es still, richtig still, ihm war, als schweige die ganze Schenke. Mahler schaute starr vor sich hin. Wusste nicht so recht, was er nun tun sollte. In der Menge erkannte er einzelne Gesichter. Den Löffler Franz, seinen Bergführer, ganz hinten mit Frau und Kindern am

Fenstertisch sitzend. Den singenden Bauern vom Felde, diesen Sepp, wenn er sich recht erinnerte, mit anderen am anderen Ende der Theke stehend. Es musste also doch Sonntag sein, sonst wären sie nicht hier. Alle grinsten, starrten ihn an. Jetzt erst bemerkte er, dass einige der Männer, die um ihn herum die Gazette zerstampft hatten, die Männer letztens vom Nachbarstisch im *Hirschen* waren. Er schaute verlegen in ihre Gesichter.

«Sie sind der Mahler, der Herr Kompositeur, nicht wahr?», sagte einer der Männer hinter ihm, «ich kenne Sie aus der ...» Er zeigte zu Boden.

Mahler lachte. Die Männer um ihn lachten auch.

«Angenehm, Unterlechner», stellte sich der eine vor.

«Welch Besuch, welch Besuch, in unserer Schenke. Brandstätter, angenehm», sagte ein Zweiter und machte tatsächlich eine kleine Verbeugung.

Mahler verstand nicht ganz, ob zum Spaß oder ernst gemeint.

Ein Dritter reichte ihm die Hand. «Habe die Ehre, ich bin der Dorfarzt Hinteregger.»

Ein Vierter ebenso. «Schneider, der Schuldirektor.»

Nun ergriff Brandstätter wieder das Wort. «Ich wusste gar nicht, dass Sie in Toblach sind, Mahler, Sie lassen sich ja nie blicken, treiben sich immer nur oben in Altschluderbach rum. Habe nur letztens gehört, dass Sie Probleme mit Ihrer Frau Gemahlin haben. Dass Ihre Gattin Sie in so einer Holzbaracke am Waldrand schlafen lässt, nicht wahr? Das hat mir der Niederköfeler gesagt, der weiß es vom Trenker Sebastian, wo ist er denn, der Niederköfeler, Sepp, wo bist du?» Der Mann drehte sich im Kreis, entdeckte den Bauern am anderen Ende des Tresens, fixierte ihn. Niederköfeler nickte mit ernster Miene.

«Seien Sie froh, Mahler, mein Freund», schrie Brandstätter nun beinahe. «Seien Sie froh, dass Sie Ihr Stübele am Waldrand haben. Nicht? Glauben Sie mir, ich schlaf manchmal auch lieber im Stall bei meinen Kühen. Die schimpfen weniger als meine Frau …» Der Rest des Satzes ging im Gelächter unter.

Mahler war zu geschockt, um zu erröten, um zu erstarren, er überlegte stattdessen, was er Trenker antun würde, wenn er ihm das nächste Mal begegnete. Ihn verhauen? Nein, Trenker war natürlich viel stärker als er. Er blickte sich um, die Gesichter, sie schauten nicht böse, sondern mitleidig. Es schmerzte ihn nicht. Er verstand es nicht, aber es war alles gut. Unerklärlich gut. Jetzt war alles raus. Er trug nichts mehr mit sich herum. Er fühlte sich federleicht.

«Sie waren schon vergangenen Sommer hier, nicht, Herr Mahler? Und den Sommer davor auch», fragte nun Unterlechner.

Mahler nickte. «Sie haben wahrscheinlich gar keine Zeit, viel runter ins Dorf zu kommen, weil Sie ja andauernd komponieren müssen.» Der Mann schaute belehrend zu Brandstätter.

Mahler nickte weiter.

«Das ist ja schon etwas anderes, komponieren, nicht, als nur nachspielen, was andere komponiert haben, kann ich mir vorstellen. Unser Kapellmeister, der alte Vieider, der Hans-Karl, der fuchtelt ja nur in der Luft herum, und wir Musikanten aus dem Dorf, wir spielen nur, was uns auf Notenblättern vorgesetzt wird. Ich spiele übrigens Tuba, Herr Mahler, weil mein Vater auch schon Tuba gespielt hat, das ist so bei uns im Dorf, was der Vater macht, das macht der Sohn auch. Mein Vater ist außerdem Bauer und Steinmetz, das bin ich auch, es erleichtert das Leben schon ungemein, wissen Sie, denn wenn sich jedes Mal ein junger Mensch aufs Neue einen neuen Beruf ausdenken müsste, ja, wo kämen wir dann denn hin, dann würde ja alles ins Wanken geraten, dann hat ja keiner mehr einen Halt, dann würde alles zusammenbrechen, nicht? Sagen Sie, Herr Mahler, Ihr Vater war auch Kompositeur, oder?»

Mahler schüttelte den Kopf.

«Nicht?» Der Mann schaute ungläubig. «Dann Ihre Mutter vielleicht, ich habe ja letztens gelesen, dass Frauen durchaus auch diese Fähigkeiten besitzen sollen. In seltenen Ausnahmen.» Erneut Mahlers Kopfschütteln.

«Dann muss ... dann verstehe ich das nicht. Ah, vielleicht doch! Vielleicht steckte das dann doch tiefer in Ihrer Familie drin, dieses Komponieren, vielleicht hat Ihr Großvater oder Ihr Urgroßvater, vielleicht hat einer von denen das Musikalische in sich getragen, weil irgendwo muss es ja herkommen, nicht ...»

Alles um Mahler herum erschien ihm unecht, wie in einem Traum. Er hörte sich selbst sprechen, er hörte sich diesem Mann erzählen, wie er zur Musik gefunden hatte, wie sein Vater ihn, den schreienden Bengel, immerfort in den Schlaf gesummt hatte. Dass er ihm alsbald ein Akkordeon geschenkt hatte, dass er mit diesem Geschenk bald der Märsche intonierenden Militärkapelle seines Heimatorts Iglau hinterhergestolpert war. Er hörte sich selbst sagen, wie er erst Beethoven für sich entdeckt hatte. Dann Wagner. Er fragte die Männer, Unterlechner, Brandstätter, den Dorfarzt Hinteregger, den Schuldirektor Schneider, die sich nun alle zu ihm hingedreht hatten, ob sie manchmal Beethoven hörten, Wagner. Nur Schneider nickte heftig. Die anderen sagten, sie hörten lediglich, was der Herr Kapellmeister, der alte Vieider, ihnen vorsetzte. Sie sangen die alten Bauernlieder. Sie lauschten dem Orgelspiel in der Kirche. Aber seit dem greisen Organisten die Finger zu sehr zitterten, ruhte die Orgel. Der Enkel des greisen Organisten, dessen Vater vor zehn Jahren auf dem Feld vom Blitz erschlagen worden war, war bedauerlicherweise noch zu jung, zu unerprobt, um alles zu spielen. Er spielte nur zwei, drei Stücke und die nur zu Weihnachten, zu Ostern, zu Allerheiligen.

Mahler erzählte weiter, er hatte Fremden noch nie von seiner

Kindheit erzählt, er spürte die Wärme ums Herz, es bewegte ihn, dass diese Männer ihm nun gebannt zuhörten, wie Schulbuben, denen man eine Geschichte erzählte, ja, da packte ihn doch beinahe die Sentimentalität. Er erzählte ihnen von seinen ersten, naiven kindlichen Kompositionsversuchen, nicht älter als sechs sei er damals gewesen, mit Mozart wolle er sich aber nicht vergleichen, der bereits mit fünf ein Klaviervirtuose gewesen sei und mit sechs schon vor dem bayerischen Kurfürsten aufgetreten war. Mit Beethoven, nein, könne er sich auch nicht messen. Beethoven habe bereits mit vier Klavierunterricht bekommen. Wagner sei sowieso unvergleichbar. Wagner, Beethoven, Mozart, dann aber, ja, dann komme er. Auch Wunderkind.

Er erzählte weiter, die Zwischenfrage zum Schein überhörend, wann denn der liebe Strauss mit dem Klavierspiel begonnen habe. Die Männer um ihn hatten indes die leer getrunkenen Kaffeetassen zu Türmen gestapelt, einen Krug Wein bestellt.

Mahler hatte noch niemals vormittags Wein getrunken, aber das war ja ein neues Leben nun, und die Männer tranken ja auch. Ja, dachte er, es musste heute also tatsächlich ganz sicher Sonntag sein. Die Männer mussten von der Kirche gekommen sein, gebeichtet haben, wenn ein Christ gebeichtet hatte, so war es doch, dann durfte er wieder sündigen eine Woche lang, oder nicht?

Mahler hatte noch nicht oft gebeichtet, obwohl er ja auch ein Christenmensch war, ein konvertierter, er nahm einen Schluck, nahm sich dann vor, nächsten Sonntag mit diesen Männern in die Kirche zu gehen, zu beten, zu beichten. Er erzählte ihnen nun von seinen ersten Auftritten als junger Dirigent, noch einen Schluck, noch einen, dann erzählte er von seiner ersten Begegnung mit Alma. Er spürte die Wärme nun überall, in allen Gliedern. Er lallte bereits leicht und versuchte den Umstehenden zu erklären, dass eine Frau wohl nur in Ausnahmefällen gute Musik komponieren könne. Dem Weib an sich fehle es an genügend Intellekt, gleichzeitig an genügend Weltschmerz und zualleroberst an der unverzichtbaren Fähigkeit, beides, Intellekt und Weltschmerz, zu verschmelzen und verschmelzend in große Kunst zu verwandeln.

Nun hatten sich auch ein paar der Frauen aus dem Dorf um ihn geschart, sie nickten zustimmend. Das Weib, fuhr Mahler fort, brauche das alles nicht, es sei glücklicher ohne dies alles. Nicken. Allerseits. Nur wenige Ausnahmeerscheinungen, selbst unter den Mannsbildern, besäßen die Fähigkeit zur großen Kunst. Mozart, Beethoven, Brahms, Wagner.

«Und Sie, Herr Mahler!», sagte Unterlechner, «Was sind wir alle stolz, Sie, Mahler, in unserem Dorf zu wissen.»

Mahlers Herz brannte. Er schaute in die Gesichter um sich. Er sah das Strahlen. Ganz hinten entdeckte er Gertraud, die Wirtin, er lächelte ihr zu, zwinkerte ihr zu, sie wandte den Blick ab.

Unterlechner tippte ihm auf die Schulter. «Sie müssen wissen, ich bin Bauer und Steinmetz, aber auch der Dorffotograf. Glauben Sie, ich dürfte Sie, nicht heute, um Gottes willen, ich will nicht aufdringlich sein ... aber wann immer es Ihnen beliebt ...»

Mahler nickte glücksbeseelt. Dann lehnte er sich an die Theke, atmete tief ein, aus, dann noch einen Schluck, er vermerkte, nun etwas leiser redend, dass so eine Sommerfrische für ihn niemals Erholung bedeutete. Sommerfrische war Arbeit. Ohne schwere Arbeit, ohne Entbehrung, keine große Kunst. Alles nickte.

Mahler flüsterte, dass ihm das Komponieren zurzeit etwas schwerfiel. Und das, obwohl ihn genug Schmerzen plagten, seelische, eigenartigerweise keine körperlichen, fuhr er fort und spürte, wie sich alles um ihn drehte, leicht drehte, ein angenehmes Drehen. Mitleidsblicke. Mahler erzählte, jetzt war eh alles egal, jetzt musste alles raus, dass er mit einem Nebenbuhler zu kämpfen hatte. Dass der seiner Gemahlin in Tobelbad den Kopf verdreht habe, ihr nun brieflich nachstelle. Tobelbad! Potzblitz! Ein Raunen ging durch die Schenke.

Mahler schaute auf, schaute zur Tür, sah, wie Gertraud nach draußen verschwand. «Da gibt es einen, der um meine Frau Gemahlin, um meine Almschi, buhlt», sagte er. Empörtes Rufen, Poltern. Dass er deshalb im Komponierhäuschen schlafe.

Flüstern. Was er mit dem Nebenbuhler bloß machen solle?

Und mit seiner Frau?

Langsam beruhigte sich alles wieder. Nach einer Weile bemerkte Mahler ein Rascheln, Bewegung, Mäntel wurden übergestülpt, Münzen wurden auf die Theke gelegt, wie aus weiter Ferne hörte er Kirchturmgebimmel. Die Zeit war davongerannt. Es musste Mittag sein. Die Toblacher drängten aus der Schenke, zu Hause warteten wohl die Knödel. Nur fünf, sechs Männer blieben um ihn herum stehen. Sie machten keine Anstalten zu gehen. Unterlechner, Brandstätter, der Schuldirektor Schneider, der Dorfarzt Hinteregger. Mahler überlegte, wie er in diesem betrunkenen Zustand zum Trenkerhof gelangen sollte. Er sollte wohl einen Fiaker bestellen.

«Was macht man mit so einem, der einem das Weib wegnehmen will?», fragte Unterlechner in die Runde und bestellte einen weiteren Krug. Den vierten nun. «Der Frau tut man nix.» Zustimmendes Nicken.

«Doch ihn schlägt man tot. Ab nach Tobelbad, am Kragen packen, totschlagen, den Kerl», sagte Brandstätter und klopfte auf das Tresenholz.

«Ach, halt doch dein dummes Maul, Brandstätter», sagte Unterlechner wieder. «Das möchte ich sehen, wie du einen totschlägst, ein paar hinter die Ohren, ja, aber totschlagen, das traust du dich doch als Allerletzter.»

Nun mischte sich erstmals der bis dahin stumme Dorfarzt Hinteregger ins Gespräch ein. «Meine Herren, das muss man auf die altmodische Art machen. Ich weiß, dass sich das bei euch in Wien, lieber Herr Mahler, nicht mehr ziemt, aber ich würde diese unverschämte Wurst zum Duell herausfordern. Ganz klassisch, zehn Meter Abstand, jeder einen Schuss, bestens zielen, und *Bumm*, weg ist er.»

Die Männer brachen in ein Gelächter aus. Tränen sprossen ihnen aus den Augen.

Mahler lachte nicht, für ihn war so ein Duell wahrlich nichts. Da würde er sich in die Hosen machen, seine Hände würden so zittern, dass er sich wohl in den Fuß schießen würde. Gott, war er froh, dass dieser Gropius weit weg war, wahrscheinlich bereits zurück in Berlin. Sonst würden seine neuen Freunde hier am Ende tatsächlich noch auf dumme Gedanken kommen. Er schaute verlegen in die Runde. Er schmunzelte verkrampft.

«Auf dem Wiesenfest müsste so ein Duell stattfinden», spann nun Brandstätter den Einwurf des Dorfarztes weiter, «gleich am späten Vormittag, spätestens am frühen Nachmittag, wenn wir alle noch nicht allzu betrunken sind, damit wir auch alle alles mitbekommen, passiert ja nicht alle Tage bei uns in Toblach, dass ein so berühmter Kompositeur einen erschießt, nicht, Mahler?»

Wieder das schallende Gelächter. Brandstätter klopfte auf den Tresen noch fester als zuvor, Gustav zuckte zusammen.

«Ja, ja», stammelte er, «wenn der Schuft … wenn der hier wäre, ich würde …» Er knüllte beide Hände zu Fäusten, quetschte die Finger aufeinander, drehte die Hände nach links und rechts, so als erwürgte er jemanden.

«Nein, Mahler, schießen, nicht würgen», schrie Brandstätter nun. Und Hinteregger, der Dorfarzt, hob den Zeigefinger: «Obwohl, wenn ich es recht bedenke, dann war das Todesrangeln früher, noch früher, bei uns durchaus auch eine aparte Form des

Duells. Wenn ich mich nicht irre, findet sich dazu sicher noch etwas in den Dorfchroniken, nicht?» Er schaute mit ernster Miene zu Schneider, dem Schuldirektor. Der hob die Schultern. Er hatte bislang noch nichts gesagt. Er schien nicht die Absicht zu haben, dies nun zu ändern. Also fuhr Hinteregger fort: «Ein Kreidekreis, Sie und Ihr Widersacher, Mahler, beide entkleidet bis auf die Knickerbocker. Dann geht's los. Und fertig ist der Kampf erst, wenn einer oder, wir hoffen es nicht, beide tot am Boden liegen.»

Alles in Mahler war nun erkaltet. Er spürte auch den Wein nicht mehr in seinen Venen. Er war schlagartig ernüchtert. Er fror, obwohl die Luft um ihn heiß und dick war. Die Männer waren ihm nun durchaus unheimlich. Sie wankten, immer deutlicher, ihre Nasen waren rot und röter geworden, ihre Augen feuriger. Nein, er hätte das nie tun dürfen, nie wagen sollen, unter Menschen zu gehen. Nun hatte er den Salat.

«Jammerschade, dass Ihr Widersacher nicht zugegen ist, nicht, Mahler?», sprach nun wieder Unterlechner.

Er nickte wie automatisch.

«Aber zum Wiesenfest kommen Sie ja wohl so oder so, oder?»

«Das Wiesenfest, ja ...», stotterte er.

«Ja, das Wiesenfest», lallte Brandstätter und legte Mahler den Arm um die Schulter, drückte ihn gegen den Tresen. «Das Wiesenfest! Zu unserem Wiesenfest kommt dieses Jahr sogar der Erzherzog, der Franz Ferdinand, und dazu auch noch so ein berühmter Seelendoktor aus Wien ...» Er stockte, schien zu überlegen.

«Freud, Dr. Sigmund Freud», fügte Unterlechner hinzu.

Nun hob der Schuldirektor Schneider den Zeigefinger, genau so, wie es der Dorfarzt Hinteregger zuvor gemacht hatte, und meldete sich doch auch zu Wort. «Und Paratene Te Manu wird, in Begleitung seiner Gefährtin, Prinzessin Huria, ebenso anwesend sein. Paratene Te Manu, Häuptling der *Maori*, König im Land der weißen Wolken. Ein großer Krieger, er ist auf großer Europareise. Die Wirtin vom *Hirschen*, die Gertraud, die hat mir das gesagt, einer ihrer Cousins zweiten Grades nämlich ist ein Schreiberling aus Wien, der habe ihr das wiederum versichert, ja, ja, der kommt ganz bestimmt. Noch ist der Häuptling in München, aber als Nächstes will er nach Venedig. Dabei wird er hier Station machen. Ja, das hat der Schreiberling unserer Gertraud gesagt, ihr Cousin zweiten Grades, der arbeitet in Wien bei einer Zeitung, bei einer richtigen, nicht bei so einem Provinzblatt wie unserem *Boten* hier ...» Er schielte kurz zu Boden zur zerfledderten, halb verkohlten Ausgabe. «... sondern bei einem großen internationalen Blatt, der *Wiener Zeitung*, die ich durchaus jeden Tag studiere. Also, wenn der das sagt, dann stimmt das auch, davon gehe ich fest aus, der weiß solche Sachen bestimmt, der kennt sogar den Kraus, sagte mir die Gertraud, Karl Kraus, kennen Sie den, Herr Mahler, ein Wunderschreiber ...»

Kraus! Der schon wieder. Mahler verdrängte die Gedanken an Kraus schnell.

«Unser Erzherzog, ein Wunderheiler aus Wien und ein König vom anderen Ende der Welt, unser Wiesenfest hat es dieses Jahr wirklich in sich», frohlockte Unterlechner freudestrahlend. «Ich werde sie alle porträtieren. Ich werde dieses Ereignis fotografisch festhalten. Für die Welt. Für die Ewigkeit. Es lebe Toblach!» Er jauchzte.

«Ja, da werden sie alle schauen, auch die Tobelbader, die vermaledeiten», gab Brandstätter dazu, «ja, dann sehen die mal, wie berühmt unser Toblach ist. Zu unserem Wiesenfest kommen sie von überallher, sogar die Brunecker, die sonst nie zu uns kommen, zum Wiesenfest sind sie da! Mit denen werden wir Toblacher uns eine schöne Rauferei leisten.» Er haute Mahler erneut fest auf die Schultern, presste seine Stirn so lange an seine, dass Gustav seinen Atem spürte und roch. Wein. Knoblauch.

«In Scharen werden sie zu uns kommen, die Wiesenfestgäste. Unser Toblach wird wieder in aller Munde sein. In noch mehr Munde als eh schon! So wie vor Jahren noch, als sogar der König Albert von Sachsen, der König Milan von Serbien, als der Friedrich von Hohenzollern und sogar der Baron Nathaniel Rothschild bei uns Ferien machten.»

Allgemeines Nicken.

«Bereits unterwegs werden sie alle sein, zu uns pilgern, wie die Kreuzritter dereinst nach Jerusalem. Wer erst zu späterer Stund am Tag des Festes kommt, der wird enttäuscht abreisen müssen, weil keine Fremdenzimmer mehr frei sein werden. Ja, ja, ja, selbst aus Tobelbad werden sie herüberkommen, um zu sehen, dass es bei uns schöner ist als da drüben. Sie glauben mir nicht?» Mit zusammengekniffenen Lidern schaute er zu Mahler. «Einer ist ja bereits da, das habe ich vorhin in der Kirche gehört. Ein seltsamer Geselle. Unten bei der Brücke am Fluss, da soll der seit heute Morgen rumlümmeln, ein eigenartiger Genosse, ein Jud wahrscheinlich, oder noch schlimmer, ein Sozialdemokrat …»

Der Rest des Satzes ging in erneutem schallendem Gelächter unter.

«Zahlen!», schrie schließlich Unterlechner über den Tresen hinweg dem jungen Barmann entgegen. Alle kramten nach ihren Geldbeuteln. Mahler kramte nach dem seinen.

«Sie sind eingeladen, Mahler», sagte Brandstätter, «wäre ja noch schöner, wo wir doch grad so einen Spaß mit Ihnen hatten.»

Mahler steckte das Portemonnaie wieder ein und bedankte sich murmelnd. «Franz Ferdinand, Freud, ein Südseekönig, tatsächlich», murmelte er und schaute auf die zerrissene, halb abgefackelte, von den Schuhsohlen verdreckte Zeitung auf dem Boden. Ja, er würde zum Fest mitkommen. Er würde Freud kennenlernen. Und diesen *Maori*-Krieger. Er würde mit den beiden für Fotos posieren! Auch mit Franz Ferdinand würde er zusammenstehen. Er war ja nicht nachtragend, im alten Leben war er das vielleicht gewesen, im neuen war er es nicht mehr. Das hatte er soeben beschlossen.

Er spürte die Kopfschmerzen, den Kater kommen, während ihn Hinteregger, der Arzt, und Schneider, der Schuldirektor, in den herbeigerufenen Fiaker luden. Er schlief sofort ein, wachte erst wieder auf, als der Kutscher ihn am Trenkerhof rüttelte. Er bat den Mann, ihn nicht zur Tür des Bauernhauses zu bringen, wo hinter den Stubenfenstern warmes, goldenes Licht leuchtete, sondern zum Häusl am Wald, dessen Fenster dunkel waren. Der Kutscher stützte ihn, während Mahler sich am Zaun vor dem Häusl erbrach, dort, wo die Erdbeeren besonders schön gediehen. Dann schlief er lange, tief und traumlos. Als er aufwachte, fror er. Es war bereits zappenduster. Sein Kopf hämmerte. Und er erinnerte sich nur noch in Bruchstücken daran, wie der Vormittag verlaufen war.

3

Sie malte sich aus, wie Gustav in diesem Moment durch das Dorf ging, wie seine Schritte auf den Pflastersteinen klapperten, schnell ging er, Gustav war einer, der nicht zögerte, der den Schrecken gerne sofort hinter sich brachte.

Wenn sie selbst jetzt auf dem Weg hinunter nach Toblach wäre, würde sie zögern, stehen bleiben, dreimal umdrehen, es sich wieder anders überlegen, erneut stehen bleiben, Umwege machen, durch den Wald vielleicht, zittern, den Gang verlangsamen. Nach Ausreden suchen, um das, was zu tun war, doch nicht zu tun. Keine Ausreden finden. Weil das Leben zu guter Letzt keine Ausrede zuließ. Doch Gustav schritt wohl eifrig voran, gebückt zwar, wie immer, die Hände zu Fäusten geballt, die Fingernägel ins Fleisch der Handballen gedrückt, schnaubend, stampfend, aber schnell. Sie versuchte sich vorzustellen, wie weit er nun wohl schon war. Vielleicht schon an der Brücke? Sie fragte sich, ob *er* denn immer noch da war. Walter.

Sie hatte am späten Nachmittag vom Trenker erfahren, dass Walter in Toblach war. Der gute, treue Sebastian war aus dem Dorfe zurückgekehrt, hatte die Pferde abgespannt, sie hatte drüben am Zaun, am Rande der Wiese gesessen, mit Gucki wilde Erdbeeren gepflückt, die da besonders gediehen. Die Sonne hatte den hellblauen Himmel erleuchtet, doch hinter den Bergen, im Norden lauerten bereits dunkle Gewitterwolken. Bald würde es blitzen und schütten, so gut kannte sie das Pustertaler Sommerwetter mittlerweile, auch ohne sich je sonderlich dafür interessiert zu haben. Wer sich fürs Wetter interessierte, konnte sich gleich zum Sterben hinlegen.

Trenker war auf sie zugegangen, hatte sich erkundigt, wo

ihr Herr Gemahl wohl zu finden sei. Dabei hätte er doch wissen müssen, wo Gustav war, jeder im Hause wusste, dass er sich seit dem verhängnisvollen Brief in seinem Häuschen verkrochen hatte. Um zu schmollen. Um die Wunden zu lecken. Tagsüber, wenn die Menschen ihn hätten sehen können, war er seitdem, soweit sie wusste, nur zweimal daraus hervorgekrochen. Bei ihrem gemeinsamen Spaziergang zum See, wo er ihr auf unverschämte Art mit ihren Liedern kam. Dass er sie nun noch einmal ... Dass die doch ganz gelungen ... Pah! Natürlich waren die ausgezeichnet, nur verstand er das nicht. Er würde es nie verstehen.

Gestern dann, ganz zufällig, hatte sie Gustav frühmorgens tatsächlich erneut aus dem Häuschen treten, zum Hang, zum Wald laufen sehen, er hatte wohl beschlossen, seine morgendliche Runde wieder aufzunehmen, so hatte sie anfangs vermutet. Kurz hatte sie gehofft, das wäre nun wohl der erste Schritt hin zur alten Normalität. Es irritierte sie, dass sie sich so sehr danach sehnte. Dabei wusste sie doch, dass es niemals im Leben möglich war, zu alter Gewohnheit zurückzukehren. Am frühen Nachmittag sah sie dann, wieder zufällig aus dem Fenster blickend, wie er aus einem Fiaker stieg, wie der Kutscher ihn ein paar Schritte begleitete, wie sie am Zaun vor dem Häusl stehen blieben, ja, genau da, wo die Erdbeeren wucherten, was ihr höchst seltsam vorkam. Was machte er da? Er, der Erdbeeren, überhaupt Obst, verabscheute?

Sie sagte Trenker, ihr Gemahl sei bestimmt unten im Häuschen, er arbeite, das Komponieren, die *Zehnte*, so viel Arbeit. Was er denn von ihm wolle, hatte sie Trenker noch gefragt. Unten im Dorf sei jemand, der ihn suche, hatte der geantwortet. Im Dorf? Wer denn? Sie hatte sofort eine schreckliche Ahnung gehabt. Walter hatte ihr geschrieben, dass er kommen wolle, sie hatte ihn ignoriert, nicht glauben können, dass er es ernst meinte.

«Ein Verrückter», hatte Trenker weiter geantwortet, «wahrscheinlich einer, der aufs Wiesenfest will. Der hat sich im *Hirschen* ein Zimmer genommen, treibt sich seit gestern herum, sitzt viel unten an der Brücke in der Sonne. Schaut in den Bach. Vielleicht ist's auch ein Lebensmüder, wer weiß. Passanten fragt er nach Ihrem Mann, ein Verehrer seiner Musik vielleicht?»

Mit klopfendem Herzen eilte sie Trenker hinterher, überholte ihn. Sie stürmte in Gustavs Häuschen. Gustav schaute erschrocken vom Klavier auf.

«Er ist da», sagte sie. Mehr musste sie nicht sagen.

Gustav hatte wohl sofort verstanden, von wem sie redete. «Wo?», fragte er nur.

«Unten in Toblach, bei der Brücke am Bach.»

Kurz schien die Zeit stehenzubleiben. Dann er: «Ich hole ihn selbst.»

Sie schaute aus den Stubenfenstern des Trenkerhofs hinaus, nichts regte sich, nichts veränderte sich, es war wie das Betrachten eines Aquarells. Die saftig grünen Wiesen, die steilen Wände, die Felsen, die Berge. Der Schatten der Nacht legte sich langsam über das Aquarell. Sie wusste nicht, worauf sie hoffte, was genau sie ängstigte. Sie hoffte nur, dass die Angst verging. In der einen Sekunde hoffte sie, im Dunkel einen Schemen, einen Menschen auftauchen zu sehen. In der nächsten hoffte sie, niemand würde kommen, die ganze Nacht lang nicht. Nie wieder.

Vorhin, als Gustav schon weggeeilt war, um Walter zu holen, war sie noch ein wenig im Komponierhäuschen geblieben. Sie hatte sich umgeschaut. Die Notizen am Klavier, sie hatte sie in die Hand genommen, überlegt, sich hinzusetzen, die Melodien vor sich hinzusummen, vielleicht auf dem Klavier ein paar der Töne zu spielen, zu überlegen, was sich ändern ließe. Sie hatte es bleiben lassen. Stattdessen hatte sie versucht, die Notizen am Rande zu entziffern, sie waren beinahe unleserlich, mehr als sonst, sie tat sich schwer. Dann. Sie erschrak. *Erbarmen!*, stand da. *O Gott! Warum hast du mich verlassen! Dein Wille geschehe. Der Teufel tanzt es mit mir! Wahnsinn, fass mich an, verfluchter! Vernichte mich!*

Jetzt sah sie weiter auf die Wiesen, auf den Weg, der nach Toblach führte. Schließlich tauchten zwei Schatten auf, die näher kamen. Einer weiter vorne, einer ein paar Schritte dahinter. Gustav erkannte sie am schnellen verkrampften Gang. Der Zweite musste Walter sein. Sie schloss die Augen, wollte nicht sehen, wohin sie gingen. Runter zum Häuschen oder zum Hofe herauf. Sie presste die Lider aufeinander, öffnete die Augen erst wieder, als es gegen die Hoftür pochte. *Erbarmen! O Gott! Warum hast du mich verlassen! Dein Wille geschehe. Der Teufel tanzt es mit mir! Wahnsinn, fass mich an, verfluchter! Vernichte mich!*

4

Es war alles wortlos vor sich gegangen. So wie Mahler es sich gewünscht hatte. Er hatte ihn an den Büschen bei der Brücke entdeckt. Auch Gropius hatte ihn sofort erkannt. Als er aufblickte, drehte Mahler sich um, schlug langsamen Schrittes den Rückweg wieder ein, sah sich nach hundert flüsternd gezählten Schritten einmal kurz um, ohne stehen zu bleiben. Ja, Gropius folgte ihm. Mahler zwang sich, nicht erneut über die Schulter zu schauen, sondern schweigend weiterzugehen, bis zum Trenkerhof. Anfangs bemühte er sich noch, weiterhin langsam zu gehen, schließlich wurde ihm klar, es würde ihm nicht gelingen. Er hetzte, wie immer.

Als er den Hof erreichte, pochte er an die Tür, die sich in genau dem Moment krächzend öffnete, als Gropius, bisher stets einige Schritte hinter ihm, neben ihn trat.

Alma musste sie vom Stubenfenster aus beobachtet haben. Sie sah zu Gropius, dann zu Mahler. Er betrachtete ihr Gesicht, auf dem die Schatten der Nacht lagen. Sie trat zwei Schritte auf den Hof hinaus, auf Mahler zu. Er machte einen Schritt zurück, zeigte auf Gropius. «Sprecht», sagte er, drückte sich an Alma vorbei ins Haus.

Er wollte nicht zu Gucki gehen, seine Schwiegermutter nicht sehen, Miss Turner auch nicht. In der Stube entdeckte er Trenker. Er war sich gewiss, dass der Bauer gelauscht hatte. Mahler war immer noch wütend auf ihn, der im Dorf wohl von seinem Streit mit Alma erzählt und berichtet hatte, dass Mahler getrennt von seiner Gemahlin im Häusl schlief, lebte gar. Doch es war nun, wie es war. Er setzte sich zum Bauern auf die Ofenbank. Was nun wohl geschehen würde? Wie Alma und Gropius entscheiden würden, was er daraufhin tun solle? Rache üben, Vergeltung einfordern, wie die Männer in der Schenke vorgeschlagen hatten?

War er dazu in der Lage? Kurz befand er, dass sich in Toblach sicherlich jemand finden ließe, der die Drecksarbeit für ihn übernehmen würde. Er betrachtete Trenkers Hände, große Bauernhände, Würgerhände. Oder Agnes? Gift in die Suppe? Dann war da ja auch noch Löffler, der Bergführer. Ein Felsensturz an den *Drei Zinnen*? Schließlich landete Mahler bei den singenden Bauern auf dem Felde. Die taten ja alles für Geld. Zweitausend Kronen, würde das reichen? Er hatte keine Ahnung. Die Alternative wäre, sich selbst zu erschießen. Aber war er dazu wiederum imstande? Ach, das war natürlich alles Blödsinn, fuhr es ihm schließlich in den Sinn. Das Morden, der Ehre halber, sich an sich selbst vergehen, des Stolzes halber, das machte man höchstens noch in Schnitzlers wie üblich überdramatisierten Novellen so. Nein, da würde er sich doch lächerlich machen für die Nachwelt. Er hatte vielmehr zivilisiert zu handeln. Würde sie ihn verlassen, musste er sich eben eine neue Gefährtin suchen. Eine, die Alma in den Schatten stellte. Doch das war ja ganz unmöglich, niemand stellte sie in den Schatten. Aber so weitergehen wie bisher konnte es nun auch nicht mehr.

Trenker lehnte sich zu ihm hin, reichte ihm eine Schnapsflasche. «Das hilft», sagte er. «Gegen alles.»

Mahler trank, der Schnaps wärmte ihm den Rachen, die Brust. Er hörte das Quietschen der Tür, Schritte, die auf dem Steinboden hallten, ihre Schritte, er hätte sie stets unter Millionen herauserkannt. Das Holz knarzte, als sie in die Stube trat. Trenker starrte sie an, ekelhaft neugierig. Sie setzte sich neben ihren Gemahl, er roch sie, spürte sie, als sie ihre Hand auf seine legte. Jetzt erst sah Mahler, dass vier ihrer Fingerkuppen verbunden waren. Blutstropfen auf dem weißen Verband.

«Lass uns zu Bett gehen.» Sie erhob sich. Zog ihn mit hoch. «Gute Nacht, Sebastian», sagte sie noch.

Nein, er würde nicht töten. Nicht töten lassen. Sich nicht selbst morden. Er würde jetzt schlafen gehen. Er würde Gucki noch einen Kuss auf die Stirn drücken, Alma die blutigen Verbände an den Fingern abnehmen, die Stichwunden, die vernarbten Fingerkuppen, einbalsamieren, mit der Kräutersalbe, die er in Toblach vor langer Zeit besorgt hatte. Sobald sie schlief, würde er das Nähzeug verstecken, wie er es früher manchmal gemacht hatte. Er würde schlafen, hoffentlich nicht träumen, hoffentlich nicht von Pan, der ihn verführte, begehrte, nicht die immer gleiche schwammige Erinnerung von New York, die ihm letzthin immerzu im Traume widerfuhr. Morgen war ein neuer Tag. Bald war Wiesenfest. Morgen würde nicht alles gut sein. Aber bald. Vielleicht. Hoffentlich.

5

Gertraud kommt gleich», sagte Agnes. Sie saß auf dem Schemel, die Küche roch nach einer Mischung aus Bratenfett und ätzendem Putzmittel. Die Zither lag auf ihrem Schoß, sie spielte mit den Fingern auf dem Instrument herum, ohne einer Melodie zu folgen. Alma schaute zu ihr, schloss dann die Augen.

Es waren wenige Tage vergangen, seit Walter zum Trenkerhof gekommen war. Beklommen dachte Alma an das Gespräch mit ihm zurück. Nachdem Gustav im Haus verschwunden war, hatte sie ihm gesagt, ja, dass sie ihn begehre. Aber nein, dass sie Gustav niemals verlassen könne. Ja, dass er abreisen solle. Nein, dass sie nicht wisse, ob sie sich wiedersehen würden. Ob er wohl wirklich weg war?

Nun beobachtete sie die Köchin. Sie fragte sich, ob diese Frau glücklich war, ob es das gab, von dem manche, besonders hier in den Tälern, erzählten: das kleine Glück. Nicht für sie, Alma, nein, sie würde das nie kennenlernen, für sie gab es das kleine Glück nicht, auch nicht den kleinen Schmerz, nur großes Glück. Dafür war auch der große Schmerz da, so oft. So intensiv.

«Da», sagte Agnes und deutete zum Küchenfenster. Alma blickte nach draußen. Ein mattes, schwaches Licht baumelte durch die Dunkelheit, kam näher, wenig später, eine Minute vielleicht, ein Klopfen an der Küchentür.

Agnes hatte ihr erzählt, dass Gustav morgens stets zu ihr kam, bei ihr frühstückte, sie bat, ein wenig auf der Zither zu spielen, bloß keine Melodie und schon gar keinen Walzer. Einfach nur irgendwas Unzusammenhängendes, Unüberlegtes. Manchmal, so hatte ihr Agnes erzählt, schloss er dabei die Augen. Manchmal fuhr er dabei mit den Armen in der Luft umher, wild fuchtelnd, so als dirigierte er.

Doch dafür war es noch zu früh. Viel zu früh. Tiefste Nacht. Als die Tür sich quietschend öffnete, stampfte nicht Gustav zur Tür herein, sondern tatsächlich Gertraud, die Wirtin des *Goldenen Hirschen*. Ihre Nase war rot, ihre Wangen waren weiß, die Nächte waren kälter geworden. Sie schauten beide zu ihr, erwartungsvolle Blicke. Sie schüttelte den Kopf. «Nichts», sagte sie.

Alma sah enttäuscht zu Boden. Sie hatte so sehr gehofft, es würde klappen, so wie es bereits vor ein paar Tagen geklappt hatte. Und auch im vergangenen Sommer. Der junge Bauer hatte stets etwas besorgen können, fünfundsechzig Kronen für eine Handvoll von dem Kraut, dessen Samen er sich vor vielen Sommern, wie Agnes erzählt hatte, von einem Weltreisenden hatte geben lassen. Er hatte die Samen irgendwo bei einer Lichtung im Wald eingepflanzt, er verriet niemandem, wo genau das Kraut wucherte. Er erntete es, und denen, denen er es teuer verkaufte, riet er, es wie Tabak zu rauchen und dabei tief zu inhalieren.

Heute also nichts. Agnes holte die Flasche mit dem Selbstgebrannten aus einer der Küchenschubladen hervor. Dann eben Schnaps. Die Gläser sparte sie sich. Alma löste den Verband, weil Gustav ihn stets so eng zog, so, dass sich die Finger kaum krümmen ließen, so, dass sich die Flasche kaum halten ließ. Sie nahmen große Schlucke. Der Vollmond erleuchtete den Garten des Trenkerhauses, die Wiesen und Weiden um den Hof, die tannengrünen Wälder, das helle Gestein der Dolomiten.

Gertraud erzählte von den Männern im Dorf, wer schon mit wem und wer mit wem noch nicht, wem sie schon alles eine Watsche verpasst und in wen sie heimlich verliebt war. Agnes erzählte von ihrem Jugendfreund, der, Gott hab ihn selig, vor vielen Jahren schon an der Großen Zinne in die Tiefe gestürzt war. Sie erzählte, dass der Sebastian, der Trenker, ihr manchmal tollpatschig den Hof zu machen versuchte, aber dass der leicht zu verscheuchen sei, der Hosenscheißer. Sie erzählte, dass sich einmal einer von Mahlers Gästen zu ihr in die Küche verirrt hatte. Ein fescher Bub, in den sie sich ein bisschen verguckt hatte. Der Frechdachs hatte ihr am Tag seiner Abreise einen Kuss auf den Mund gedrückt. Ossip, so habe der geheißen. Ossip! Gabrilowitsch! Alma schrie ungläubig auf. Dann grinste sie, drückte der Köchin ihrerseits einen Schmatzer auf die Wange. Ossip, ach Ossip. Es tat nicht weh, es tat gar nichts mehr weh, als Gertraud eine Melodie zu summen begann, eine neue, so noch nie gehört schöne, so zärtliche, jungfräuliche, zerbrechliche Melodie. Eine alles Leid in schöne Schmerzen umwandelnde Melodie, die, so erzählte die Wirtin, Alma konnte es kaum glauben, Gustav ihr eines Nachmittags im *Hirschen* ins Ohr gesummt hatte.

Alma beschloss, später zu ihm zu gehen, das Feuer wieder zu entfachen, falls es, wie sie vermutete, wie so oft, ausgegangen war. Ihn zuzudecken, falls er, wie immer, im schlafenden Wahn die Decke von sich gerissen hatte. Sie beschloss, nach den Skizzen der *Zehnten* zu suchen, nach dieser Melodie zu suchen. Falls er sie nicht notiert haben sollte, musste sie unbedingt zu den Notizen hinzugefügt werden. Diese Melodie, diese schöne Melodie. Die *Zehnte*, die *Zehnte*. Seine *Zehnte*, ihre *Zehnte*. Der schöne Schmerz.

Noch einen Schluck. Sie dachte an New York, sehnte sich dorthin, das hier, das Zusammensitzen in dieser Bauernküche erinnerte sie an New York, zumindest ein bisschen. Wie eigenartig.

Neben ihr kicherte Gertraud. Sie habe es wieder einmal geschafft, im Vorfeld des Wiesenfests alle reinzulegen, das ganze Dorf, erzählte die Wirtin glucksend. Dann sprach sie mit verstellter Stimme. «Ich bin Paratene Te Manu, König der Maori, ich komme vom Land der langen, weißen Wolken zu euch.»

Beide Frauen lachten.

Agnes sagte gackernd: «Und ich bin Prinzessin Huria, die schöne Huria.»

Die beiden sprangen auf, tanzten miteinander durch die Küche.

Alma lächelte zufrieden, dann schloss sie die Augen.

«Wienerin!», hörte sie Agnes noch sagen. «Bist unseren Schnaps nicht gewöhnt?»

Alma öffnete die Augen wieder, doch die Lider wogen schwer. Sie wollte doch noch zu Gustav, sie musste zu Gustav. Die Melodie! Die *Zehnte*! Vielleicht würde sie aber auch einfach nur hier einschlafen. Lange schlafen. Traumlos.

6

New York, Dezember 1909

New York! New York! Weihnachtszeit! Toscanini! Mahler hatte geahnt, dass er kommen würde. So eine Unverschämtheit. So etwas machte man nicht. Bis dahin war der Abend bei Otto H. Kahn mit Empfang, Dinner und angeregter Konversation doch ganz anständig verlaufen. Er hatte alles verdrängt, das viele, das zu verdrängen war. Toscanini. Dessen Triumph. Die eigene Komponierblockade. Das Kind. Das tote Kind, dessen Namen er sich verboten hatte, je wieder auszusprechen.

Ein kaltes Weihnachten, das erste ohne sie, hatten sie bereits hinter sich gebracht. Draußen ein Blizzard. Menschen, die sich an Büsche klammerten. Ja, es gelang hier in New York viel besser, ihren Tod zu verdrängen. Auch wenn mit dem Verdrängen schlechtes Gewissen einherging. Durfte er das? Versuchen, den Tod des Kindes wegzuschieben? Den Namen, das Gesicht, das kleine Leben zu vergessen versuchen? Nun stand das zweite Weihnachten an.

Er schaute zum Wagenfenster hinaus, die dunklen Häuser huschten vorbei, die Lichter zogen sich zu langen Streifen. Schneeregen, Wind. Sie fuhren schnell, Matsch spritzte auf die Bürgersteige, auf denen die Menschen, so viele Menschen, umherhasteten. Mahler seufzte. Nun war alles gut. Nun war der Abend mit Toscanini nicht nur überstanden, er hatte ihn auch besiegt. Zumindest dieses eine Mal. Toscanini war abgezogen, hatte Kahns Villa schmollend, laut leidend verlassen, wie es die Italiener so machten, anstatt sich still und dezent der Schmach hinzugeben.

Mahler spürte Alma neben sich, sie rutschte unruhig hin

und her, wie immer, wenn sie hibbelig war, wenn sie Lust hatte, die Nacht ins Unendliche zu ziehen. Ein Abenteuer zu erleben. Er hatte anfangs keine Lust gehabt, natürlich nicht. Schon seit Stunden fragte er sich, wie er hier nun bloß schon wieder hineingeraten war. Er hatte geschimpft, den ganzen Abend über, die Worte halb in sich hineinfressend, halb vor sich hinflüsternd.

Es war ärgerlich genug, dass er die Einladung überhaupt angenommen hatte. Noch ärgerlicher war, dass er sich nicht informiert hatte, wen der Eisenbahnermilliardär, Kahn, der angeblich niemals mit weniger als fünfzig Leuten speiste, noch so alles in seine 126-Zimmer-Villa eingeladen hatte. Welch Nachlässigkeit. Hätte er von Toscaninis Erscheinen gewusst, hätte er sich auf den Kampf zumindest vorbereiten können. Jegliche Einladung bereitete Mahler sofortige Schweißausbrüche, eine Tür, die zur Hölle führen konnte. Alma riss sie auf, diese Türen. Er fürchtete alles, was sich hinter jeder – jeder! – Tür verbarg. Wenn man nicht wusste, was einen bei einer Einladung erwartete, so konnte einen natürlich auch die Hölle erwarten. So viel war sicher. Mahler war Pessimist, er konnte nicht anders.

Als Alma und Mahler, natürlich mit akzeptabler Verspätung, eingetroffen waren, war Toscanini schon da gewesen. Ein pünktlicher Italiener, auch das noch. Mahlers kleines bisschen Bestreben, den Abend doch irgendwie, mit viel Mühe und Almas gutem Zureden, mit zumindest vorgetäuschtem Genuss über sich ergehen zu lassen, war natürlich sofort hinweggefegt. Toscanini stand da, inmitten von allen und hatte den Saal bereits vollends für sich eingenommen. Laut, breit, klobig, provinziell. So wie er eben war. Warum sah das niemand? Toscanini leuchtete. Und wenn der seine Lampe erst einmal angemacht hatte, leuchtete nichts mehr neben ihm. Wenn Toscanini da war, verschwand alles in seinem Schatten. Mahler sowieso. Sogar Alma.

Auftritt Toscanini, da drehte sich alles zu ihm, verstummte, verneigte sich vor ihm, der Italiener sog alles andere auf.

So war es an diesem Abend bei Kahn gewesen, so war es in ganz New York. New York, das einmal Mahler gehört hatte, bis Toscanini die Stadt einfach so an sich gerissen hatte und dabei über ihn drübergewalzt war. Er war der neue *talk of the town*. Ein Italiener, der anstatt Donizetti und Verdi nun auch Wagner dirigierte. Wo kamen wir denn da hin, wenn die Italiener jetzt auch noch den Tristan dirigierten. Hardimitzn, Götterdämmerung! Das wäre in Europa, Paris, Wien, nie passiert. Dort liebte man die Nuance. Toscanini dirigierte Wagner völlig vernuanciert. Aber hier, in Amerika? Pah! Hier schien man unfähig, zu erkennen, dass man Wagner nicht mit der Walze dirigierte. Sondern mit dem Florett. Es war hoffnungslos.

Gerade eben noch hatten sie Mahler gefeiert. Wie er noch nie gefeiert worden war, nicht einmal in Wien. Nun ließen sie ihn fallen. Nur in Wien hatten sie ihn tiefer fallen lassen.

Und hier in New York sagten sie nun, nur einer wie Toscanini, ja, nur ein feuriger Italiener, könne Wagners Feuer hoch genug lodern lassen. Mahler sei viel zu deutsch für Wagner. Und zu jüdisch noch dazu. Gegen Toscanini kam er nicht an, das spürte er. In Wien, zu seiner besten Zeit, hätten sie so einen von der Bühne gejagt, aber hier – diese Amerikaner, sie waren anders. Nein, bei Wagner durfte man nicht in die Vollen gehen, niemals. Den durfte man nicht italienisch dirigieren. Dessen Kraft entfaltete sich in der Zurückhaltung.

Aber wie sollten die hier das schon verstehen? Mahler hatte die erste Zeit in New York genossen, aber der Applaus hatte ihm die Augen verblendet, dessen war er sich nun gewiss.

Zunehmend missbilligte er das hiesige Publikum, verachtete es sogar. Er war doch keine Unterhaltungsmarionette. Manchmal erwischte er sich sogar dabei, morgens, beim Spaziergengehen durch den Central Park, dass er sich das kritische, unfaire, aber zumindest fachlich auf der Höhe der Zeit befindliche Wiener Publikum zurückwünschte.

Jenes, das ihn verstoßen hatte.

Mahler blickte wieder aus dem Fenster des Wagens. Er kannte die finsteren Straßen nicht, auf denen sie südwärts durch East Manhattan fuhren. Alma wohl schon. War es diese dunkle Gegend, in der sie sich herumgetrieben hatte, während er im *Savoy* mit seinen Dämonen zu kämpfen pflegte? Sie wollte stets hinaus, er wollte das nicht. Ihm war New York vom Hotelzimmer aus lieber. Vormittags ein Spaziergang mit den beiden, mit Alma und Gucki im Park, nachmittags zumindest der Versuch, etwas zu Papier zu bringen, was ihm aber seit Wochen nicht gelang.

Meistens jedoch lag er nur im Bett. Unbewegt, nur manchmal die Lider blinzelnd, manchmal den Speichel im Mund hinunterschluckend. Vor sich hin dämmernd. Dr. Fränkel, der gute alte Joseph, der sich selbst mit einer chronischen Darminfektion herumschlug, kümmerte sich um ihn, sagte ihm, dass das, was ihm widerfahren war, zu viel für einen Menschen sei. Der körperliche Schmerz, der seelische. Er gab ihm Tabletten für beides.

Alma kehrte oft erst mitten in der Nacht zurück, legte sich zu ihm, schreckte aus stürmischen Träumen auf. Schrie. «Putzi! Putzi!», schrie sie. Sie riss die Augen auf, zerrte an ihm. «Siehst du all die toten Kinder nicht?» Sie kratzte sich die Finger wund, zog sich die Haut vom Fleisch. Sie kratzte ihn. «So verschwinden sie langsam, Gustav, so gehen sie weg. Die toten Kinder. Der Schmerz macht sie weg.»

Mahler kannte nur das Helle der Stadt, das Dunkel kannte er nicht. Zwischen den warmen Gelbtönen und dem blutroten Flackern der Laternenketten sah er das Leuchten der Williamsburg Bridge, sie mussten nun wohl in Chinatown sein, von dem man ihm erzählt, was ihn jedoch kaum interessiert hatte. Alma lehnte sich immer wieder nach vorne, bedrängte den Fahrer, schneller zu fahren, an Kreuzungen nicht zu stoppen, in den stockenden Verkehr hineinzudrängen, los, los, die anderen seien sicherlich längst da. Es schickte sich, manche Viertel Manhattans nachts nur in Begleitung eines Detektivs zu besuchen. Der angeheuerte Mann, der auf dem Beifahrersitz saß, wies dem Fahrer den Weg. «Da vorne links, hier jetzt rechts. Nicht da vorne ins Judenviertel rein, hier, rechts, rechts, dann gleich wieder links, in diese Gasse hinein.»

Mahler fragte Alma, ob dieser Detektiv, der ihm unheimlich war, dem Fahrer denn nicht einfach die Adresse geben konnte. Sie lachte. Orte wie der, zu dem sie unterwegs waren, hätten keine Adresse. Sie lehnte sich zu ihm hin, kam ihm so nahe, wie sie ihm schon lange nicht mehr gekommen war, flüsterte ihm ins Ohr, sodass er die Luftwallung, den ihr Mund erzeugte, an seinem Ohr spüren konnte. «Das ist ein Ort des Vergessens, da können wir vergessen, Gustav, endlich vergessen. Für ein Weilchen.»

Vergessen, ja, es gab so viel zu vergessen. Den Tod des Mädchens allem voran. Dass er viel zu lange nicht mehr geschrieben hatte. Toscanini. Das Bild Almas, das sich vor drei Tagen in sein Hirn gefressen hatte. Abends, im Hause Tiffany, als er nach ihr gesucht und sie schließlich gefunden hatte. Nachdem ihn der beinahe immer zugegene Roosevelt, Theodore, bis vor Kurzem noch Präsident, die Labertasche, schon wieder stundenlang mit seinen Löwenjagdgeschichten aus Afrika gelangweilt hatte. Alma, die Mahler erst nicht bemerkt hatte, wie sie am samtenen Vorhang gestanden hatte, wie er zu ihr hingegangen war, wie er dann erst, noch war er ein paar Schritte entfernt gewesen, wahrgenommen hatte, dass sie nicht alleine war, dass da ein Mann bei ihr gestanden hatte. Sie die Hand auf der Schulter des Mannes, er seinen Kopf zu ihr hingeneigt. Das Erschrecken in ihren Augen, als sie Mahler entdeckte, das viel zu schnelle Zucken ihrer Hand. Das Gesicht des Mannes. Gabrilowitsch, lüstern. Ihr verlegenes Kichern. Gabrilowitschs schnelles Verschwinden. Ihre falsche Zärtlichkeit, nachdem sie auf ihn zugerannt war, ihn küsste, drückte. Ihre falschen Worte. «Wo hast du gesteckt? Ich habe dich überall …»

Der Wagen hielt in einer menschenleeren Seitenstraße. Es schneite nicht mehr. Sie stiegen aus dem Wagen. Ein übler Gestank drang in Mahlers Nase. Er würgte. Er hatte viel zu viel Champagner getrunken, obwohl er den sonst nie trank. Sie traten auf eine schwarze Tür zu, der Detektiv klopfte mit dem Griff des Revolvers dagegen, ein Sehschlitz öffnete sich leise knirschend, ein Augenpaar, die Tür öffnete sich, laut knirschend, der Detektiv trat als Erstes ein, Alma folgte ihm geschwind. Mahler zögerte, trat dann ebenso ins warme, rauchgeschwängerte, rot schimmernde Innere.

Zischen, Flüstern, Stöhnen, Menschen dicht gedrängt. Platzangst. Er drehte sich um, wollte weg, nur weg, doch es gab keinen Weg zurück, die Menge hatte sich hinter ihm geschlossen. Es war so dunkel, er spürte nur das Zerren um sich, sah Gesichter nah an ihn heranschweben, verschwinden, bei manchen schien ihm, als schwebten sie wie Geister durch ihn hindurch.

Etwas, jemand packte seine Hand. Alma. Ihre knochigen verschwitzen Finger drückten seine, während sie ihn weiterzog. Dr. Fränkel schwebte auf ihn zu. Louis Tiffany, der Glaserbe. Sie waren also schon hier. Nun kam auch Kahn dazu. Der verrückte Kahn, der ihn und Alma einmal sogar zu einer noch verrückteren neapolitanischen Trance-Zauberin in Little Italy geschleppt hatte, die sie mit der toten Putzi verbinden wollte, was ganz und gar nicht funktioniert hatte.

Nun also diese Höhle hier. Tiffany grinste vergnügt, zufrieden. Fränkel tanzte. Kahn miaute wie eine Katze, warf sich zu Boden und umschlang Almas Beine. Mahler ließ ihn machen. Sollte er doch. Er hatte ihm, nur ihm, den Sieg des heutigen Abends zu verdanken. Welch glorreiche Szene, er rief sie sich nun zum wiederholten Male in Erinnerung, auch wenn sie nur wenige Stunden, zwei vielleicht, her war. Kahn, der zu ihm hingegangen war, ihn in seiner Villa begrüßt hatte, Alma geküsst, beide mit Champagner versorgt hatte, sie herumführte, sie jedem vorstellte, den sie noch nicht kannten. Schließlich gelangten sie bei Toscanini an, der die Menschenmenge um sich mit billigsten Witzeleien versorgte. Der sie ganz bestimmt schon aus dem Augenwinkel beobachtet hatte und nun falsch überrascht tat.

«Mahler, verehrter.» Falscher ging's nicht. «Dann musse Sie Älma sein, madonna mia, iche abe so viele von Ihne ... che bellezza! Biutiful lädy! Great, very great ämäzing! Oh! – My – God! Dio santo in cielo!» Fleischeslüsternder Blick, Augenzwinkern, Zunge über die dicken Lippen schleckend.

Holprigstes Deutsch, falschestes Englisch. Nicht, dass Mahlers Englisch besser war. Aber zumindest hielt er möglichst den Mund. Dann der unvergessliche Einsatz Kahns. «Ah, Mahler, Sie kennen den Mann bereits, Sie sind ...» Fragender Blick zu Toscanini. «Sie müssen ein Gast meiner Gemahlin sein. Italiener? Sie sind bestimmt zu Besuch in unserem schönen Amerika ... Haben Sie sich New York schon angeschaut? Ich empfehle Ihnen, neben den offensichtlichen Sehenswürdigkeiten, auch einen Besuch im Zoo in der Bronx. Umwerfend. Die Nashörner, Giraffen, Elefanten, Affen. So was haben Sie in *Bella Italia* nicht. Davon können Sie erzählen daheim.» Toscaninis verdutztes Gesicht würde Mahler nie vergessen. Was für ein Triumph! Was für ein unvergesslicher Auftritt Kahns.

Kahn, immer noch auf allen vieren, brüllte nun wie ein Löwe.

Fränkel tanzte zuckend, Tiffany grinste immer breiter, winkte ihn und Alma näher heran, drehte sich um, ging tiefer ins Gemenge hinein. Alma folgte, zog Mahler hinterher. Ihm war, als liefen sie durch Katakomben, als träumte er längst. Er fürchtete, all das hier würde ihn in zukünftigen Träumen einholen.

Hier, weiter hinten, war etwas mehr Platz, was es nur noch schlimmer machte, da nun der Schwindel kam, er zu fallen drohte, ängstlich klammerte er sich an Alma. Er wollte zurück ins Hotel.

Tiffany drehte sich um. Flüsterte ihm lallend ins Ohr. «Vergessen oder genießen, Mahler?»

Mahler verstand nicht, was wohl auch sein Gesichtsausdruck verriet.

«Das Opium macht vergessen. Das Haschisch bringt dich zum Lachen, Fröhlichkeit.» Der glasreiche Erbe drückte eine Flügeltür auf, schob einen schweren, dunklen, samtenen Vorhang beiseite. Sie traten hindurch, die Tür schloss sich wieder, der Vorhang ebenso, der Lärm von draußen drang nur noch gedämpft herein. Vereinzelt lagen Männer und Frauen auf großen Kissen, weiter hinten auf Betten. Manche hatten sich auf ihre Ellenbögen gestemmt, saugten an langen Pfeifen.

«Lachen oder vergessen?», fragte Tiffany noch einmal.

Vergessen, überlegte Mahler, vergessen, für ein paar Stunden.

Er bemerkte Almas gierigen, lustvollen Blick. Vergessen, oh, vergessen, was es zu vergessen gab. Vergessen, dass sie eine Hexe war. Die Szene am Vorhang vergessen. Gabrilowitsch! Meuchelmörder. New York. Unerträgliche Stadt. Toscanini! Teufel! Das tote Kind. Sehnsucht. Nach Toblach. Wann würde er endlich wieder in Toblach sein? Er versuchte, die Tage zu zählen … Er sog an der Pfeife, er küsste Alma. Er würde sie nie für sich alleine haben, sie nie besitzen können. Ihm blieb nicht viel Zeit, das spürte er. Wie das schmerzte. Der Schmerz war nicht auszuhalten. Langsam ließ er nach. Vergessen. Der Zoo. Toscanini! Haha. Er dämmerte hinweg.

7

Toblach, Anfang August 1910

Es war alles nach ihrem Geschmack. Eigentlich. Trubel, Frohsinn, Heiterkeit. Doch sie konnte das Wiesenfest nicht genießen. Nicht eine Sekunde. Ihr war, als würde ihr an diesem sonnigen Morgen alles entgleiten. Ihr Plan, ihr Leben, Gustav, Walter. Sie sich selbst.

Sie drängten durch die Menschen, es kam ihr vor, als würden sie von allen begafft, als würden sich alle Gespräche nur um sie drehen, alles Flüstern, alles Schreien. Das, was sie normalerweise am Leben hielt, im Mittelpunkt zu stehen, war ihr nun unangenehm, marterte sie. Auf den Holzbänken saßen die Männer dicht beieinander, manche Gesichter erkannte sie, ohne die Namen zu kennen, andere waren ihr völlig unbekannt, es waren wohl Männer aus umliegenden Dörfern oder Toblacher, die wenig aus dem Hause gingen. Auch aus Bruneck sollten welche kommen. Selbst aus Tobelbad hatten sich Gäste angekündigt. Walter war noch da. Das hatte sie in Erfahrung gebracht. Morgen erst, so hatte sie gehört, wolle er abreisen.

Walter, oh, Walter. Irgendwo da, mitten im Getümmel, musste er sein. Zwischen all den Trinkern, den Schreiern, die mit Bierkrügen anstießen, angetrunken tanzten. Kinder huschten um ihren Rock herum, der etwas zu lang war. Sie hatte ja nicht wissen können, dass diese Wiese in Wahrheit nichts als ein Matschfeld war. Der weiß bestickte Saum war nun braun. Es war eh egal jetzt.

Auf den Bänken schien sich kein Platz mehr zu finden. Eigenartigerweise begrüßte Gustav einige der Männer, die bald um sie herumstanden, beinahe wie Freunde, sie konnte sich nicht daran erinnern, ihren Gemahl jemals jemanden so freundlich begrüßen gesehen zu haben. Woher kannte er diese Menschen? Die Männer klopften Gustav auf die Schultern, drückten ihm und auch ihr ein Bier in die Hand, ebenso ihrer Mutter und Miss Turner. Der kleinen Gucki wurde ein kleineres Krüglein gereicht.

«Holundersaft, selbst gemachter», antwortete einer der Männer auf Almas fragend hochgezogene Augenbraue. «Brandstätter mein Name», kurz stand der Mann stramm wie ein Soldat, grad dass er nicht salutierte.

Sie beschloss, keineswegs auf die unaufgeforderte Vorstellung einzugehen. Sie beschloss vielmehr, sich über etwas zu beschweren. Das war sowieso immer das Beste, sich sofort über etwas aufregen, zumindest wundern, im Beisein von Fremden. So verstanden die, dass man nicht einfach zufriedenzustellen war. Hielten erst mal respektvoll Abstand. «Bier? Ich trinke kein Bier, mein Herr. Und schon gar nicht halte ich so einen schweren Krug. Unverschämt, einer Dame so etwas in die Hand zu drücken. Ich will ein Glas Wein. Besorgen Sie mir ...» Weiter kam sie nicht.

«Wein gibt's heut nicht, Mahlerin! Beim Wiesenfest wird Bier getrunken!» Der Mann schrie fast, klopfte ihr auf die Schulter, ihr Bier kippte über den Rand des Kruges, floss über ihre Hände.

«Gesundheit!», sagte nun ein anderer der Männer, dann hoben alle die Krüge, auch Gustav, nicht so hoch wie die anderen, aber immerhin. Sie stießen die Krüge zusammen, dass es wieder spritzte, dass das Bier wieder überschwappte, von einem Krug in den nächsten platschte.

Die Männer blickten Alma erwartungsvoll an, doch sie machte keine Anstalten, ihren Krug auch nur einen Zentimeter zu heben, sie hielt ihn mit hängendem Arm auf der Höhe ihrer

Hüfte, beinahe wie eine Handtasche. Die Männer drehten sich schnell weiter zu ihrer Mutter, stießen sanft an deren Krug, zu Miss Turner, dann bückten sie sich lächelnd zu Gucki hinunter, stießen ihren Krug gegen ihr Holunderkrügchen. Gucki gluckste und kicherte. Schon lange hatte Alma nicht mehr so ein frohes Lachen im Gesicht ihrer Tochter gesehen.

Sie beschloss, ihre eigene Stimmung zu wandeln. Das ging, wenn man es nur fest wollte. Sie beschloss zu trinken, Bier, warum nicht, irgendwann landete man halt beim Bier. Sie trank, das Bier schmeckte ekelhaft warm, doch gleichzeitig ganz angenehm würzig.

«Wissen wir alles ...», sagte einer der Männer. «... der Trenker hat uns alles gesagt.»

Sie schloss die Augen.

«Dieser Schuft, dieses Schwein», hörte sie eine andere Stimme. «Will es tatsächlich drauf ankommen lassen.»

Als sie die Lider wieder öffnete, sah sie, dass die Männer auf Gustav einredeten. «So soll es also geschehen heute. Auge um Auge. So soll es sein ...», sagte ein Dritter. Dann sprach wieder der, der sich als Brandstifter, oder wie auch immer, vorgestellt hatte. Sie wusste es nicht mehr so genau. «Dem zeigst du's, Mahler. Bumm, bumm, weg die Sau!»

Gustav starrte den Männern mit aufgerissenen Augen in die Gesichter, Alma hatte seine Äuglein, die sich meistens hinter den verschmierten Brillengläsern und schweren Lidern versteckten, noch nie so groß wahrgenommen. Sein Mund öffnete sich, einmal, zweimal, doch es kam kein Wort heraus. Er hob den Krug an seine Lippen, mit beiden Händen hielt er das Gefäß, er trank, schluckte, dreimal, viermal. Als sie bereits glaubte, er wolle den Krug hier nun in einem Zug leeren, setzte er ihn wieder ab. Seine Lippen waren feucht, ein Rinnsal Bier floss ihm übers Kinn.

«Ich, äh, j-ja ...», brachte er nur stotternd hervor.

«Wir machen das, wie besprochen, auf diese Art, Mahler, nicht? Ein schönes, herrliches Duell.» Dieser Brandmeier rieb sich die Hände. «Nicht, Doktor? Oder, Hinteregger?» Er stieß dem Mann, der neben ihm stand, in die Rippen.

Hinteregger keuchte, hob dann den Zeigefinger.

«Jawoll. Schießen. Nicht rangeln. Ich habe noch einmal ins alte Regelwerk geschaut. Zehn Meter. Jeder einen Schuss.»

Alma verstand kein Wort mehr, fürchtete sich jedoch vor den Sätzen, die nun folgen würden.

«Wir haben schon alles vorbereitet, Mahler, mach dir keine Sorgen. Zwei von uns haben den Unhold im Auge, er sitzt übrigens da drüben, ganz vorne, bei der Kapelle.» Der Arzt zeigte in Richtung eines kleinen Holzpodiums.

«Er weiß noch nichts von seinem Glück», quatschte der Brandheini dazwischen. Gelächter. Auch Alma schaute in die Richtung, da sah sie Walter in der Menge sitzen. Gebückt, verängstigt, wie ein Rehkitz, das sich in die Stadt verlaufen hatte. Er sah kurz auf, ihre Blicke trafen sich. Zwei Männer neben ihm drückten ihn wieder auf die Bank, schenkten ihm ein, drängten ihn johlend zu trinken.

Walter. Walter, oh, Walter. Warum bist du nicht sofort abgereist?

«Die füllen ihn grad mit klarem Schnaps ab», sagte nun wieder, ganz sachlich, der Arzt. «Das verschafft dir einen Vorteil, Mahler. Unser Selbstgebrannter bringt die Hand zum Zittern. Bier macht sie müde, die Hand, lässt sie zwar schwer werden, aber auch ruhig. Lass ihn zuerst schießen, er wird sicher verfehlen, dann schießt du in aller Ruhe.»

Alma sah sich verwirrt um. Auch Gucki lächelte nicht mehr, die Kleine verstand ganz sicher nicht, wovon diese Tiere sprachen, doch sie musste die bedrohliche, abscheuliche Stimmung um sich wahrgenommen haben, sie hielt sich an der Schnürl-samthosen ihres Vaters fest, versteckte ihr Gesicht im Stoff.

«Das Duell soll da hinten stattfinden, wo sie den Strauben machen», fuhr der Arzt fort, «da am Waldrand, wo die Kühe stehen. Da ist das Licht perfekt …»

Dieser Brandseppl ging wieder dazwischen. «Aber pass bloß auf, dass du schon auch richtig zielst, Mahler, gell! Nicht dass du uns eine der Kühe erschießt.» Wieder grobes Gelächter. Schultergehaue. Noch ein Schluck.

Gustavs totenbleiches Gesicht färbte sich nun grün. Er packte Guckis Hand, zerrte sie von sich los, schubste sie in Almas Richtung. Alma fing sie auf, Gustav drängte durch die Menge, an zwei Holzhäuschen vorbei, aus denen es dampfte, aus denen der warme Geruch von Wurstwasser zu ihnen herüberdrang, hin zu einem Nussbaum, bald schaute nur noch sein Hinterteil hinter dem Baumstamm hervor, er hatte sich nach vorne gebückt, erbrach sich.

Alma wurde schwindelig, sie drückte den Nagel des Zeigefingers in die Haut des Daumens, der Schmerz holte sie in die Klarheit zurück. Ihre Gedanken rasten. Hoffentlich traf Franz Ferdinand bald ein. Der Erzherzog, er kam doch, oder? So hatte es jedenfalls geheißen. Er würde dieses widerliche Treiben nicht zulassen. So etwas wie Erleichterung legte sich um ihr Herz. Franz Ferdinand, ja, das war die Lösung. Sie räusperte sich.

Die Männer, die gerade damit beschäftigt gewesen waren, Gustav anzustacheln, schauten nun sie erwartungsvoll an. Einer zwinkerte ihr lüstern zu.

«Der Erzherzog», sagte sie, «kommt er bald?» Sie spürte, dass ihre Stimme zitterte, sie hoffte, man würde es nicht hören.

Brandsteiner zuckte mit den Achseln. «Der ist bestimmt bald da, dann soll der dem Duell beiwohnen, der und der König aus der Südsee und dieser Hirnkastlarzt aus Wien ...» Der Arzt schüttelte betreten den Kopf.

Alma trat auf die Zehenspitzen, drehte sich im Kreis, so ein Erzherzog, wenn der denn wirklich kommen sollte, den übersah man doch nicht, der Ferdl, der Franzl, der musste doch mit seiner gesamten Entourage aufkreuzen. Sie lugte nach vorne zu der kleinen Holzbühne, zu den ersten Festbänken. Dort, wohin dieser Brandstaller vorhin geschaut hatte. Sie sah niemanden. Keinen Franz Ferdinand, auch keinen Walter mehr. Walter! Gustav! Ein Duell, bei dem womöglich nur einer überlebte!

Franz Ferdinand! Sie musste ihn schnell finden, er würde dem Schrecken Einhalt gebieten. Musste er doch. Er war schließlich der Herr über alles hier, so etwas konnte er nicht zulassen. Es war kaum zu glauben, dass sie in den vergangenen Sommern nicht bemerkt hatte, wo sie hier gelandet waren. Sie schwor sich, sollten Gustav, Walter, hoffentlich alle beide, wer von beiden auch immer, jemals heil aus dieser Sache wieder rauskommen, nie, nie, niemals wieder in dieses Bergtal zurückzukehren. Sie würde Sommer für Sommer nur noch in zivilisiertes Terrain reisen, wo sich Menschen nicht mittelalterlich duellierten, nicht erschossen. So etwas gehörte nun wirklich ins Reich der Literatur, in Arthurs wunderschöne Romane ihretwegen.

Sie spürte etwas Weiches in ihrem Rücken, das Drücken eines schwammigen Bauches. Franz Ferdinand, dachte sie voller Hoffnung. So – und sie fand es erschreckend, dass sie sich genau daran erinnern konnte –, genau so hatte der Thronfolger stets seinen Bauch gegen sie gedrückt, wenn er ihr, schon betrunken, bei Begegnungen Komplimente ins Ohr flüstern wollte. Sie atmete tief aus. Dann befahl sie ihrem Gesicht zu leuchten, die Lippen nach oben zu ziehen. «Franz Ferdinand, allerliebster!» Sie hatte es schon gesagt, bevor sie sich nonchalant umdrehte wie eine Tänzerin. Sie schaute in die Augen eines Mannes, der ihr zwar irgendwoher bekannt vorkam, sie wusste allerdings nicht, woher. Der dicke Bauch war noch dicker als der des Erzherzogs. Der Dicke steckte in einer fleckigen Soldatenuniform, er trug einen schiffartigen, schwarzen Hut, wie sie ihn nur von Napoleon-Porträts kannte. An seinem Revers hing ein halbes Dutzend Orden. Sie sahen nach billigem Blech aus. Ins Gesicht hatte sich der Mann, mit Kohle wohl, einen Schnauzbart gemalt. Links von ihm stand ein weiterer Kerl. Er trug einen weißen Arztkittel, rauchte Pfeife. Ein dritter Mann stand ganz rechts, in einen Kartoffelsack gekleidet, barfuß, in seinem Haar steckten Hühnerfedern und Knochensplitter, auf sein Gesicht, mit Kreide wohl, hatte er Striche gemalt. Nun hüpfte Sebastian Trenker hinter den drei eigenartigen Gestalten hervor.

Die Männer um sie lachten, klopften sich auf die Schenkel. Die wenigen Frauen kicherten.

«Frau Alma, unser Herr Bürgermeister ...», sagte Trenker und zeigte auf den Napoleon-Verschnitt, «... unser Schuldirektor ...», er deutete auf den Mann, der sich als Pfeife rauchender Arzt verkleidet hatte, «... und ...» Nun erkannte sie den dritten, noch bevor Trenker ihn vorstellte. Es war Franz, der notgeile, geldgeile Bergführer. «... und der Löffler Franz.» Sie roch Erbrochenes. Drehte sich zur Seite. Gustav stand nun wieder neben ihr. Gucki weinte bitterlich, Miss Turner und Mutter versuchten, sie zu trösten.

«Bürgermeister», stotterte Gustav.

Der Bürgermeister schüttelte den Kopf. «Nein, Mahler, nein, nein. Heute bin ich der Erzherzog, euer Erzherzog!»

Alle Umstehenden johlten, hoben die Krüge.

«Wenn der Erzherzog und dieser Doktor Freud sich zu fein sind, aus Wien zu uns zu kommen, so wie eigentlich angekündigt, dann pfeifen wir auf die. Pah! Gell, Freud!» Der Bürgermeister wuschelte dem Schuldirektor neben sich durch die Haare.

«Und wenn dieser Herr Südseekönig aus Neuseeland lieber noch einen Tag länger in München bleibt, anstatt, wie vorgesehen, auf dem Weg nach Venedig unser schönes Wiesenfest zu besuchen, pah, dann pfeifen wir auch auf den! Wir haben unserem Dorffotografen schöne Fotos versprochen ... wo ist er denn, der Unterlechner?»

Einer der Männer, die Gustav vorhin so herzlich begrüßt hatten, trat einen Schritt hervor. «Hier, Bürgermeister. Die Kamera steht bereit.»

Der Bürgermeister nickte zufrieden. Nun, wie auf ein geheimes Kommando, setzte sich alles in Bewegung. Da wurde geschubst und gedrängt. Gustav fasste nach Almas Hand, sie sah ihm ins Gesicht, die Hautfarbe hatte sich nun grau verfärbt, er sah mehr tot als lebendig aus. «Alma ich ...» Weiter kam er nicht.

Die Stimme des Bürgermeisters übertrumpfte ihn. «Herr Mahler, Frau Mahler, kommen Sie mit, wir setzen uns ganz nach vorne ... nein, nein, haben Sie keine Sorge, nicht zu diesem Gropius, den habe ich woanders hinsetzen lassen, diesen Unhold, wir setzen uns da nach rechts, die Musik fängt gleich an, sehen Sie, es geht auch schon los ...»

Alma reckte den Hals, von Walter fehlte jede Spur. Ein altes, gebücktes Männchen betrat die Bühne, offensichtlich der Kapellmeister von Toblach. Der Mann trug keinen Frack, sondern ein zerknittertes, eierschalenfarbenes Leinenhemd sowie Knickerbocker, den Taktstock hielt er fest umklammert. Die wenigen Haare, die er noch sein Eigen nennen durfte, standen nach allen Seiten ab, als wären sie elektrisch aufgeladen. Die Musiker hatten bereits ihre Plätze im Halbkreis eingenommen, Alma hatte gar nicht mitbekommen, dass sie die Bühne betreten hatten. Nun saßen sie stramm militärisch da und warteten auf ein Zeichen des Männleins. Der Kapellmeister hob den Taktstock, verharrte einen Moment, kurz schien es Alma, alles um sie herum wäre still, niemand würde sich bewegen, dann begann die Kapelle zu spielen.

Eins, zwei, drei, eins, zwei, drei.

Die Menge begann zu schunkeln, zu grölen, bald war alles wie zuvor, ein Geschrei, ein Gedränge, nun aber untermalt von Strauss' Dreivierteltakt. Alma und Gustav folgten dem Bürgermeister zur vordersten Reihe, dort angekommen beugte dieser sich zur Gesellschaft hinab, die da saß, flüsterte ihnen etwas zu. Die Gesellschaft schaute vom Bürgermeister zum Schuldirektor, zum Bergführer, dann zu Gustav. Dann standen sie auf und boten den beiden ihre Plätze an. «Alles Gute für später, Herr Mahler», sagte einer und schaute ernst. «Ich bete für Sie.»

Alma lief es eiskalt über den Rücken, nun war es wohl so weit, nun war es unumkehrbar, sie überlegte, ob sie noch irgendetwas tun könne, um alles abzuwenden, das Duell, den Tod. Sie überlegte, was nach dem heutigen Tag mit ihr geschehen würde. So oder so. Eine Bedienung knallte ihr ein neues Bier vor die Nase, der Tisch krächzte unter der Wucht des Krugs, Strauss dröhnte schmerzhaft in ihren Ohren, sie spürte die kalte Hand Gustavs, der zu ihrer Linken saß. Kälter als die Hand einer Leich'.

«Das wird ein Fest, ein schönes Fest, ein ganz wunderbares, das wird, das wird!» Löffler, der Bergführer, drängte sich von rechts immer näher an sie heran. Ein wenig Schaum seines Bieres landete auf ihrem Rock. Er schunkelte unrhythmisch hin und her.

Bemüht, ihn zu ignorieren, lächelte sie dem Bürgermeister zu, der ihr gegenüber saß. Unternahm einen letzten Versuch, das sich anbahnende Unheil abzuwenden. Sie zeigte auf seine Orden. «Der Erzherzog, der echte, meine ich, so ein Depp, nicht?

Sich erst ankündigen, dann einfach nicht auftauchen.» Alma atmete tief aus, sprach weiter. «Ohne den Erzherzog, da werden wir nicht … also ich denke nicht, dass Gustav, mein Gustav, ohne den Erzherzog zur Waffe …» Sie drückte Gustavs Hand noch fester, während der Bürgermeister nach dem anderen Arm ihres Gemahls griff, der auf dem Tisch lag, die Hand kraftlos an den Bierkrug gelegt. Gustav ließ es apathisch geschehen.

«Ich trage die Schirmherrschaft über dieses Fest, also werde ich auch die Schirmherrschaft über das Duell …» Der Bürgermeister schien sehr verärgert.

Sie insistierte. «Das ist doch jetzt alles … wie soll das denn gehen, Gustav, mein lieber Gustav, ging fest davon aus, dass nur im Beisein des Erzherzogs … so ist das natürlich …» Weil der Bürgermeister so geschrien hatte, flüsterte sie besonders beruhigend. «Außerdem besitzen wir gar keine Pistole. Wir brauchen doch eine Pistole, ohne Pistole …»

Nun sprach auch der Bürgermeister wieder mit leiser, aber bestimmter Stimme. «Machen Sie sich doch nicht so viele Sorgen, Gnädigste, um so etwas müssen Sie sich doch nicht kümmern. Wir haben zwar keine Pistolen auftreiben können, aber zwei alte Gewehre. Eins vom Niederköfeler, eins hier vom Schuldirektor Schneider», er boxte dem Mann mit dem Arztkittel in die Hüften, «jetzt müssen wir nur noch entscheiden, wer welche Waffe nimmt. Darf der Jüngere aussuchen, wird per Los entschieden … wie machen Sie denn das in Wien? Ich würde sagen, wir trinken unsre Biere aus, und dann geht's los, was, Männer?»

Die Männer grölten wieder, sodass die Musik beinahe nicht mehr zu hören war. Und dann schrie auch der Bürgermeister wieder: «Weil später sind wir alle zu besoffen, dann können wir uns nur wieder an nichts erinnern morgen, aber an so ein Duell mit unsrem Ehrengast, dem Mahler Gustav, wollen wir uns doch erinnern! Scheißt auf den Erzherzog, den Hirnklempner, den Südseekönig. Gustav Mahler, er lebe hoch …» Die Menge johlte. «Hoch, hoch!»

Gustav flüsterte. Erst verstand sie ihn nicht. Dann doch. «Märtyrer. Dann werde ich eben ein Märtyrer. Zumindest das, Almalein.»

Alma schlug die Hände vors Gesicht, sie umarmte Gustav, sie drückte ihn fest. «Gustav, mein Gustav, ich liebe dich, mein Gustav.»

Er öffnete den Mund, wie ein Fisch im Trockenen, klebrige Silben purzelten daraus hervor. «Alma, Almschi, der Schmerz, der Schmerz.»

Sie streichelte ihm über den Kopf, küsste seine Wangen, sie sah durch das Gewirr seiner Haare hindurch Walter, er war also wiederaufgetaucht, wurde von zwei Männern festgehalten, die doppelt so groß wirkten wie ihr Geliebter. Die Männer schrien etwas, Walter schrie zurück, panisch, doch sie konnte die Worte nicht verstehen.

Erneute dachte sie an die letzten Minuten mit Walter, die letzten Worte nachts am Trenkerhof. Sie hatte ihm gesagt, er hätte nie, niemals kommen dürfen, er hätte nie den Brief an Gustav adressieren dürfen, seine Versicherungen, bettelnd, flehend, es sei ein Versehen gewesen, glaubte sie ihm keine Sekunde.

Er wollte dahin, wo sie waren, ins Licht, ohne zu wissen, der Arme, der Junge, der Dumme, dass auch im Licht so viel Schatten war. Walter war ein Niemand, ein liebenswerter, tollkühner Niemand. Sie würde Gustav, den Sterbenden, das spürte sie, jetzt mehr denn je, dass er ein Sterbender war, sie würde ihn, Gustav Mahler, den Großen, nie für einen Niemand verlassen. Gustav würde sterben, jetzt oder bald. Sie würde leben.

Walter zerrte an den Männern, die ihn festhielten. Er schrie, doch sie hörte nur die schrägen Klänge der Kapelle, sie spürte das Drücken, das Drängeln, sie roch das nasse Gras, den Schweiß, das Bier, den Gestank von gebratenem Fleisch. Alle waren aufgestanden, sie war wie automatisch auch aufgesprungen, zwei Männer hatten Gustav unter die Arme gegriffen, ihn hochgehoben. Ihr war, als zögen die Erlebnisse ihres Lebens vor ihrem inneren Auge vorbei. Sie kannte das. Das war ihr in jungen Jahren immer wieder passiert, wenn sie zu viel Champagner getrunken hatte. Es war schön, weil für einen Moment alles ganz leicht war. Sie, ein junges Mädchen, das sich in den begehrtesten Junggesellen Wiens verliebte. Die sich ihn holte. «Wien, Wien!», hauchte sie. Und sah nur Toblach. Verdammtes Toblach.

Der Bürgermeister hatte sich einige Schritte entfernt, er diskutierte mit ein paar der anderen Männer. Wild. Zornig. Auch der Dorffotograf stand dabei, die Kamera hatte er auf ein Holzgestell geschraubt.

Alma entdeckte Trenker, irrigerweise ebenso Agnes, die wütend schaute, ganz rot im Gesicht war. Noch nie hatte Alma die liebenswerte Köchin so wütend gesehen. Da standen auch der als Dr. Freud verkleidete Schuldirektor, der als Südseekönig verkleidete Löffler, Wirtin Gertraud aus dem *Hirschen*, der Brandhuber, der singende Bauer vom Felde, der Dorfarzt. Die Kapelle spielte nun noch lauter, keinen Walzer mehr, einen Marsch, einen Kriegsmarsch, die Gesichter der Männer wurden zorniger und zorniger, sie winkten weitere Männer zu sich heran, die aufsprangen, ihre Frauen sitzen ließen, ihre Kinder auf die Stirn küssten, herbeisprangen, schrien.

Bald strömte alles nach Norden, dorthin, wo der Eingang zum Wiesenfest war und die Festbesucher durch einen Rosenbogen auf die Wiese traten.

«Was, was ...», stotterte Alma. Sie ließ sich auf eine Bank fallen, Gustav setzte sich neben sie. Er atmete schwer, und doch schien ihr, als habe er sich etwas erholt. Die Musik hatte ausgesetzt, der alte Kapellmeister war von der Bühne gestiegen, er stand etwas unschlüssig vor ihnen, schaute umher. Sie lud ihn mit einer Geste ein, sich doch zu ihnen zu setzen.

Er plumpste auf die Bank, atmete tief aus. «Die Brunecker kommen», sagte der alte Mann im zerknitterten Leinenhemd und grinste neckisch, «jetzt wird gerauft, unsere Buben werden's den Bruneckern zeigen.»

Nur noch eine Handvoll Musikanten saßen auf ihren Plätzen, nur noch die älteren. Und die Frauen. Die jüngeren hatten ihre Instrumente auf den Boden gelegt, waren dem Pulk nach Norden gefolgt.

«Eigentlich wollten sie erst nachmittags kommen, die Brunecker. Jetzt sind sie doch schon da», fuhr der Kapellmeister fort. Er griff nach einem Bier, nahm einen tiefen Schluck. «Pause», sagte er dann und seufzte. Noch ein Schluck, dann pfiff er leise irgendetwas recht Melodiebefreites vor sich hin.

«W… was jetzt?», stotterte Alma.

«Euer Duell könnt ihr vergessen, daran wird sich keiner erinnern, wenn sie nach der Prügelei zurückkommen. Da hat dann keiner mehr Lust darauf, da wollen die Bier trinken, gemeinsam mit den Bruneckern. Dann wollen die sich versöhnen, da spielen wir dann noch ein paar Polka, dann wird gegessen, Wurst, Strauben, geschossen wird dann nicht mehr. Kein Duell heute. Vielleicht ein andermal. Nächstes Jahr, beim nächsten Wiesenfest.»

Gustav starrte ins Leere. Am Nebentisch lag Gucki auf dem Schoß ihrer Mutter, die Augen fielen ihr beinahe zu. Miss Turner hielt die Hand der Kleinen. Alma schaute sich um, die Frauen an den andern Tischen kicherten, der leichte Sommerwind trug den Geruch des Gebratenen umher, leise war aus weiter Ferne noch immer das Brüllen der Männer zu hören, der Toblacher und wohl auch der Brunecker.

Die Frauen rissen Stückchen vom Strauben ab, es roch nun nach gekochter Johannisbeermarmelade.

Die Sonne erhitzte Almas Gesicht.

Zwei der Frauen kamen auf sie zu, brachten ihnen und dem Kapellmeister zwei Strauben, lächelten freundlich.

Walter war wohl weg. Ob er mit den Männern mitgelaufen war? Alma wusste es nicht. Sie bemerkte, dass ihre Hand immer noch auf Gustavs lag. Sie hob sie hoch, kurz klebten sie aneinander, es zog ihre Haut nach unten, seine nach oben, dann lösten ihre Hände sich mit einem leichten Kitzeln.

«Walter reist morgen ab», sagte sie leise, emotionslos.

Gustav nickte. Und starrte ins Leere.

Alma biss in ein Stück Strauben, deutete auf den Rest, der vor Gustav auf dem Teller lag.

Gustav hob abwehrend die Hand. «Danke, nein. Du weißt ja.»

8

Sie standen vor dem Waggon. Die Szene kam Mahler durchaus skurril vor, er fragte sich, was ihn wohl dazu getrieben hatte, ihr überhaupt beizuwohnen. Irgendetwas schien der gestrige sonnige Augusttag dieses sonst so regnerischen Sommers in sich getragen zu haben, er schien etwas verwandelt zu haben.

Er fühlte sich, so eigenartig ihm das auch vorkam, dem Mann verbunden, der da nun wieder vor ihm stand, der ihm seine Frau hatte entreißen wollen, mit dem ihn seine Frau betrogen hatte, daran gab es gar keinen Zweifel. Gropius stand da vor ihnen beiden, seine Gepäckstücke wurden das schmale, blecherne Waggontreppchen hochgehievt, der junge Baumeister schaute etwas verlegen zu Boden, tapste von einem Fuß auf den anderen. Mahler starrte ihn an, befahl sich selbst, nicht verlegen, sondern stark zu wirken, es verwunderte ihn sehr, dass es ihm gelang.

Um sie herum schwätzten die Leute unangenehm laut. Es ging, wie Mahler hörte, wieder einmal um den Kronprinzen, es hieß, dieser hätte es gestern leider nicht geschafft, am Wiesenfest teilzunehmen. Wichtige Termine in Wien, er würde in wenigen Tagen jedoch eine Stippvisite machen, auf seinem Weg nach Venedig. Der Besuch des Südseekönigs blieb weiterhin ein Gerücht. Mit Freud rechnete wohl niemand mehr. Mahler war es einerlei.

Alma trug Schwarz, von Kopf bis Fuß. Was war denn das nun schon wieder für eine Andeutung? Mahler fragte sich, wie es wohl wäre, in einer Welt zu leben, in der es keine Andeutungen gäbe, in der jede Geste unverklausuliert, jedes Wort wörtlich und frei heraus ehrlich gemeint wäre. Eine Welt der absoluten, reinen Liebe? Oder wäre es die Hölle? Er tippte auf Letzteres.

Mahler dachte an das gestrige Wiesenfest zurück. Gropius hatte sich nicht mehr blicken lassen, es war alles genau so gekommen, wie der Herr Kapellmeister es ihnen prophezeit hatte. Die Männer waren bald schmutzig, verschwitzt, blutend von der Rauferei auf die Wiese zurückgekehrt, mancher hielt einen Zahn in der geballten Hand, ein anderer ließ sich mit kalten, rohen Würsten sein blaues Auge kühlen. Die, die Frauen hatten, ließen sich von ihnen küssen, umsorgen, Biere bringen. Die, die keine hatten, gesellten sich Arm in Arm mit den Bruneckern an die Getränkestände, bestellten Bier für alle.

Gropius? Der Bürgermeister hatte Mahler beiseitegenommen, den Arm um ihn gelegt. Er wusste zu berichten, dass die Toblacher ihn mit zur Rauferei geschleppt hatten, dass er anfangs etwas verloren am Rande des Pulks gestanden, sich dann aber ins Getümmel gestürzt hatte. «Ich bin ein Husar, ein wilder Husar», habe er geschrien und wie verrückt um sich geschlagen, einiges einsteckend, aber durchaus auch viel austeilend. Am Ende lag er erschöpft am Boden. Zwei Brunecker sollen ihn in sein Hotelzimmer gebracht haben. Er soll etwas verbeult gewesen sein, aber guter Dinge. «Feiner Kerl, dieser Gropius, auch wenn», kurz schaute der Bürgermeister verlegen, «... na ja, das mit Ihrer Gemahlin, das gehört sich natürlich nicht, so etwas macht man nicht, aber guter Mann! Hat sich tapfer geschlagen!»

Zurück bei Tisch, hatte Gustav Alma berichtet, dass es Gropius gut ging. Den Umständen entsprechend. Er wusste nicht, warum er ihr das mitgeteilt hatte. Er verstand so vieles nicht mehr. Dieser Tag, die letzten Tage, sie waren zu viel für eine Menschenseele. Zu viel für ihn. Er spürte, dass er sich nie wieder davon erholen würde. Nie wieder der alte Mahler sein würde. Er spürte, dass es Zeit war, die Dinge zu Ende zu bringen. Die *Zehnte*. Hoffentlich gelang es ihm noch.

Die Musikanten, einige von ihnen sichtlich lädiert, waren wieder auf die Bühne zurückgekehrt. Sie spielten Walzer.

Später befahl der Bürgermeister dem ganzen Dorf, sich drüben bei den Zirben aufzustellen, auch ein paar Brunecker gesellten sich dazu. Der Bürgermeister – die Uniform war mit braunen Flecken versehen, ein paar der blechernen Abzeichen waren aus dem Stoff gerissen – stellte sich ganz nach vorne, in die Mitte. Zu seiner Rechten stand der Schuldirektor, der Arztkittel war ebenso zerrissen, die Pfeife rauchte, zur Linken Löffler, der Kartoffelsack war noch heil, doch als er grinste, sah man, dass ihm die Schneidezähne fehlten.

Unterlechner zog Alma herbei, Mahler, auch die Frau Mama und Miss Turner und Gucki, er quetschte sie zwischen die Toblacher, dann positionierte er sich mit seinem Kameragestell vor die Gesellschaft, schaute in die Linse, deutete dem einen, weiter nach links zu gehen, dem anderen, weiter nach vorne zu kommen. Schließlich allen, still zu stehen. Dann puffte die Kamera, dann atmeten alle aus und gingen auseinander.

Mahler und Alma machten sich erschöpft auf den Weg zum Trenkerhof. «Morgen um elf geht sein Zug», flüsterte Alma, als sie am späten Nachmittag dort ankamen.

Der Schaffner blies in die Trillerpfeife. Der Zug zischte und pfiff, die Menschen am Bahnsteig zappelten und lärmten. Mahler sehnte sich nach Ruhe, Stille. Gropius schaute immer noch zu Boden wie ein Schuljunge. Alma wirkte wie nicht anwesend. Eine Schablone. Eine Trauernde auf einem Begräbnis. Mahler lag eine Frage auf den Lippen, doch er schaffte es nicht, sie auszusprechen. *Was wollten Sie hier eigentlich, Gropius, um die Hand meiner Frau anhalten?* Das wollte er fragen. Er tat es nicht.

«Dann ...», sagte Gropius und schaute nun doch noch auf, verlegen, Mahler ins Gesicht.

«Dann», sagte Mahler streng. Etwas zu streng vielleicht. Alma schwieg.

«Ich ... ich ...», stotterte Gropius.

«Schon gut», erwiderte Mahler.

«Ich danke Ihnen, Herr Mahler, für Ihre Noblesse. Mein Leben war in Ihren Händen. Ich ... ich wünschte, ich wäre Sie. Ein Stern. Ein glücklicher Stern, der ewig leuchten wird.»

Dann stieg er ein. Zu Alma schaute er nicht mehr.

Die Türen schlossen, dann stöhnte und schnaubte der Zug und rollte an. Mahler betrachtete Almas Profil, sie war immer noch schön, so schön. «Ich wünschte, für einen Tag noch so jung zu sein, so stark zu sein», flüsterte er, so leise, dass Alma es nicht hören konnte.

9

In den folgenden, meist bewölkten, selten sonnigen Tagen war er unten im Komponierstüberl, selten kam er hoch zum Trenkerhof. Zum Mittagessen, zum Abendbrot. Und, scheinbar unbemerkt, manchmal nachts.

Ja, er musste des Öfteren, weit nach Mitternacht, hergekommen und durch die Zimmer geschlichen sein. Sie wusste es, da sie die Türen zu den Gemächern nachts stets offen stehen ließ, weit offen. Morgens waren sie verschlossen. Allesamt. Alle paar Tage. Und einmal, als sie durch ein leichtes Rütteln aus dem Schlaf geschreckt worden war, da hatte sie ihn an ihrer Bettkante sitzen sehen. «Gustav, was machst du da?», hatte sie noch im Halbschlaf gefragt.

«Schlaf weiter», hatte er geantwortet. «Schlafe, atme, ich will dich nur atmen hören. Ich habe dich nur … ich wollte dir nur … ich habe dich nur kurz geweckt, weil ich dir sagen wollte … Ich werde dir die *Achte* widmen. Sie soll ja bald uraufgeführt werden. In München. Meine *Achte*. Sie soll auch deine *Achte* sein.»

Sie hatte natürlich lange kein Auge mehr zugetan. Er hatte noch nie jemandem etwas gewidmet. Das ließ sie erschrecken.

Sie hatte das Treffen in die Wege geleitet. Der gute Nepallek hatte den Kontakt schließlich hergestellt. Erst schien es, als würde der berühmte Psychiater ablehnen, die Anfrage schlicht ignorieren, dann kam doch die frohe Nachricht. Ein Treffen. In den Niederlanden. Gustav zierte sich außergewöhnlich wenig, außergewöhnlich kurz. Schnell war er einverstanden. Sie erhoffte sich viel, auch wenn sie nicht genau wusste, was. Viel-

leicht, dass Freud alles anders, alles gut werden lassen würde.
Dass Gustav als ein anderer zurückkommen würde. Irgendwie.
Sie klammerte sich an die Hoffnung, die mit jedem verflossenen
Tag ein wenig starb. Und mit ihr auch er.

10

Leiden, Ende August 1910

Gleich hatte er es hinter sich gebracht. Gleich war es vorbei. Er würde ihr natürlich erzählen, wie interessant das Gespräch gewesen sei, an diesem windigen und doch lauen Nachmittag, wie sehr es ihm geholfen habe. War ja schließlich alles ihre Idee gewesen. Er würde ihr sagen, ja, dass nun alles anders werden würde. Ob sie ihm das abnahm? Wie oft hatte er es schon gesagt? Alles wird anders, Almschi, Alschilitzi! Von nun an! Nichts wird anders. Niemals. Nur schlimmer.

Freud lief neben ihm her und kaute auf seiner kalten Pfeife herum, als wäre sie Kautabak. Sie erreichten den Marktplatz mit dem plätschernden Brunnen. Dort standen sie nun, von bunten Häuschen umzingelt. Meersalz in der Luft, Möwengekreisch, auch hier noch, obwohl sie die Strandpromenade bereits verlassen hatten. Der Arzt beugte sich väterlich zu ihm vor, Mahler fühlte sich wie ein unartiger Junge. Widerlich, wie altklug der sich aufführte, dabei war der Altersunterschied ja kaum nennenswert. Es hatte sich das alles sowieso ganz anders vorgestellt und war doch froh, irgendwie, dass es nicht anders gekommen war. Dass er nicht stundenlang auf einer Couch hatte liegen müssen. Er lag gerne, aber nicht auf einer Couch, sondern auf dem Boden, auf dem Holz.

Ein Spaziergang. Für einen simplen Spaziergang hatte er nun also diese mühsame Reise auf sich genommen. Weil Alma es sich so für ihn ausgedacht hatte. Mit Verlaub, Freud, tobte er in Gedanken, aber für einen Spaziergang muss ich nicht an die Nordsee reisen. Zum Spazieren brauche ich *Sie* nun wirklich nicht.

Der einzige Ort, wo Mahler ganz bei sich war, waren die Berge. Das einsame Wandern durch die Wälder in Toblach, noch besser, das Hochsteigen auf die Dolomiten, wenn er noch einen Zahn zulegte, Alma hinter sich ließ, den Bergführer hinter sich ließ, alleine den Gipfel erstürmend, alleine da oben. Den Göttern nahe! Pan! Wagner!

Das waren die Momente, in denen Mahler mit sich im Reinen war, die Sekunden ohne Weltschmerz. Oder zumindest mit erbauendem Weltschmerz. Warum sollte ihm ein Spaziergang hier, in diesem Strandbad, besser tun als eine Wanderung zum Toblacher See, eine Gipfelpartie? Und dann auch noch dieses erzwungene Gerede während des Gehens. Er wusste, dass sich das in Wien durchaus verbreiteter Beliebtheit erfreute, das Reden während des Flanierens. Seine Sache war es nicht. Er schwieg lieber. Im Gehen, im Liegen, im Sitzen. Im Schweigen lag Heilung. Einem Sprechenden war während des Sprechens noch keine Melodie zugeflogen. Nie.

«Es scheint mir bei Ihnen, mein lieber Freund Mahler, als grabe ich einen Schacht durch ein rätselhaftes Bauwerk», flüsterte Freud.

Der halbverdaute Gestank des Heringbrötchens, das der Arzt vorher an einer Strandbude verschlungen hatte, wehte zu Mahler hinüber. Zumindest fing Freud nicht schon wieder mit Mahlers Mutter an. Was sollte das? Der Nachmittag hatte ja ganz leidlich begonnen, eigentlich. Sie waren die Promenade entlangspaziert, etwas zu langsam für Mahlers Geschmack, aber bitte. Er hatte kurz über Toblach gesprochen, Freud hatte sich durchaus darüber amüsiert, dass er selbst dort für die Sommerfrische erwartet worden war. Er hatte von dem Ort noch nie gehört, hatte sich jedoch interessiert gezeigt, dass auch ein Südseekönig das Alpendorf besuchen wollte. Mahler verschwieg, dass der Häuptling der *Maori* dann doch nicht gekommen war. Gemeinsam regten sie sich ein wenig über Franz Ferdinand auf.

Mahler: «Ein Rüpel.»

Freud: «Ein Idiot.»

Dann schimpften sie beide leidenschaftlich über ihr Wien. Über das Kaffeehausgesindel! Freud vermerkte, dass es ihn durchaus wieder nach den Bergen sehne, während er aufs Meer schaute, dass er, vielleicht für nächstes Jahr, einen Alpenbesuch in Betracht ziehen würde.

Mahler machten die Sandkörner im Schuh ganz verrückt. Auch er schaute auf das stille, harmlose Wasser. Nein, nein. Mit der See wusste er nichts anzufangen. Mit dieser faden Nordsee schon gar nicht. Wenn, dann wünschte er sich Sturm, Blitz, Wellen hoch wie Berge.

Mahler wollte den Abschied nun keinesfalls unnötig in die Länge ziehen. Es gab noch so viel zu tun. Er würde Freud nun danken, für den Spaziergang, für das Treffen, aber bloß nicht zu sehr, nicht, dass der noch auf die Idee kam, das Zusammentreffen als Therapiestunde zu verstehen, ihm eine Geldforderung hinterherzusenden. Das wäre ja noch schöner. Geld wofür? Dafür, dass er ihn auf halbem Weg geschimpft hatte, ja, wie einen Lausbuben, vorne beim Leuchtturm, wo sie schließlich umgedreht waren, sich auf Alma, auf so ein junges, wildes Ding, wie er gesagt hatte, eingelassen zu haben. Freud, pah! Was verstand der schon von Liebe? Geld dafür, dass er ihn streckenweise, ja, über eine halbe Stunde ganz bestimmt, über das Verhältnis zu seiner Mutter befragt hatte? Was sollte das? Nicht eine Frage, nicht eine einzige, hatte mit der *Zehnten* zu tun, deren Fertigstellung ihn plagte. Und auch mit keiner anderen seiner Symphonien, noch mit einem seiner Lieder. Was war das für ein Mensch, der einen Gustav Mahler nichts zu seinen Symphonien fragte. Da hatten sich ja selbst die Tölpel aus Toblach interessierter gezeigt.

«Na, dann …», sagte Freud, während er am Brunnen inmitten des Platzes stand und mit der Hand über das Wasser fuhr. Hier wollten sie sich nun trennen.

«Dann …», sagte Mahler.

Noch einmal das väterliche Hinüberbeugen seitens des Arztes. Wieder das Fischbrötchen. «Tun Sie nicht so hysterisch, Mahler», sagte Freud und lachte. Ein nicht definierbares Lachen. War es ein freundschaftlicher, tatsächlich ein ernst gemeiner guter Rat? War es schlicht eine böse Gemeinheit? Mahler konnte es nicht so recht einordnen. «Das Hysterische, das ist es, das macht Sie fertig.»

Kurz überlegte Mahler, ob er Freud nun doch noch zu einem Briefwechsel einladen sollte. *Freud – Mahler* … nein! *Mahler – Freud, die Korrespondenzen.* Ja! Die Korrespondenzen! Aber dann ließ er es bleiben. Was sollte er denn schreiben? Er hatte doch noch so viel zu tun. Die *Zehnte!* München. Premieren. New York! Alma, er musste Alma wieder ganz bei sich haben. Für sich haben. Ganz. Ganz. Ganz. Sonst konnte er die *Zehnte* vergessen. Er war müde, so unendlich müde. Er wollte ihr gleich ein Telegramm schicken. Wie jeden Tag, seit der Abreise aus Toblach. Ein paar Zeilen zumindest. Dass er sie liebte, wie sehr er sie liebte. Ob sie ihm geschrieben hatte? Er hoffte es so sehr. Wahrscheinlich wohl wieder nicht. Er wollte schlafen. Tief und fest schlafen. Hoffentlich würden die Träume nicht kommen.

Epilog

Wien, September 1912

Da lag er nun vor ihr, ausgepackt, am Tisch im Foyer, in ihrem Wiener Gartenhaus. Die Lider waren geschlossen, trotzdem schaute er streng. Mit dem ganzen Gesicht. Ruhte er in Frieden? Mahler doch nicht. Auch nicht seine Totenmaske. Gustav, ach, Gustav. Es war zu Ende. Und würde doch nie vorbei sein. Ein Mahler ging nicht vorbei. Musstest halt doch sterben, Gustav, mein lieber Gustav, damit die Leute dich lieben, hochleben lassen.

Und sie? Musste weiterleben. Durfte weiterleben. Ja, es war geschehen. Sie war frei. Doch, sie kannte das ja, das Gefühl der Freiheit, das Gefühl der Jugend, es war nur ein Windhauch, einmal einatmen, verschwunden.

Alma lief durch das Gartenhaus, sie genoss das Knacken des Holzes unter ihren Füßen, sie fuhr sich über den Bauch, da drin war es. Es musste weg. Durfte nicht sein. Sie kehrte ins Foyer zurück. Die Briefe lagen in einer Terrakottaschüssel. Sechs von Kokoschka. Vor Liebeshunger unersättlicher, vor Eifersucht unerträglicher Kokoschka. Sie erinnerte sich an seinen letzten Besuch. «Almi, Almi», so rief er sie. Da war ihr Gustavs *Almschilitzi* noch lieber. Kokoschka, lieber, trauriger, eifersüchtiger Kokoschka, er war von Mahler-Bildnis zu Mahler-Bildnis geschritten, hatte Gustav auf jedem der Bilder abgebusselt, so, als könne er ihr dadurch seinen Geist austreiben, den Dämon verscheuchen.

Niemand verscheuchte den Mahler in ihr, auch nicht den toten, dessen war sie sich gewiss. Kokoschkas Schreibwut brachte sie an den Rand der Verzweiflung. Die ständigen Forderungen in seinen Briefen, sie möge ihm doch schneller, länger, mehr, mehr, mehr antworten. Ganz wie Gustav. Sie möge doch streng und ungnädig mit ihm sein. Ganz anders als Gustav. Sie möge doch immerfort mit dem Handerl auf ihn schlagen. Ja, so gefalle es ihm. Sie möge ihn doch heiraten. Sie wusste, dass er hinter ihrem Rücken bereits über den Vorbereitungen brütete. Nein, nein. Nun galt es erst einmal wieder jung zu sein.

Gustav war tot. Kokoschka nervte. Das Kind musste weg. Es war alles dafür vorbereitet. Wieder einmal. Kokoschka durfte nie davon erfahren. Nein, sie konnte nicht seine Frau sein. Frau Alma Mahler-Kokoschka. Alma nahm die Briefe aus der Terrakottaschüssel. Oskar, schlimmer, schlimmer Oskar. Der siebte Brief war von Dr. Fränkel, der gute alte Joseph. Ein Heiratsantrag. Sie schmunzelte. Legte ihn zum Stapel der anderen Heiratsantragsbriefe, die sie allesamt bald verbrennen würde. Ein feiner Kerl, der Joseph, er hatte nach Gustavs Tod zumindest die schickliche Frist abgewartet. Das ehrte ihn. Wie er sich wohl mit seinem Darm herumschlug? Nein, von kranken Männern hatte sie vorerst genug. Nein, lieber Fränkel, nein, nein. Auch du nicht.

Der achte Brief war von Gropius. Sie dachte an die Stunden in Tobelbad zurück, an die verrückten Tage in Toblach. An die Sommer dort, *ihre* Sommer. An den Anfang vom Ende. Von Gustavs Ende. Nicht von ihrem. Sie fuhr über die kalte Maske. In die Rillen der Augen, über die Glätte der Stirn, über das spitze Kinn. Ein Schauder überkam sie.

Sie öffnete Walters Brief. Das war mit den verbundenen Fingern etwas umständlich, aber schließlich gelang es. Sie las. Das Übliche. Unentschlossenes Liebesgesülz. Heiratsfantastereien. Sie überflog die Zeilen. Griff zu Feder und Papier. *Zeig mir, dass du Großes schaffen kannst, Walter, dann bist du mein.* Sie faltete das Papier, schob es ins Kuvert, schloss es. Betrachtete die Briefe, dann Gustavs Maske. Sie würde weitere Sommer erleben, so viele Sommer. Kurze Freudengipfel, lange Schmerzenstäler. Almas Sommer. Ade, Gustav. Sie packte den Verband, der über dem einen Finger lag, mit den Zähnen, zog daran, er löste sich, dann löste sie den zweiten. Den dritten. Alle. Sie schaute auf die Hände, die Nägel. Sie waren schön, fast kindlich. Die zarte Haut, die schimmernden Nägel. Perfekt. Wie neu.

*

Danke

Dem Amt für Kultur des Landes Südtirol für die Förderung. Nalân, Thomas, Friederike Ney. Dem wolkenlosen frühen Morgen auf der Riepenspitze. Dem späteren Nachmittag in Toblach mit Mahlers Siebter – ja, die mit den Kuhglocken! Dem so freundlichen Friedhofsgärtner in Wien-Grinzing, der mich durch das Labyrinth aus Gräbern zu Alma, Manon und Gustav führte. Vienna Guesthouse, bestes Schnitzel! New York! Du Stadt meiner Sehnsüchte.

*

Über den Autor

Lenz Koppelstätter arbeitet als Reporter für *Geo Saison* und *Salon* und ist Autor der *Spiegel*-Bestseller-Kriminalreihe um den Südtiroler Polizeikommissar Johann Grauner. Er lebt mit seiner Familie in einem Weindorf südlich von Bozen, wo er auch aufgewachsen ist. Für *Almas Sommer* erhielt er ein Recherchestipendium des Landes Südtirol, das ihm ermöglichte, an Almas und Gustavs Wirkungsstätten im Pustertal, in Wien und in New York zu schreiben.